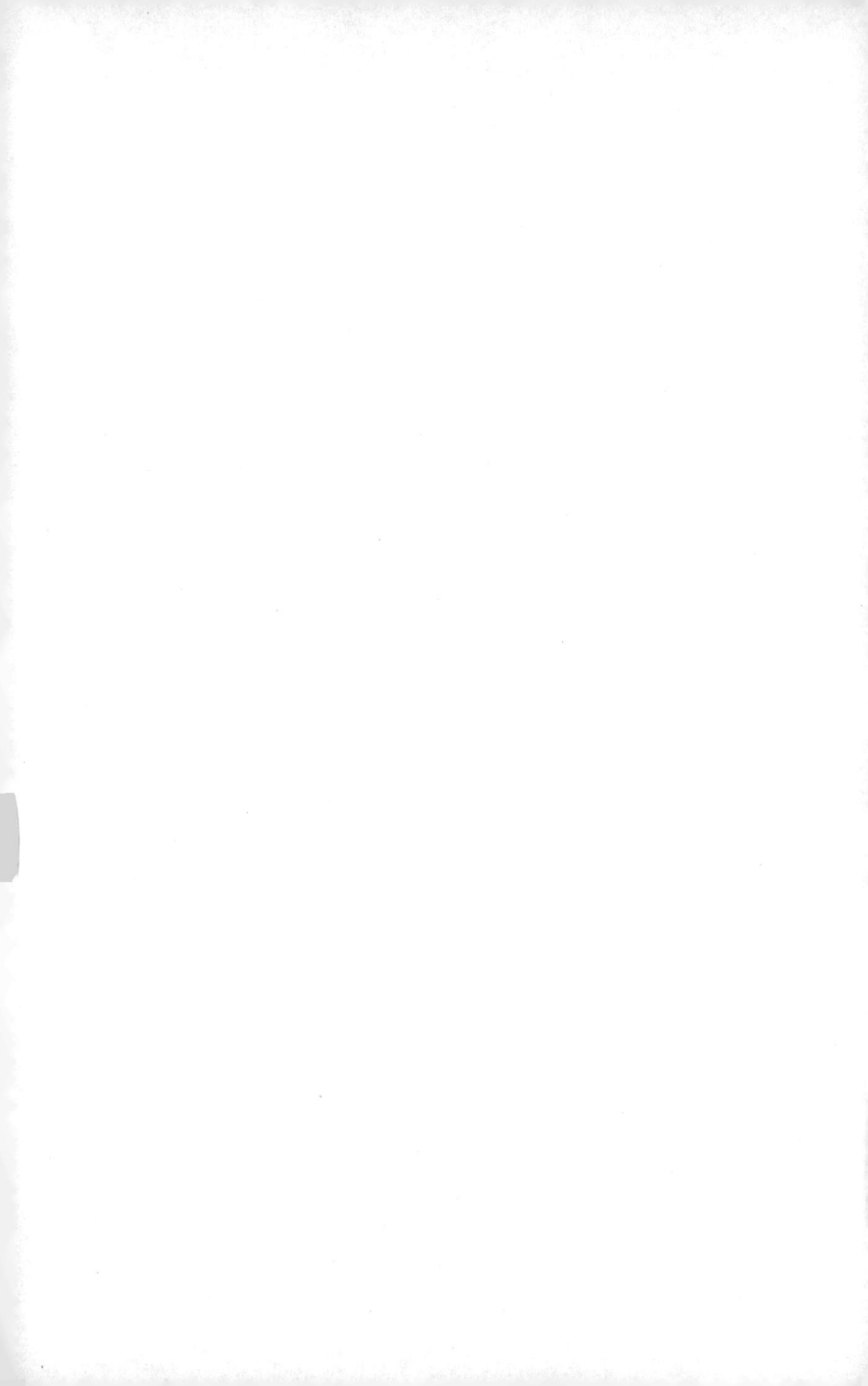

설봉 新무협 판타지 소설

마야

마야 5

설봉 新무협 판타지 소설

초판 1쇄 찍은 날 § 2007년 4월 7일
초판 1쇄 펴낸 날 § 2007년 4월 17일

지은이 § 설봉
펴낸이 § 서경석

편집장 § 문혜영
편집책임 § 김민정
편집 § 최하나 · 문정흠

펴낸곳 § 도서출판 청어람
등록번호 § 제1081-1-89호
등록일자 § 1999. 5. 31
어람번호 § 제2-1171호

주소 § 경기도 부천시 원미구 심곡1동 350-1 남성B/D 3F (우) 420-011
전화 § 032-656-4452 팩스 § 032-656-4453
http://www.chungeoram.com
E-mail § eoram99@chollian.net

ISBN 978-89-251-0638-0 04810
ISBN 89-251-0096-7 (세트)

설봉 新무협 판타지 소설

마야

Fantastic Oriental Heroes

魔爺 5

성명랑자(聲名狼藉)
「평판이 매우 나쁘다」

도서출판 청어람

第四十一章

모맹계(摸盲雞)
—어둠 속을 더듬다

"하아……!"

가슴 한구석이 와르르 무너져 내릴 때 입으로 흘릴 수 있는 소리란 많지 않다.

음풍잔검(陰風殘劍) 고찬량(顧燦良)은 한숨도 아니고 탄식도 아닌 묘한 소리를 흘려냈다.

하룻밤, 단 하룻밤 만에 상조문 전력이 절반이나 깎여 나갔다.

자신의 살점이 떨어져 나가고 뼈가 부러진다 한들 이보다 아프지는 않을 것이다.

어떻게 키운 놈들인가.

하나 이 순간, 수하를 잃은 안타까움은 고찬량의 머릿속을 파고들지 못했다. 그의 머릿속은 오직 혈살미검 고충오에 대한 애잔함만이 가득했다.

원래가 변변치 못한 놈이었다. 무재(武才)도 아니었고, 독기(毒氣)도 없었다. 그의 손에 죽은 자가 이백이 넘는다지만 하나같이 저항을 상실한 자들이니 헤아릴 가치가 없다. 닭 장사가 닭 모가지 비틀 듯이 상조문이란 이름을 등에 업고 잔인한 심성을 즐겼을 뿐이다.

마야를 죽이는 일 또한 그와 별반 다를 게 없었다.

마야라는 자는 정상이 아니다. 누구에게 어디를 어떻게 다쳤는지 알려진 게 없지만 운신이 어려운 것만은 확실하다.

물론 그의 곁에는 미지의 고수들이 붙어 있다.

상조문 천절수들이 그들을 어찌할 수 있다고는 생각지 않았다. 아니, 그런 염려를 할 필요도 없었다.

상조문이 무엇 때문에 피를 흘려야 한단 말인가. 누굴 위해서.

상조문은 최전선에 나설 필요가 없다.

마야 주위에 몰려든 군웅들만 독려해도 싸움은 충분히 된다. 군웅들이 마야를 피로하게 만들고, 군웅들로 하여금 생채기를 내게 만든 다음에 느긋하게 나서서 목만 취하면 된다.

천절수 사백이란 숫자는 위압용이지 싸움을 하라고 보낸

게 아니다.

싸움에는 변변치 못한 동생이지만 생존 측면에서는 기막히게 머리가 잘 돌아가는 녀석이니 섣불리 행동할 리 없다.

안심하고 보냈다.

그런데 흥청망청 술잔치나 벌이다가 기습을 당해 몰살당했다.

'자식…… 미련한 자식……'

뼈가 으스러져라 주먹을 말아 쥐고, 어금니가 부러지도록 이를 악물어도 죽은 자는 살아 돌아오지 않았다.

믿고 싶지 않지만 믿어야 한다.

동생은 죽었다. 유일한 피붙이, 단 하나밖에 없는 피붙이는 죽었다. 이것이 현실이다.

처첩이 열둘, 하나 어느 계집에게서도 아이를 보지 못했다. 아이 잘 낳기로 소문난 계집까지 강탈해서 씨를 심어봤지만 사막에 벼 심기나 마찬가지, 어찌 된 영문인지 싹이 트질 않았다.

반푼수일지라도 피붙이를 봤다면…….

못난 자식이라도 하나만 있었으면…….

남들에게는 가장 평범한 일이 음풍잔검에게는 가슴에 맺힌 한이었다.

그는 동생을 사랑했다. 뛰어나서가 아니라 혈육이기에. 동생을 아꼈다. 혈육이기에. 잘못은 감싸주었다. 혈육이기에.

영광은 주었다. 같은 피를 지녔기에.

그런 동생이 죽었다.

땅에 떨어져 있는 영광이란 놈을 줍기만 하면 되는 일이었는데, 그래서 안심하고 보냈는데…….

"연놈들의 뼈를 갈아 마시고 말겠습니다. 길을 서둘면 닷새면 따라붙을 수 있을 터, 제가 가겠습니다."

금륜도겁(金輪刀劫) 구효동(裘曉東).

일전을 불사하기에는 유감없을 것이다.

"저도 가겠습니다. 놈들은 민강(民江)을 건너지 못합니다."

비검진악(飛劍鎭嶽) 오삼양(吳森陽).

상조문에서 가장 잔인한 자, 보낼 만하다.

"하아……!"

음풍잔검 고찬량은 다시 한 번 한숨인지 탄식인지 모를 소리를 내뱉었다.

그는 천천히 수하들을 훑어봤다.

사잔(四殘)으로 불리는 맹수들, 칠형(七刑)으로 불리는 저주의 악마들, 온갖 궂은 일을 도맡아온 십시(十侍)…….

오랜 세월 동안 숱한 싸움을 겪어온 백전노장들이 앉아 있다.

때로는 살이 깎이고, 때로는 뼈를 내주었지만 승리는 이들 몫이었다.

이들은 쓰러지지 않았다. 죽은 자들 앞에서 오연히 웃었다.

통구에서 죽은 상조문도는 아무것도 아니다. 상조문의 진실한 힘은 이곳에 앉아 있다. 바로 이들! 외형적으로는 절반이나 무너졌지만 실질적 손실은 일 할밖에 안 된다.

단언컨대 이들이 굶주린 맹수가 되는 순간 세상에 존재할 수 있는 사람은 없으리라.

그런데도 불안했다.

철사림에 독조문이 나서고, 상조문까지 가담하고, 그것으로도 모자라서 제삼무신가의 살아 있는 신까지 직접 활을 들고 나섰을 때처럼 왠지 모를 불안감이 엄습한다.

'재수없게도 그때와 똑같은 기분이야. 북검문 혈귀대 놈들을 죽일 때와 같은 기분. 아홉 놈밖에 안 되는 작자들을 죽인답시고 우르르 떼를 지어 몰려갈 때도 기분이 영 께름칙했는데.'

일 대 일로 비무를 한다면 혈귀대 놈들을 죽일 수 있는 사람은 많다. 상조문만 하더라도 혈귀대주는 모르겠지만 다른 자들 정도는 놓치지 않는다고 장담한다.

혈귀대는 무공도 높았지만 정작 그들이 무서웠던 점은 싸움을 할 줄 안다는 것이었다.

그들의 이동 경로를 사전에 탐지해 내지 못했다면, 단문협 같은 질곡에 가두지 않았다면 싸움은 참으로 피곤했을 게다.

치고 빠지는 데 능수능란한 자들, 빠져나갈 구멍이 도저히 없을 것이라고 생각한 곳에서도 오히려 반격까지 해가며 사라진 자들…… 그리하여 종래에는 풀 한 포기, 나무 한 그루까지 세상에서 말끔히 지워 버린 자들.

'무풍곡 싸움을 간과했어. 적안 사태가 죽고, 그 일로 흑조 편복이 따라붙고 있다지? 적안 사태……'

적안 사태가 살행에 실패한 적은? 이번뿐이다.

그녀의 노림을 받는다면 과연 태연하게 앉아서 웃을 수 있는 사람이 얼마나 될까?

적안 사태가 살행을 시도했다면 손가락만 튕겨도 충분할 만큼 완벽한 함정이었으리라.

마야, 그를 따르는 노인과 계집들.

그들에게서 혈귀대의 냄새가 풍기는 것은 왜일까?

어쨌든…… 이제는 기호지세(騎虎之勢)다. 상조문 부문주가 죽고 천살수가 사백 명이나 당한 이상 마야든 상조문이든 어느 한쪽은 뿌리가 뽑혀야 한다.

그것도 당장 움직여야 한다. 상조문의 복수를 다른 자가 하게 된다면 체면이 안 선다. 지금 당장 움직여서 상조문의 손으로 죽은 자들의 영혼을 달래줘야 한다.

단순히 죽이는 것만으로는 양이 차지 않는다. 그러기에는 죽은 자들의 비중이 너무 크다. 철저하게, 잔인하게, 몸서리쳐지게, 사지육신을 갈가리 찢어 죽여서 상조문을 건드린 자들이 어떤 최후를 맞이하게 되는지 만천하가 알게 해야 한다.

선택해야 할 행동은 하나뿐이다. 다른 여지는 일체 없다.

그런데 까닭 모를 불안감이 엄습하여 자리를 떨치고 일어설 수 없다.

'적안 사태의 죽음을 너무 쉽게 봤어. 시작과 끝을 낱낱이 파악한 연후, 움직였어야 하는데…… 어쩌면 내 생애 최대의 실수였는지도 모르겠군.'

"놈들의 움직임이 이상합니다. 그만한 일을 벌였으면 꽁지가 빠지게 도주하는 것이 정상인데, 오히려 더 천천히 움직이고 있어요. 이는 둘 중에 하나. 우리 상조문을 안중에 두지 않거나 놈들에게 피치 못할 변괴가 발생했다는 거죠."

상조문 제일지자(第一智者)인 이천사두(二天蛇頭) 조위(趙偉)가 분석을 시작했다.

그가 입을 열었다는 것은 사안에 대한 분석이 끝났다는 것을 의미한다. 또한 가벼운 사안일 경우에는 반 각, 중대한 사안일 경우에는 한 시진에 걸친 긴 연설이 시작되었다는 뜻이다.

다른 때 같으면 얌전히 들어주었다. 하나 선택할 행동이 없는데 더 들어서 무엇 하랴.

"모두 준비해. 병기만 휴대하면 그만이니…… 반 각 후에 출발한다."

"문주님, 그 말씀은 문주님이 직접? 안 됩니다. 부문주님의

일은 통한스러우나 상조문의 위신도 생각해야 하니 문주님이
직접 거동하시는 것은…….”

“조위.”

조위는 입을 다물었다.

고찬량의 음성에서 항거하지 못할 비장함이 새어 나왔기
때문이다.

“어쩌면 이번 싸움이…… 우리 상조문…… 최후의 싸움일
지도 모른다는 생각을 해봤다.”

“문주님! 어찌 그런 생각을! 말도 안 됩니다. 그런 일은 절
대…….”

“하아! 말 끊지 마.”

고찬량은 다시 긴 숨을 토해냈다.

생각할수록 가슴만 답답하다. 싸우기는 싸워야겠는데, 가
슴 밑바닥에서는 분노가 치솟는데, 이놈의 몸뚱이는 움직일
생각을 하지 않으니 어쩌란 말인가.

과거 경험을 돌이켜 보면, 이럴 경우에는 싸우지 말아야 한
다. 몸이 말하는 것이 아니라 무인의 본능이 말하는 것이기에
한 걸음쯤 뒤로 물러서서 크게 봐야 한다.

세밀하게, 꼼꼼하게…… 상대를 잘못 읽지나 않았는지 다
시 한 번 되짚어보고…….

그래야 한다. 한데 선택의 여지가 없으니 어쩌랴.

“천절수 전부, 너희 모두. 싸울 수 있는 자는 모두 나서. 무

공이 높든 낮든, 문제가 있든 없든…… 이번에 출전하지 않는
자는 두 번 다시 상조문이란 말을 입에 올리지 않도록."

조그만 시비조차 불허하는 단호한 어조였다.

말의 내용인즉슨 기가 막혔다.

상조문 총동원령. 이번 싸움에 가담하지 않은 자는 파문.

단연코 상조문이 생긴 이래 이런 명령이 떨어진 적은 없었
다.

"마야냐, 상조문이냐. 둘 중 하나는 뿌리를 뽑자는 말씀이
신데. 후후후! 뭐, 항상 하던 싸움이군요."

비검진악 오삼양이 가볍게 웃으며 말했다.

하기는 그에게는 익숙한 싸움 방식이리라. 그는 완전히 뿌
리가 뽑혀서 갓난아기의 울음소리조차 들리지 않을 때에야
싸움이 끝난 것으로 간주하고 살아왔으니 새삼스러울 것도
없을 게다.

"앞서 말한 바대로 반 각 후에 출발한다. 모두 준비하
고…… 조위, 넌 지금 이 길로 무풍곡으로 가야겠다. 마야와
부딪칠 때까지는 칠 일이 걸릴 터, 칠 일 안에 모든 상황을 파
악해서 돌아와."

모두의 눈빛에 이채가 일렁였다.

금륜도겁 구효동은 마야와 만날 시간을 닷새로 추정했다.
구효동이 아니더라도 대부분 그쯤으로 셈하고 있다. 마야가
빠르게 움직인다고 해도 넉넉하게 닷새면 따라잡을 수 있다.

고찬량은 칠 일로 셈했다.

싸우기는 하되, 그것도 상조문의 모든 힘을 총동원하는 백척간두의 싸움을 벌이되, 결코 서둘지 않겠다는 뜻이다.

그렇게 시간을 벌어서 어디에 쓰고자 하는가? 무풍곡에서 적안 사태가 어떻게 죽었는지 알고자 한다. 풍문으로 알고 있는 막연한 소문이 아니라 눈으로 본 것 같은 세밀한 사실을 알고자 한다.

무풍곡에서 벌어진 일이 통구에서 벌어진 사단보다 중요한가?

중요하다. 마야와의 싸움에서 상조문의 존폐를 좌우할 최대 변수다.

이것이 상조문주의 판단이다.

"존명!"

조위가 고개를 숙여 예를 취한 후 몸을 일으켜 총총히 빠져나갔다.

무풍곡까지 갔다가 다시 반대로 돌아오려면 칠 일이라는 시간은 너무 촉박하다. 거기에 문주가 알고 싶은 사항들, 무풍곡 싸움의 전모를 낱낱이 파악해야 한다.

물론 그 정도는 알고 있다. 풍문뿐만이 아니라 이곳저곳에서 전해온 소식도 있고, 무엇보다 수만에 이르는 상조문 문도들의 눈과 귀와 입이 사실을 전달해 주었다.

죽음이 있는 곳에는 항상 상조문 문도가 존재한다.

시신이 버려진 곳에 까마귀가 몰려들 듯이 상조문 문도도 죽음의 냄새만은 기가 막히게 잘 맡는다.

무풍곡에서 어떤 싸움을 했으며, 어떤 병기에 어떻게 죽었는지는 손바닥 들여다보듯이 안다. 적안 사태가 동원한 수법과 인원, 마야의 대응과 수법도 파악했다.

그런데도 조위가 직접 가는 것은 승패를 갈라놓은 것이 무엇인지 알고자 해서다.

어느 시점에서 무엇이 승패를 나눴는가. 적안 사태의 실수인가, 마야의 탁월한 대응인가.

"저희도……."

수하들이 무슨 말인가를 하며 분분히 일어섰지만 고찬량은 넋 잃은 사람처럼 멍하니 허공만 바라봤다.

'아무래도…… 힘든 싸움이 될 것 같아.'

*　　　*　　　*

"안 돼…… 안 돼…… 이건…… 이건…… 안 돼!"

조위는 하얗게 질린 얼굴로 망연히 중얼거렸다.

오판이다. 아주 큰 오판이다.

적안 사태는 약해서 죽은 게 아니다. 그녀는 강했다. 아니, 완벽했다. 살수의 전설로 불릴 만큼 철두철미한 준비다. 등에 날개가 달렸어도 빠져나가지 못할 함정이었다.

무풍곡에 흩어져 있는 온갖 병장기들이 더 이상 완벽한 함정은 없을 거라고 말해준다.

놀라운 것은 병장기들의 종류나 숫자가 아니다. 병장기들을 쫓아가다 보니 눈길이 절곡 전체를 휘둘러보게 되고, 그러다 보니 문득 농담으로밖에 말할 수 없는 진식이 생각났다.

팔귀당천지관.

중원제일의 부호였던 이약도가 전 재산을 투자하여 만들고자 했던 전설의 진식.

무풍곡에 펼쳐진 것이 정말로 팔귀당천지관이라면 모든 정보와 선입견을 말끔히 씻어내고 백지 상태에서 다시 생각해야 한다.

그렇게 해서 내린 결론은…… 마야는 상상 이상의 힘을 가진 자다.

정말로 아주 큰 오판을 했다.

그를 따르는 자라고 해봐야 기껏 계집 몇 명과 병든 노인네하나.

병든 노인네가 시마라는 마두로 밝혀졌지만 개의치 않았다. 그 정도 인물을 죽일 수 있는 자는 지천에 널려 있지 않은가.

계집 중에는 주목할 만한 인물이 없다.

절혼마녀? 큭큭큭! 퇴기 중에 퇴기로 쓰레기 같은 작자들에게까지 다리를 벌린 계집인데 뭘 더 보겠나. 쓰레기들을 상대로 몇 수 잔재간을 배워놓고는 명호는 거창하게 절혼마녀라니.

다담선자라는 계집도 선루의 루주, 이 역시 술집 계집 아닌가!

도대체가 쓸 만한 인간이 없다.

그렇다고 방심한 것은 아니다. 인간적으로 모멸하고 무시하지만 절대 방심하지는 않았다. 다른 것은 고사하고 남무림을 휘젓고 다닌다는 자체만으로도 절대 방심해서는 안 될 자들이다. 남도문까지, 제삼무신가까지 들썩이게 만든 자들이니 조심을 거듭해야 한다.

그래봤자 부문주와 천절수 사백이면 충분할 줄 알았는데.

아니다. 절대 아니다. 문주의 말대로 상조문의 모든 힘을 기울여도 승부를 점칠 수 없다. 상조문의 존망이 걸린 줄도 모르고 희희낙락거렸지 않은가.

무풍곡에 부는 바람을 맞고 있자니 모골이 송연했다.

왠지 섬뜩하고, 머리칼이 곤두서고…….

죽음의 기운이 스며 있는 바람을 맞고 있는 느낌이었다.

단지 팔귀당천지관만 보았다면 어떻게든 해보려고 했을 게다. 길이 없는 곳에서 길을 찾는 사람이 정말 똑똑한 사람이다. 그리고 그런 일이야말로 책사의 가치를 증명해 준다.

팔귀당천지관만이 아니다. 마야를 따르는 무리는 단지 네, 다섯에 불과한 줄 일았는데 지금은 몇 명이나 되는지 헤아리기도 어렵다.

그들은 발자국도 남기지 않았다. 지나간 것은 분명한데 아무런 흔적도 찾을 수 없다. 치열한 싸움을 벌였으면서도 자신들의 존재를 철저히 숨겼다.

싸움이 벌어진 지 오랜 시간이 흘렀지만 아직도 흩어지지 않고 있는 횟가루가 아니었다면, 흔적을 찾아내는 재주가 남달리 뛰어나지 않았다면 자신 또한 그들의 존재를 알아채지 못했을 게다.

목숨이 경각에 달린 마당에서도 삶보다 자신들의 존재감을 먼저 지우려는 사람들이 중원에 몇 명이나 되랴.

살수다!

그것도 대단히 뛰어난 초절정 살수들이다.

상조문에서는 그들이 누구인지 어떻게 마야를 따르고 있는지 전혀 모르고 있다.

싸워서는 안 된다. 싸우면 도륙당한다. 비록 상조문의 명성이 남무림을 쩌렁 울리고 있지만 무공 연원을 전혀 모르는 초고수와 싸워서는 승산이 없다.

다른 문파와 공조해야 한다. 어떤 일이 있어도 직접 부딪치는 일만은 피해야 한다.

문주는 지금 어디쯤 가고 있을까.

사잔, 칠형, 십시…… 패배를 모르던 무골들은 죽음이 머리 위에 드리워졌다는 사실을 꿈엔들 생각이나 할까.

기가 막힐 노릇이다.

상조문은 잔인함만큼이나 폭넓은 정보력으로 유명했다.

장의사들의 발길은 중원 곳곳 닿지 않는 곳이 없다. 또한 그들이 머문 곳이면 으레 수많은 사람들이 문상객이란 이름으로 들끓는다.

그들은 애도한다. 취하고, 횡설수설한다. 고인이 살아생전에 행했던 일들은 빠지지 않는 안주거리고, 가족이 아니면 알지 못하는 치부까지 꺼내놓기도 한다.

이 모든 정보가 상조문으로 모여들어 막대한 힘이 되었다.

한데 모순되게도 가장 폭넓고 빠른 정보망을 지녔다는 상조문이 자신들의 목숨이 걸린 일에는 까막눈이 되어버린 것이다.

정보를 물어다 주는 사람들 태반이 무림과는 거리가 멀다. 그들은 먹고살기 위해서 현업에 종사하는 것이지 상조문의 일원이 되고 싶은 생각은 꿈에도 없다.

그런 사람들이 보고 듣는 정보는 한계가 있기 마련이고, 특히 이번처럼 벌어진 일에 대해서 실체를 파악하고 보고하는 사안에는 차라리 보고를 받지 않는 것이 나을 만큼 무지를 드러낸다.

상조문의 정보망에는 허점이 있었다. 한데도 즉시 사실 파악을 하지 않은 것은 안일함 때문이라고밖에 말할 수 없다.

여태까지 아무 일이 없었고, 상조문이 나서서 해결되지 않은 일도 없었고, 누가 건드려 오지도 않았고……

"안 돼…… 싸우더라도 시간을 두고……."

망연히 혼잣말을 중얼거리던 조위는 얼음 굴에 들어선 것 같은 냉기를 느끼는 순간 모든 생각을 중지했다.

그는 무인이다. 머리만 뛰어난 책사가 아니라 손속 또한 매섭기 이를 데 없는 무인이다.

"누구신가?"

나직하게 말했다.

텅 빈 허공에 흘리는 말이지만 상대가 듣기에는 충분한 음성이다.

"이천사두 조위. 왼손으로 전개하는 좌수검(左手劍)이 하늘에 맞닿았다고 하여 일천(一天), 오른손에서 쏟아지는 열 자루의 유엽비도가 하늘을 찌른다고 하여 이천(二天), 스스로 뱀대가리라고 칭하나 타인이 뱀대가리라고 부르면 즉각 살수를 전개하는 사두(蛇頭). 이천사두. 흔치 않은 무명이야."

한 자, 한 자 귀에 똑똑히 틀어박히는 낭랑한 음성이었다.

조위의 눈빛이 암울해졌다.

상대는 가까이에 있는 것 같은데, 어디에 있는지 형체를 파악할 수 없었다. 하나 당황하지는 않았다. 상대가 강하다고 느껴지면 느껴질수록 더욱 침착하고 냉정해졌다.

"계속 숨어서 혀만 나불거릴 텐가? 할 일 없어서 남의 명호

나 풀어대는 건 아닐 테고…… 용건이 있어서 오기는 왔는데 앞에 나설 수는 없다, 이건가?'

슈욱!

상대는 말이 아니라 검으로 말해왔다. 느닷없이 발밑에서 검이 튀어나와 앗차! 할 사이도 주지 않고 정강이를 베어냈다.

왼쪽 발에서 끊어지는 것 같은 통증이 일었다.

'실수! 대단한 실수다! 그럼 이자들이 마야를?'

조위는 당하고 있지만은 않았다. 검이 정강이를 베고 지나가는 순간, 그의 우수에 들려 있던 유엽비도 열 자루가 득달같이 날아갔다.

검이 솟구치고 살까지 베어내고 지나갔는 데도 종적을 잡아내지 못했다면 차라리 검을 버려야 한다.

상대의 위치를 알아냈다. 그리고 하늘조차도 관통시킨다는 유엽비도 열 자루라면 숨통을 끊어놓을 자신도 있었다. 한데,

슈욱! 푹! 푹푹푹……!

그가 던진 유엽비도는 단 한 자루도 피 맛을 보지 못한 채 땅바닥만 두들겼다.

'설마 이 정도까지! 이런 실수라면…… 남도문…… 그래! 남도문에서 끌어들인 천멸도 실수들! 그들밖에 없어. 지상에서 가장 완벽한 실수들이라는……'

슈욱!

눈앞에서 검이 솟구쳤다.

본능조차도 마비시킬 만큼 빠른 공격이다. 방어는 생각도 못할 만큼 완벽한 기회였고, 위치였다.

푹! 파앗!

검이 복부를 파고들어 등 뒤로 빠져나갔다.

조위는 복부에 박혀 흔들거리는 검을 쳐다보았다.

상대는 사라지고 없다. 복부를 찌른 순간 검을 놓아버리고 숨어버렸다. 조위가 서 있는 발밑으로.

"빌어먹을! 내 좌수검은 일절인데 써보지도 못하고…… 이봐, 마지막 한 수는 공정하게……."

슈각!

이번에는 등 뒤였다.

어떻게 발밑으로 사라진 자가 등 뒤에서 나타날 수 있단 말인가!

조위는 척추가 베여져 풀썩 쓰러졌다.

붉은 피가 작은 웅덩이를 이뤘다.

조위의 몸에서 쏟아져 나온 피는 무풍곡을 짙은 혈향(血香)으로 감쌌다.

"후후후! 울고 싶은데 뺨 때린다고…… 상조문이 제 발로 죽을 자리를 찾아가는군."

모습은 보이지 않고 음성만 들렸다.

"이로써 상조문은 사라지는군요."

"상조문뿐만이 아니라 많은 문파가 사라질 거야. 싸움은 이제부터 시작이야. 본격적인 싸움이 시작되었어."

"……힘들지 않을까요?"

"힘들겠지. 아무리 도주님이라도 안 돼. 천멸도의 형제들도 살과 뼈로 이뤄진 인간. 한 손이 열 손을 당할 수는 없어."

"……."

"하하! 걱정되나?"

"그게 묘하군요. 걱정할 수도 없고, 하지 않을 수도 없고. 차라리 그냥 무너졌으면 하는 바람도 있고, 무너질 바에는 우리 손으로 끝내 드리고 싶은 마음도 있고."

"건방진 소리."

"……."

"마야에게 달렸어. 마야가 힘을 써준다면 견뎌낼 수 있을 것이고, 지금처럼 혼수상태에만 빠져 있다면…… 견딜 수 없겠지."

음성은 더 이상 들려오지 않았다. 단지 미풍보다도 더 가는 바람 소리가 살며시 울려왔을 뿐이다.

무풍곡은 언제나처럼 오고 가는 사람들을 지켜보며 깊은 정적에 잠겨들었다.

통구에서 혈살미검 고충오를 비롯하여 천절수 사백이 단한 명의 생존자도 없이 몰살당한 사실은 강남무림에 큰 충격을 던졌다.

인원수로만 따지면 상조문 총 전력 중 절반이 넘는다.

상조문의 대참패다.

이럴 경우, 누가 생각하더라도 상조문의 반격은 쉽게 예상된다. 얼굴을 들고 다닐 수 없을 정도로 살과 뼈를 베이고 말았으니 참고 넘길 수는 없지 않겠나.

상조문주가 문도 전부를 이끌고 반격에 나선 건 너무나도 당연한 일로 받아들여졌다.

"조위는?"

"아직……."

똑같은 물음에 똑같은 대답이 이어졌다.

다른 말은 할 필요가 없었다. 문주가 원하고 기다리는 것이 무엇인지 알고 있으며, 조위가 가져온 선물에 따라서 싸움의 형태가 달라질 것이라는 것도 짐작하고 있기 때문이다.

"철검문(鐵劍門)에서 하씨 형제 일곱 명이 합류했습니다."

"……."

묵묵부답, 음풍잔검 고찬량은 산 위에 걸린 구름만 바라봤다.

한 팔을 거들겠다고 상조문에 합류한 명사들만 해도 칠십여 명이 넘어섰다.

그들은 마야의 만행에 분기탱천하여 달려왔다. 또 상조문이 나섰으니 체면 유지는 해야 할 것 같아서 몇몇 인사만 보내온 경우도 있다. 상조문주가 섭섭하지 않을 선에서.

어떤 자는 맨발로 뛰쳐나갈 만큼 반갑다. 어떤 자는 눈길조차 주고 싶지 않을 만큼 박대하고 싶다.

다른 때 같았으면 감정대로 행동했다. 본보기로 두어 명쯤 골라서 인간적인 모멸감을 안겨주었을지도 모른다. 아니, 그렇게 했다. 그래야 다른 자들이 알아서 기어드니까.

'하늘이 흐리군. 비가 쏟아지겠어.'

흐린 하늘도 좋을 수 있다는 걸 알았다. 조그마한 하늘의 변화가 마음을 차분하게 가라앉혀 주고, 세상사를 한 발쯤 뒤로 물러서서 지켜보게 해줄 수 있다는 것도 알았다.

조위가 돌아오지 않는 한은 싸움을 하지 않을 심산이니 급할 게 없었다.

사람들은 서둔다. 마야가 코앞에 있으니 당장 달려가자고 한다. 그런 점은 상조문 문도보다는 외인(外人)이 더 심하다. 상조문 문도들은 숨죽이고 있는 반면에 외인들은 꾸무럭거리고 있는 상조문을 오히려 질책하고 나선다.

성격이 괄괄한 몇몇 인사는 문주를 보겠다고 찾아왔다. 이제야 몸에 병기를 붙이기 시작한 풋내기들은 금방이라도 피를 볼 듯이 으르렁거린다.

고찬량은 그들에게서 멀찌감치 물러나 귀를 막고, 눈을 감고, 입을 닫았다.

'늦어. 돌아오고도 남을 시간인데 늦고 있어. 이런 일로 심기를 불편케 할 사람이 아닌데……'

불같이 성질을 낼 사안이다. 탁자나 의자 몇 개쯤은 부서지고도 남았다.

지금은 차분하다. 조위가 왜 늦는지 궁금하지도 않다. 단지 늦고 있다는 사실만 자각된다. 그래도 굳이 심사가 어느 정도 불편하냐고 묻는다면 마음이 조금 묵직하다는 정도라고 말해줄 수 있다.

분주하게 움직이는 사잔의 모습이 눈에 띄었다.

모여든 군웅들을 대접하기도 하고, 마야의 동태를 관찰하기도 하고, 주변 지형지물의 장단점을 파악하기도 한다.

그들은 바쁘다. 공격 시점부터, 공격 형태, 공격하기에 최적합한 장소까지 하나씩 계획을 수립해 나간다.

"마야는 여전히 마차 밖을 나서지 않고 있습니다. 의식을 잃고 있다는 말이 사실인 듯싶습니다. 시마와 세 여자는 각기 맡은 곳이 있는지 여간해서는 위치를 벗어나지 않습니다. 아마도 진을 펼친 듯싶은데…… 그래서 진법의 명사를 초빙해

놓았습니다."

금륜도겁 구효동의 입술이 참새 입처럼 지저귄다.

수하 된 도리를 다하느라 보고는 하지만 듣지 않고 있다는 사실쯤은 짐작하고 있을 게다.

"저…… 문주님."

"……."

"오늘이 조위와 만나기로 한 마지막 날입니다."

"벌써…… 그렇게 됐나?"

칠 일이라는 시간은 순식간에 흘러갔다.

"마야 꽁무니만 따라다닌 게 벌써 이틀째입니다. 몇몇 위인들이 왜 공격을 하지 않냐고, 상조문이 겁을 집어먹은 게 아니냐고 나불거리기에 치도곤을 쳐놨습니다만……."

예상대로 마야는 이틀 전에 따라잡았다. 아직도 사오 리 정도의 거리를 두고 있지만 마음만 먹으면 단숨에 따라잡을 수 있다.

군웅들이라고 그 정도를 모를 리 없다. 그들의 눈썰미는 당사자인 상조문이나 마야보다도 더 정확할 수 있다. 그들은 객관적인 입장에서 여유있게 즐기며 보기만 하면 되니까.

마야를 칠 수 있는 데도 치지 않는 건 말하기 좋아하는 호사가들의 입방아에 날개를 달아놓는 격이었다.

싸움도 하기 전에 꼬리를 내렸다.

상조문주는 마야의 일갈에 심장이 덜컥 내려앉아 후퇴할

모맹계(摸盲鷄) 31

명분을 찾기에 부심한다.

마야가 호랑이라면 상조문주는 고양이이다.

숱한 소문이 꼬리를 물고 일어났다.

문도들도 내색은 하지 않지만 못내 못마땅한 것만은 사실이리라.

"그래, 수고했어."

"……."

듣고 싶은 것은 이 말이 아닌가? 금륜도겁 구효동의 눈가에 혈기(血氣)가 비쳤다.

"오늘 저녁은 특별히……."

구효동의 미소는 소름 끼친다. 웃으면서 살인을 하는 것이 버릇이 되어 이제는 살인을 하지 않고 웃어도 섬뜩한 소름이 돋는다.

구효동의 입가에 잔미소가 매달렸다. 가장 듣고 싶은 말을 들었으니 웃지 않고 베기겠는가.

"술도 주고……."

"알겠습니다!"

구효동이 자리를 박차고 나갔다.

잠시 후, 와아! 하는 함성이 지축을 뒤흔들었다.

웬일일까? 함성이 다르게 들린다. 다른 때 같으면 승냥이들이 살을 물어뜯기 전에 내지르는 표호로 들렸는데, 지금은 겁없는 풋내기들의 한심한 소란으로밖에 여겨지지 않는다.

'오늘 저녁쯤 소나기가 쏟아지겠어.'

후둑! 후둑! 후두둑!

고찬량의 예견처럼 날이 어두워질 무렵부터 빗방울이 쏟아졌다.

굵은 빗방울이다. 술시(戌時) 즈음에는 거센 바람까지 동반하여 장막을 찢어발길 듯 뒤흔들었다.

드높았던 함성은 빗소리에 묻혀 잦아들었다. 하나 큰 잔치는 멎었어도 장막 곳곳에서 구수한 음식 냄새와 향긋한 주향(酒香), 껄껄거리는 웃음소리가 끊임없이 새어 나오는 것을 보면 쉽게 끝날 술자리는 아닌 것 같다.

"계집들이 천하일색이라는데 죽이지는 말자고."

"천하일색이면? 네 입에 들어갈 수나 있을 것 같아?"

"이거 왜 이래. 남녀 간의 운우지락에서 되고 안 되는 게 어디 있어? 하늘이 짝! 하고 운만 붙여준다면. 흐흐흐!"

"쓰잘데기없는 소리 그만 하고 술이나 마셔. 마시는 게 남는 거야. 괜히 헛다리만 긁어대다가는 제 명에 못 죽어."

"흐흐흐! 제 명에 못 죽어도 좋으니 그런 여자들과 한 번이라도 응응했으면 좋겠다. 생각만 해도 아찔하잖아? 고 야들야들한 것들을 홀딱 벗겨놓고……."

잠을 청하는 사람도 생기고, 빗줄기를 바라보는 사람도 있고, 여전히 웃고 떠들며 술을 마시는 사람도 있고…… 또 그들을 지켜보는 사람도 있다.

"푸짐한 고기와 술. 정말 질펀하게 먹고 마시는구먼."

"실컷 먹으라고 해. 킥킥! 마지막 식사가 될 텐데 목에 걸리지나 말아야지."

빗줄기에 별빛마저 가려져 사위는 칠흑같이 어둡다. 장막에 켜놓은 불빛이 밖으로 새어 나오지만 그 정도로는 깊은 밤의 장막을 걷어낼 수 없다.

어둠 한구석, 참나무 몽둥이로 두들기는 것 같은 장대비를 고스란히 맞으며 두 인영이 서 있었다.

"어느 싸움이나 서로 자신있으니까 붙는 거겠지만……쯧!"

무척 키가 작아 어린아이가 아닌가 싶은 꼽추노인이 흥청망청 먹고 마시는 사람들을 지켜보며 안타까운 듯 말했다.

"히히! 그러니까 대가리를 잘 만나야지. 무인이 돌대가리를 섬긴 죗값은 목숨으로 갚아야 되는 거야."

"쯧! 어린놈이 모질기는."

"영감탱이, 말조심해. 저놈들보다 영감탱이부터 요절내는 수가 있으니까."

"가자, 이놈아. 늙으니까 조금만 한기를 쐐도 삭신이 쑤신다."

언장은마와 혈유였다.

그들은 장막 사이를 내 집처럼 누비고 다녔다.

몇 명이나 운집해 있는지, 주목할 만한 고수는 누구인지, 싸움은 어떤 식으로 벌이려 하는지.

알고 싶은 것을 알아내는 데는 오랜 시간이 필요치 않았다.

"왔다 갔다는 인사라도 해야 되는 것 아냐?"

"아서라. 어차피 내일이면 끝날 목숨들, 하룻밤이라도 허리띠 풀러놓고 즐길 수 있게 놔둬야지."

언장은마와 혈유는 나타날 때와 마찬가지로 슬그머니 어둠을 헤쳐 나갔다.

'살육…….'

다담선자는 쏟아지는 빗방울에 온몸을 맡겼다.

빗물 하나하나가 화살처럼 아프게 꽂힌다. 매서운 한기는 내장까지 스며들어 피부색을 파랗게 물들였다.

참으로 시원하게 쏟아지는 폭우다.

하나 폭우에 몸을 맡겨보아도 답답한 마음은 풀어지지 않았다. 아니, 시간이 흐를수록 더욱 답답해져 먹은 것이 얹힌 것처럼 가슴 한복판이 묵직해졌다.

상조문에 술판이 벌어졌다는 소문은 그녀의 귀에도 들렸다.

사실 확인은 할 필요가 없다.

소문은 마도를 수축으로 한 마야의 벗들이 은밀히 뒤따르며 전해준 전갈이니 확실하다. 비록 소문으로 위장을 하고 있지만 그들이 지척에 있다는 것을 감지하지 못할 다담선자가 아니다.

마도는 상조문을 척살할 방책까지 세워놓고 있을 게다.

그는 상조문이 마야의 곁에 이르도록 내버려 두지 않을 게다.

마야는 여전히 혼수상태이지만 눈을 떴다고 해도 그가 볼 수 있는 것은 죽어 자빠진 시신밖에 없으리라.

마도, 수검, 금연화, 혈유…….

비록 열 명도 안 되는 인원이지만 하나같이 독기로 똘똘 뭉쳐진 인간들이다 보니 그들이 터뜨리는 폭발력은 능히 일개 문파와 버금간다 할 수 있다.

상조문은 마야의 얼굴도 보기 전에 막대한 타격을 받을 것이다.

그것으로 끝이 아니다. 이제 시작이다.

보이지 않는 죽음의 사신들, 천멸도의 살수들은 지옥을 갓 빠져나온 상조문도를 또다시 지옥으로 밀어 넣는다. 그리고 진정한 지옥이 어떤 곳인지 보여주리라.

비무라면 상조문도 강하다. 싸움도 강한 문파다. 하나 이번 겨룸은 비무나 싸움이 아니라 살육전이다.

먼저 보고 먼저 죽이는 쪽이 승자가 될 것이다.

인원이 많다는 것은 장점이 되지 못한다. 몸을 환히 노출

시켰다는 단점은 올가미가 되어 목을 감는다. 하물며 천멸도의 살수들에게는 마도나 수검조차도 검을 뽑아보지 못했다.

상조문은 싸움의 절반은 지고 시작하는 것과 진배없다.

상조문의 몰살은 기정사실이다.

문제는…… 상조문의 몰살이 몰고 올 파장이다.

남도문은 어떤 대응을 할 것이며, 남무림 무인들은 어떤 행동을 취할까.

상조문과의 싸움은 남무림 전체와 싸우게 되는 시발이다.

'상조문을 살육하면…… 남만까지 무사히 갈 길이 끊겨. 상조문을 죽이는 것은 자승자박(自繩自縛)하는 것과 똑같아. 방도를 세운다면 싸움이 시작되기 전에…… 이 밤이 새기 전에 세워야 해.'

생각할수록 기가 막힌다.

상조문주란 자는 어떤 자인가. 도대체 어떤 자이기에 적을 상대함에 있어서 이토록 태만한가. 싸움이 벌어지기 전날인데 술을 마시게 하다니. 이게 무슨 무지막지하게 힘으로 몰아붙이면 그만인 막무가내 전쟁인 줄 아나.

상조문도에게서 긴장감은 읽을 수 없다.

그들은 마치 소풍이라도 나온 듯 희희낙락거린다. 통구에서 천절수가 사백 명이나 요절났는 데도 긴장하는 기색이 없다.

좋다. 통구의 천절수는 허접이고, 진짜 무인들은 이곳에 몰려 있다고 하자. 싸움에는 이골이 난 백전노장들이며, 삶과 죽음 따위에는 초연한 초범 무인들이라고 치자.

그래도 무방비 상태로 술을 마시며 낄낄거리는 것은 너무했다.

하나를 보면 열을 안다.

상조문은 물러서야 한다. 싸움이 벌어지면 필패당한다. 이는 상조문도들의 잘못이 아니라 문주 된 자가 제 몫을 못하기 때문에 일어나는 문제다.

어쩌자고 죽으러 왔단 말인가. 어쩌자고 얌전히 가는 사람들의 발목을 붙잡는단 말인가.

'방도는 딱 하나뿐이야. 은밀히 빠져나가야 해. 이 싸움에 휘말리면 안 돼. 날이 밝기 전에, 그전에 이곳을 빠져나가야 해.'

마도나 수검 등이 따라오면 안 된다. 그들은 남아서 싸움을 치러줘야 한다. 그럼 곧 남무림과의 전면전이 벌어질 테고, 그들의 생사는 참으로 난감하겠지만 어차피 일이 그쪽으로 진행된다면 마야 한 사람이라도 빠져나가야 한다.

천멸도주는 따라와도 좋고 남아도 좋다.

그들은 음지의 인간들이니 행동에 제약을 받지 않는다.

그들이 남는다면 마도 일행의 안위가 좀 더 보장받을 것이고, 마야를 따라서 움직인다면 마도 등은 당장 내일의 싸움조차도 승패를 점치지 못한다.

염려가 되지 않는 것은 아니나…… 혼수상태인 마야는 아무런 도움도 되지 않으니 소리없이 사라진다 해도 싸움에는 아무런 영향을 주지 않는다.

마야가 사라지면 군웅들의 시선은?

금연화는 머리가 좋은 여자다. 그녀는 마야가 사라진 것을 눈치 챌 것이고, 여전히 존재하는 것처럼 위장시켜 줄 것이다. 그리고 내일의 싸움을 이끌겠지.

'상처를 남기는 금선탈각(金蟬脫殼). 어쩌면 영원히 오늘의 일을 후회할지도 모르겠지만…….'

"휴우!"

남은 자에 대한 미안함을 긴 한숨으로 대신했다.

쏴아아! 쏴아아……!

폭우는 그칠 기세가 보이지 않았다.

야지(野地)에서 맞이하는 비 오는 날의 밤은 눈과 귀를 멀게 한다.

그러나 육신이 없는 혼인 양 유유히 부유하는 인영이 있다. 폭우도, 어둠도 아무런 장애가 되지 않는 것처럼 거침없이, 그러면서도 소리없이 움직인다.

스으으읏……!

인영은 나아갔다 물러서기를 반복했다. 그리고 그럴 때마다 몇 개의 덩어리가 신속하게 움직였다.

　얼마 전까지만 해도 마야를 감시하는 무리는 백여 명 정도였다. 하나 통구 사건이 벌어진 직후에는 급격히 불어나기 시작해서 근래에는 거의 천여 명에 이르렀다.

　마차 한 대를 포위하고 있는 천여 명.

　다담선자는 그들 사이를 뚫고 나가야 한다. 깊은 밤이고, 폭우가 이목을 가려주고 있지만 천여 명의 사이를 뚫고 나간다는 것은 지난한 일이었다.

　빙 둘러선 인의 장막.

　그들이 쳐놓은 장막의 폭은 삼십여 장을 훌쩍 넘어섰다.

　그 속을, 인림(人林)을 빠져나가야 하는 것이다.

　선두는 절혼마녀가 맡았다.

　그녀의 귀적무는 지금과 같은 상황에서는 더할 나위 없이 적합한 신법이었다.

　그녀가 전방을 살피고 돌아와 일행을 이끄는 시간은 무척 짧았다. 절정고수라고 불리는 사람들이 전력을 다해 앞으로 나아가는 시간과 비교해도 전혀 뒤지지 않는 빠름이다. 단순 비교만 하면 배는 빠른 셈이다.

　일령은 만일을 대비해서 진기를 가득 끌어모았다.

　혹여 밤잠을 잊은 자가 있어서 우연히라도 발각이 되는 경우에는 가장 빠른 시간 안에 처리해야 한다. 망설일 여유가 있을 수 없다. 누군지 살필 여유도 없다. 발각되었다고 판단

되는 경우에는 소리 지르기 전에 불문곡직하고 죽여야 한다.

비조처럼 날아가 염화옥수로 짚으면 어떻게 죽는 줄도 모르고 죽으리라.

제삼의 수는 다담선자의 추명반이다.

가장 빠른 죽임에는 추명반이 단연 독보적이지만, 전체적인 상황 판단을 도맡아야 하기 때문에 제삼의 수를 맡게 되었다.

이것이면 족하다.

세 여인이 순차적으로 공격을 가하면 대여섯 명쯤은 찰나에 죽일 수 있다.

천천히, 천천히…… 속도보다는 은밀함에 치중하여 움직였다. 다행이랄까? 삼십여 장에 이르는 인림을 빠져나올 때까지 염려하던 불상사는 일어나지 않았다.

"잠시 쉬었다 가요."

다담선자는 인림을 빠져나왔다고 판단하자 걸음을 멈추게 했다.

그러나 여전히 움직이는 사람이 있다. 시마다. 그는 그녀의 말이 떨어지기 무섭게 기다렸다는 듯이 큰 나무 밑으로 걸어가 자리를 잡고 앉았다.

그곳이라고 장대비가 몰아치지 않는 것은 아니다. 하지만 생으로 맞는 것보다는 나뭇가지에 한 번 걸린 비를 맞는 것이 낫지 않겠나.

시마는 업고 있던 소림파를 살며시 내려놓았다.

소림파는 기식이 엄연했다.

세간에 퍼진 소문처럼 낮이고 밤이고 깊은 혼수상태에 빠져 깨어나지 않았다.

어찌 된 영문인지는 알 도리가 없다.

의술 부분이라면 단연 천멸도주를 내세울 수 있다.

누구를 치료하기 위해 배운 의술이 아니다. 본인들 스스로를, 나병을 치유하기 위해 피눈물을 흘리며 배운 의술이다. 천멸도 사람들은 의술이 아니라 생활의 일부로 여기는 부분이지만.

천멸도주도 소림파의 상태를 파악해 내지 못했다.

저주의 자오법신이 혼수까지 일으키는 것일까?

육신을 정확히 반으로 가른 양기와 음기가 원흉이라는 점은 이해하지만 그 때문에 혼수상태가 되었다는 점은 납득하기 어려웠다.

한마디로 있을 수 없는 일이 일어난 것이다.

시마는 맥을 짚어보았다. 일면으로는 코밑에 손가락을 대어 호흡도 살폈다.

"어때요?"

"똑같아. 내가 그랬잖아. 비 좀 맞았다고 찔찔거릴 놈이 아니라고."

"자시를 넘겼으니…… 별다른 느낌은 없었어요?"

"이놈 몸속에서 일어나는 변화를 낸들 어찌 알아. 업고 있는 동안에는 아무 느낌도 없었어."

저주의 자오법신, 자오변환.

혼수상태가 나쁜 것만은 아니다. 그 끔찍한 자오변환의 고통을 아무런 느낌 없이 감당할 수 있으니까 말이다.

"그만 가요. 아무래도 좀 편안한 곳을……."

다담선자는 말을 뚝 끊었다.

"이런 식으로 할래?"

등 뒤에서 얼음장 같은 소리가 들려왔다.

천멸도주다. 다른 사람은 몰라도 그녀의 이목까지 속일 수 있다고는 생각지 않았다. 그녀가 말을 건네올 시점은 인의 장막을 벗어날 즈음이라고 생각했으니 지금 나타난 것이 놀랍지도 않다.

다담선자는 태연히 등을 돌려 천멸도주를 마주 봤다.

"미안. 어쩔 수 없었어."

"뭐가? 저놈이? 네 생각이? 아니면 내게 한마디 말도 하지 않은 게? 뭐가 미안하고, 뭐가 어쩔 수 없었니?"

"전부 다. 할 말이 없어. 지금은."

천멸도주의 눈빛이 비수처럼 날아와 꽂혔다.

"어디로 갈 건데?"

"몰라. 우선은 피해야겠다는 생각밖에 들지 않았어."

"남만으로 가."

"그건 알아."

모르는 건 멸신구관이 설치된 장소다. 그곳은 오직 마야만이 알고 있다.

"산이 주름 잡힌 곳. 여인의 비궁(秘宮)으로 들어가라. 내가 알고 있는 것도 이것뿐이야."

"산이 주름 잡힌 곳? 여인의 비궁으로 들어가라?"

낯부끄러운 말을 다담선자와 천멸도주는 태연히 했다. 오히려 듣고 있던 시마가 얼굴이 화끈거려 고개를 돌려 버렸다.

"곧 뒤따라갈 테니까 가고 있어. 너라면 안심할 수 있지만 그래도 조심해. 당장 코앞에 닥친 위험은 흑조편복이란 놈이 일으킬 거야. 저놈은 그 작자에게 세 번의 기회를 주었지만…… 걸리면 바로 죽여. 두고두고 후환이 될 놈이니까."

다담선자는 고개를 끄덕였다.

천멸도주는 한심하다는 듯이 혀를 찼다.

고개를 끄덕이고는 있지만 다담선자의 성품상 마야의 뜻을 거스르지 않을 거라는 건 불 보듯 뻔하기 때문이다. 다담선자는 위험을 자초할지언정 마야가 한 말을 번복할 사람이 아니다.

그녀의 눈길이 절혼마녀를 향했다.

절혼마녀는 즉시 고개를 끄덕였다.

하나 천멸도주는 이번에도 혀를 찼다.

"내가 따라가면 남은 놈들이 죽어. 마도나 수검, 혈유 같은 놈들은 나도 잘 아니까 죽게 내버려 둘 수는 없지."

천멸도주는 등을 돌렸다.

"미안해, 그리고 고마워."

진심이다.

원래 그녀는 오지 않을 사람이었다. 빠져나가는 사람들을 묵묵히 지켜보는 것으로 족했다.

그녀가 따라올 것이라고 생각했던 다담선자의 판단, 인의 장막을 벗어나는 순간에 한바탕 패악을 쏟아 부을 것이라고 예견했던 생각.

다담선자는 그것이 미안했다.

그녀가 온 것은 전해줄 말이 있기 때문이다. 자세히 알지는 못하지만 멸신구관이 설치된 장소에 대해서 몇 마디 말이라도 알고 있기에 전해주고자 온 것이다.

너무 고마웠다.

"그 새끼나 잘 지켜."

그녀는 여전히 싸늘했다.

第四十二章

실거각(失去覺)
−감각을 잃다

스읏! 파앗!

촛불의 흔들림조차 허용치 않는 은밀한 움직임, 그리고 우마(牛馬)의 머리를 단숨에 떨궈내는 교검(巧劍).

움직임이 일어나고 검광이 출렁이면 한 목숨이 이승을 떠나갔다.

천멸도주 유염추를 필두로 한 예순 명의 천멸도 살수들은 이른 새벽, 상조문의 숙영지를 덮쳤다.

어차피 싸워야 한다면 앉아서 기다릴 것이 아니라 미리 선수를 치는 편이 낫다. 선수를 칠 바에야 적의 방심을 노리는 편이 낫다. 목숨으로 끝장낼 싸움이라면 가급적 조용히 처리하여 한 명이라도 더 손쉽게 죽이는 것이 낫다.

천멸도주는 명예나 체면을 따지지 않았다.

죽이는 자는 뛰어난 자이고 죽는 자는 멍청한 자다.

언제부터인가 그녀의 머릿속은 죽이느냐 죽느냐 하는 단순한 이치만을 따지게 되었다.

스으읏! 파앗!

또 한 명이 조용히 세상을 떠났다.

"무, 문주…… 문주님! 저, 적……!"

음풍잔검 고찬량은 오랜만에 깊은 잠을 청해서인지 다급한 절규에도 기분 좋게 일어났다.

"무슨…… 음!"

나타난 자의 처참한 몰골만 보고도 사태를 짐작할 수 있기에 더 묻지 않았다.

한 팔이 잘려 나갔고, 다른 한 팔도 상완(上腕)이 절반쯤 베어져 덜렁거렸다.

치명적인 상처는 팔이 아니라 허벅지다. 양쪽 허벅지가 절묘하게 관통당해서 굵은 피가 샘솟듯 솟아난다.

물이 가득 담긴 항아리라 할지라도 어린아이 주먹만 한 구멍이 났다면 물이 비워지는 것은 순식간이다.

허벅지…… 어찌 생각하면 가벼울 수도 있는 곳인데, 상대는 심장이나 머리를 베인 것만큼이나 치명적인 상처로 둔갑시켜 놓았다.

더욱 놀라운 점은 상처를 입은 사람이 상조문에서 가장 잔인했던 비검진악 오삼양이라는 데 있다.

그는 절정검수다. 상조문이 아니었다면 일파의 지존이 되어 있을 사람이다. 검에 관한 한 개안(開眼)했다고 말할 수 있으며, 인근 천여 리에서는 그를 상대로 비무를 하려는 자조차 없었다.

사잔 중에서도 가장 강한 오삼양이 이 지경으로 당하다니.

"처, 천멸…… 천멸도…… 컥!"

오삼양은 화살 맞은 기러기처럼 풀썩 솟구쳤다가 떨어졌다.

그의 등 뒤에는 새로운 상처가 생겼다. 삼 척 장검 한 자루가 척추를 끊고 들어가 가슴까지 헤집어놓았다.

오삼양은 어차피 살기 힘들었으니 생명을 끊어준 것은 그를 위해서도 좋다.

고찬량은 그가 죽었다는 점보다 그를 죽인 수법에 주목했다.

비검술(飛劍術).

장검을 화살처럼 날려 강력한 힘으로 몸을 관통시키는 비검술은 흔치 않다.

검을 던지는 것은 누구나 할 수 있지만 사람을 허공에 띄울 정도로 강한 힘을 섞는 것은 아무나 할 수 있는 게 아니다.

"누구……?"

"십팔밀막검의 주인이자 천멸도주의 종복 종청호."

처음 들어본다.

십팔밀막검은 무엇이며, 종청호라는 자는 누구인가.

이토록 낯선 말들이 많아서야 어디 상조문의 문주라고 말할 수나 있겠나.

고찬량은 피식 웃었다.

그를 죽이고자 다가선 자는 덩치가 산처럼 크다. 마치 대웅(大熊)이 앞발을 쳐들고 다가서는 것 같다.

이런 자는 교검을 사용치 못한다. 주로 방금 전에 보았던 것과 같이 패검(覇劍)을 쓴다.

오삼양은 이자에게 당하지 않았다.

"천멸도에는 고수가 많은 모양이오?"

"다른 자는 살려줘도 넌 안 돼. 왜? 넌 대가리니까."

"대가리? 허허허!"

"널 죽여야 상조문을 죽이는 거거든."

고찬량은 비로소 마음의 안식이 어디서 비롯됐는지 깨달았다.

죽는다는 소리를 들으니 무척 편안해진다.

그렇다. 죽음이다. 죽음을 준비하고 있었다. 상조문의 전문도를 이끌고 마야를 치러 오면서 정작 그가 준비한 것은 상조문의 몰락과 자신의 죽음이었다.

평생 죽음을 벗 삼아 살아왔는데 새삼스럽지 않나.

죽음을 준비하느니 최선을 다할 수 있게 바짝 긴장의 고삐를 잡아당기는 것이 무인 된 자가 해야 할 바이지 않나.

물론 그렇게 했다. 하나 최선을 다해도 패배할 수밖에 없는 싸움이 있고, 이번 경우가 그랬다.

마야…… 마야란 말을 듣는 순간 가슴이 답답했는데.

뿌우욱!

거한이 오삼양의 등에서 검을 뽑아냈다.

고찬량도 검을 뽑았다.

검 한 자루에 영혼을 심고 살아온 인생, 이제 깨끗이 마무리할 때다.

결코 이길 수 없는 싸움이다. 살수가 모습을 드러냈다는 것은 완벽하게 제압할 자신이 있다는 거다. 또 거한이 보여준 한 수는 그만한 무공이 있다고 말한다.

자신 역시 지고 싶은 생각은 없다. 이길 자신도 있다. 그러나 거한을 이기면 곧바로 다른 자가 나타날 게다. 그와 싸워 이기면 또 다른 자가…… 상조문 고수들을 단숨에 잠재운 강자들이 연이어 나타나니 어찌 이기겠는가.

한 명, 한 명 모조리 맞상대해 줄 자신도 있다.

그런데 거한은 신분을 밝히며 한 말…… 십팔밀막검의 주인이자 천멸도주의 종복.

전설 속의 천멸도주란은 이길 자신이 없다.

그가 누구인지, 몇 살이나 먹었는지 아무것도 모르지만…… 거한 같은 자들을 수하로 부릴 정도라면 미루어 짐작할 수는 있다.

"짐작은 가지만…… 바깥 상황을 물어도 되겠소?"

거한은 코웃음쳤다.

"적을 코앞에 두고 술까지 진탕 마신 작자들이 뭘 물어. 그냥 뒈지기나 해."

"허허! 그럽시다. 그냥 뒈지기나 합시다."

고찬량의 눈가에 잔물결이 일렁거렸다.

거한의 도발적인 언사는 무시한다. 그 정도의 말에 마음이 격해질 정도로 미숙하지는 않다. 하나 싸우기 위해서는 잔혹해져야 한다. 거침없이, 일말의 사정도 담지 않고, 죽은 시신만 보고도 기가 질릴 정도로 잔인하게 처리해야 한다.

살심(殺心)은 상조문도의 근본이다.

쉭쉭……!

검을 들어 가볍게 휘저었을 뿐인데 장막 안은 차디찬 검풍이 휘몰아쳤다.

"후후후!"

거한은 웃었다. 하나 고찬량은 웃지 않고 신형을 쏘아냈다.

검에서는 일곱 빛깔 무지개가 피어났다. 위로 치켜올린 검이 장막 천장을 찢어발겼고, 육안으로 좇아가지 못할 검속(劍

速)은 장대비를 헤치며 무지개를 그렸다.

패검은 강하나 빠르지 못하다. 강함으로 빠름을 제어할 수 있기에 쾌검을 지녔다고 무작정 파고들었다가는 낭패를 당하기 십상이지만 역시 패검을 상대하기에는 쾌검만 한 것이 없다.

음풍검(陰風劍)이 달리 음풍검인가. 음유하게 일어나 목숨을 앗는다고 해서 음풍검이다. 음유하다는 것은 고요하다는 뜻을 내포하나, 한편으로는 검기가 다가오는 느낌조차도 죽일 수 있는 쾌검이란 뜻이기도 하다.

음풍잔검 고찬량은 단 일식으로 끝낼 심산이었다. 그래서 평생 동안 익힌 검학의 정수를 실었다. 한데,

까앙!

상대가 검을 쓰는 것도 보지 못했는데 검과 검이 부딪치며 노란 불똥을 일으켰다.

예기치 못한 상황이다. 살을 저미고 있어야 할 검이 검을 때리고 있다니.

고찬량의 검은 즉각 방향을 틀었다.

허리를 왼쪽으로 절반쯤 숙이자 검도 따라서 방향이 틀어진 것이다.

이것이면 됐다. 몸과 몸이 붙어 있다시피 한 거리에서 느닷없는 방향 전환을 감당해 낼 자는 드물다.

모든 것이 상대하는 사람에 따라서 달라지는 상대적인 것

이지만 상조문주의 검을 피할 수 있는 자는 손에 꼽는다.

거한이 그런 자였다. 상조문주가 허리를 숙이는 순간, 거한은 검에 힘을 실어 밀어냈다.

고찬량은 부지불식간에 한 발을 물러섰고, 승부는 그것으로 끝났다.

퍼억!

검이 아니라 도끼에 맞은 듯한 통증이 일었다.

몸이 두 쪽으로 쫙 갈라지는 느낌이 들었다.

분명한 건 거한의 검이 몸을 가르고 지나갔다는 것이다.

"음풍검을…… 후회없이 썼어."

"고질적인 망상이지. 후회없다는 것. 후회없다는 건 살아남아야 한다는 거야. 검이 부딪치기 전에 방향을 틀었다면 승산은 네게 있었지. 후후! 어때? 후회가 밀려들지 않나?"

고찬량은 대답하지 못했다.

비틀거리면서까지 서 있으려고 안간힘을 썼지만 몸이 푹 꺾이며 모로 쓰러져 버렸다.

'천멸도가 끼어든 걸 일찍 알았다면…….'

그랬다면 절대 동생을 보내지 않았을 게다. 통구에서 동생이 죽은 후에도 마야 곁에 천멸도 살수들이 존재한다는 사실을 알았으면 섣불리 전 문도를 이끌고 오지는 않았다.

무풍곡에서 일어난 일을 조금만 빨리 알았어도. 조위도 죽었겠지만, 그러니 오지 않는 것이겠지만 그가 하루만 빨리 와

주었어도.

모든 것이 후회덩어리였다.

'위선…… 죽음을 안다는 건 위선…… 마지막 순간까지도 후회하면서 죽어가는 게 인간…….'

고찬량은 두 눈을 부릅뜬 채 숨을 거뒀다.

"이게…… 이게 도대체……!"

아침이 되어 조반이 늦는 것을 못마땅하게 여기며 장막 밖으로 나온 첫 번째 무인은 너무 놀라 말도 잇지 못했다.

피…… 피…… 피…….

사방이 핏물이었다.

비가 내려서 핏물과 고루 섞이는 바람에 땅이 온통 붉은색으로 물들어 있었다.

"이, 이봐! 이봐, 이것 좀…… 이것 좀 봐!"

그것이 그들이 맞이하는 아침이었다.

상조문은 몰살당했다.

문주를 비롯하여 전 문도가 한 명의 요행도 없이 몰살했다.

지척에는 한 팔을 거들겠다고 찾아온 군웅들이 있었다. 그들도 상조문도와 마찬가지로 거나하게 술을 마신 후 잠이 들었고, 창피하지만 싸우는 소리도 듣지 못했다.

만약 상조문을 몰살시킨 자들이 그들마저 죽이려 했다면 죽을 수밖에 없었다.

"나, 난…… 간밤에 한잠도 안 잤는데……."

광동(廣東) 노가(盧家)에서 왔다는 장창수(長槍手)는 연신 같은 말만 반복했다.

도저히 있을 수 없는 일이 벌어졌지 않은가.

어떤 자는 눈을 뜨고 있었고, 어떤 자는 잠을 자고 있었지만 모두 무인들이다. 낙엽이 떨어지는 소리에도 감각이 일어설 수 있도록 수련했다고 자부한다.

아니, 자부하지 못한다. 지척에서 남무림의 한 축을 맡고 있던 상조문이 몰살했는 데도 아무런 낌새를 눈치 채지 못했는데 어떻게 자부한단 말인가.

군웅들은 흉수라도 찾고자 했다.

"팔이 잘리고, 다리가 떨어져 나갔는데…… 아주 깨끗한 솜씨야."

상처를 살펴보던 사람들은 너나 할 것 없이 같은 말을 하며 부르르 몸을 떨었다.

검에 잘린 면만 보고도 상대의 무공이 가늠된다.

이런 무공이라면 맨정신으로 맞섰어도 승부를 장담할 수 없다.

상조문도들은 잠을 자고 있었다. 술도 먹었다. 무방비 상태에서 최고수들과 부딪쳤다.

그 정도의 상황 정리밖에 되지 않았다.

죽은 자들의 상처를 세세히 살폈지만 특정 문파의 무공이나 병기의 흔적은 발견되지 않았다. 무공은 깨끗했지만 살인 방법은 다양했고, 철천지원수라도 되는 양 잔인하게 사지를 절단해 죽였다.

이는 상조문의 살인 방법인데, 상조문이 같은 방법에 당했으니 준 대로 받는다는 것인가.

"마야 짓이야."

누군가 말했다.

말하지 않은 사람도 그 정도는 눈치 채고 있다. 마야가 아니면 누가 있어서 상조문을 이토록 쑥대밭으로 만들 수 있단 말인가.

마야의 진정한 힘이 어느 정도인지는 아무도 모른다. 단지 겉으로 보는 것처럼 여자 몇 명, 노인 한 명 딸려 있는 건 아니라는 거다. 그를 따르는 사람은 상상외로 많고, 하나같이 상대하기 벅찬 고수들이다.

아무것도 모르고 달려들었던 상조문은 풀 한 포기 남지 않았다. 아우가 먼저 비명횡사를 하더니, 상조문주조차 가슴이 쩍 갈라진 채 죽음을 맞이했다.

소름이 돋는다.

마인들이라면 치를 떠는 세상에서, 마인들은 발붙일 곳이 없는 땅에서 공공연히 마야를 지칭하고 다닌 것만 해도 가만 두고 볼 수 없는데, 살인까지 서슴지 않는다.

마야는 말한나.

해볼 테면 해보자. 건드리지 않는 자는 내버려 둘 것이나, 건드리려는 자는 가차없이 죽인다. 풀 한 포기, 기왓장 하나 남기지 않고 쓸어주마.

잔인한가? 상조문이 할 때는 잔인하지 않고, 그들을 같은 방식으로 죽이는 것은 잔인한가? 선악의 기준은 무엇이며, 잔인함은 어디에 근거를 두는가.

꼭 그렇게 말하는 것 같았다. 그래서 일부러 상조문을 더욱 잔인하게 죽인 것 같았다. 또한 더욱 몸서리쳐지게 만들기 위해서 일부 사람들은 일부러 살려둔 것 같았다. 죽은 사람보다 죽음의 공포를 맛본 사람이 더 두려움을 느끼는 법이니까.

"마야, 그놈 짓인 건 알아. 한데 남도문은 도대체 뭘 하고 있는 거야! 놈을 잡았었다면서 왜 놓친 거야! 놈이 활개치고 다니는데 언제까지 지켜만 볼 거야!"

화살은 자연스럽게 남무림의 맹주인 남도문으로 향했다. 하지만 남도문을 향한 원망이나 분노의 목소리는 그리 크지 않았다. 그들에게, 남무림 무인들에게 남도문은 신앙이나 마찬가지니까. 믿고, 존경하고, 의지하는…… 삶의 전부니까.

"난 독조림으로 가겠어. 독조림에 안면 있는 사람이 있으니 어떻게든 움직이도록 해봐야지. 한 사람이라도 아쉬울 때 이렇게 빠져서 미안하네. 하지만 우리만으로는 안 될 것 같아서 말이야."

그를 원망하는 사람은 없었다.

모두들 같은 생각이었다. 이 자리에서 몰살당한 상조문 고수들을 보라. 그들의 면면을 보라. 일개 문파 정도는 하룻밤 사이에 무너뜨릴 전력이 아니었던가.

마야를 상대하기 위해서는 인원수가 아니라 무공이 초절정에 이른 고수가 필요하다. 그를 에워싸고 있는 천여 명의 군웅들…… 후후! 그들 또한 쇠파리에 불과하지 않겠나.

"난 제삼무신가로 가봐야겠군. 금궁 강화명이 마야에게 죽었으니 제삼무신가는 가만있지 않을 거야. 움직이지 않을 거면 활을 꺾던가."

"이 사람이!"

"앗차! 미안하이. 하도 분통이 터져서 나도 모르게."

상조문을 돕고자 왔던 군웅들은 분분히 흩어졌다.

일부는 마차를 포위하고 있는 군웅들과 합류했다. 마야를 제지할 만한 대문파와 연이 닿지 않는 사람들이다. 조금이라도 연이 닿는 사람들은 모두 떠났다. 하다못해 문지기와 안면이 있어도 어떻게든 해보겠다며 떠나갔다.

"정말 상종 못할 사람들이군. 이게 뭐야? 사람을 완전히 걸레로 만들었잖아?"

"아예 작심하고 그어댄 것 같은데?"

"휴우! 그 괴물들과 적이 된다면 무슨 수로 싸우지?"

사람들은 일제히 마지막 말을 한 철탑거추를 흘겨봤다.

마도와 수검이 철저히 당한 적이 있지 않은가. 도(刀)에 마혼(魔魂)이 깃들어 있다는 마도도, 일검일살(一劍一殺)이라는 수검도 병기 한 번 제대로 휘둘러 보지 못하고 당했다.

그들이 죽이고자 하면 죽고, 살리고자 하면 사는 비참한 신세였다.

그들과 다시 한 번 싸운다 해도 결과는 마찬가지일 것 같다.

아직은 그 누구도 그들의 은형술을 깨뜨릴 비책이 없다. 이것저것 가능해 보이는 것은 모조리 끌어모아도 결과는 항상 도리도리 고개를 가로젓는 것으로 끝났다.

천멸도의 은형술을 깨려면 마야 이상의 능력을 지녀야 한다.

마야가 손봐준 무공이니까. 마야가 완벽하게 다듬어주면서 스무 사람이 죽을 일도 한 사람 정도 다치는 것으로 그칠 것이라고 호언장담한 무공이니까.

그들도 무너진 적이 있다.

금연화에게도 무너졌고, 절혼마녀, 일령에게도 무너졌다.

금연화 같은 경우에는 실제로 죽이기까지 했지만 꼭 죽인다고 이기는 것이 아니라 은형술을 깨뜨렸다는 사실만으로도 이긴 것이다. 숨은 자를 찾아냈으면 끝난 이야기 아닌가.

그렇다면 다른 사람들에게도 가능성이 있다.

당시 세 여인은 심법에 의존하기도 했고, 신법을 극상승으로 끌어올리기도 했다.

그런 것은 아무래도 상관없다. 심법이든, 신법이든, 검공이든…… 무엇이든 상관없지만 무엇에 집중했든지 간에 초감각 상태에 있었던 것만은 확실했다.

초감각에 열쇠가 있다. 인간 이상의 감각, 오감이 아니라 육감에 의존하는…… 아니다. 육감도 아니라 육감까지도 던져 버리고 무엇이 일어나면 자연스럽게 느껴지는 감각이 필요하다.

모두들 천멸도 살수들과의 겨룸을 생각하고 있을 때, 금연화가 뜻밖의 소리를 했다.

"이건 마야의 생각이 아녜요."

"무슨 소리야?"

가장 가까이에 있던 수검이 제일 먼저 반응했다.

"마야 같으면 이토록 무모한 일을 벌이지 않아요. 마야가 혼수상태에 있다는 말이 맞는 것 같아요."

"그거야 짐작하고 있는 일이니……."

"다담선자의 의도도 아녜요. 다담선자는 강해 보여도 약해요. 사람 목숨을 이런 식으로 빼앗지는 않아요."

"다담이 움직였겠나? 실제로 움직인 것은 천멸도니 죽이는 방법 또한 그들 식일 거고."

"제 말은 그게 아니라…… 다담선자 같으면 천멸도가 움직이면 결과가 이런 식으로 나올 거라는 것까지 생각한다는 거죠. 이어질 사태까지 생각하는 사람인데 이 정도 생각을 못했겠어요?"

"흠! 그럼 이건 천멸도주가 독단으로 움직였다는 건가?"

마도가 인상을 찡그리며 말했다.

금연화는 고개를 끄덕이며 말을 이었다.

"호호호! 내가 다담선자라면 마야만 움켜쥐고 전장을 빠져나가겠어요. 남은 사람들에게는 미안하지만, 그것만이 마야를 살릴 수 있는 길이니까요. 아시다시피 백 일 안에 멸신구관까지 찾아가려면 시간도 촉박하고."

"그럼 지금 마차에는?"

"아무도 없을 거예요."

"흠……!"

마도는 손을 들어 턱을 괴었다.

혈유는 손톱을 만지작거렸다. 철탑거추는 먼 하늘을 바라보았고, 고루쌍마는 서로를 쳐다보며 히죽 웃었다.

죽음까지 이르게 하는 싸움이 벌어질 게다. 그 싸움은 자신들이 맡아야 한다. 천멸도주가 맡겠다고 나섰으나 자신들 또한 주축이 되어 싸워야 한다.

죽느냐 사느냐는 생각지 않는다.

마인이 되어 제대로 숨조차 쉬지 못하고 살아왔다. 하나 이제는 밝은 세상이라는 그들과 맞서 당당하게 손속을 섞게 되었으니 이만하면 성공했지 않은가.

상조문은 천멸도주가 죽였으나 마야가 죽인 것이라 한다. 정작 마야는 혼수상태에 빠져서 아무것도 모르고 있는데 모두들 마야가 한 짓이라고 한다.

통구에서 천절수를 죽였다. 그것 역시 마야가 한 일이다.

앞으로도 마찬가지다. 천멸도주가 누굴 죽였던, 금연화가 누굴 죽였던 모두 마야가 죽인 것이 된다.

왜? 모두 마도인이라서 그렇다.

마도인은 한통속이다. 우두머리는 마야다. 모든 일이 마야의 머릿속에서 나온 생각들이다. 마야의 수하들은 절대 독단적인 행동을 할 수 없다. 오직 마야의 명령을 받고 움직이는 꼭두각시들이다. 그러니 마야의 수하들은 무공이 강하든 약하든 모두 조무래기들이다.

이것이 정도무림인들의 셈법이다.

의지도, 생각도 없는 괴뢰.

그래도 좋다. 이제부터 헤어진 짚신 취급도 하지 않던 인간들이 얼마나 지독한지 단단히 보여줄 테니까.

"다담선자는 우리가 알아서 움직여 주길 바랄 거예요. 자! 가요!"

금연화가 홀가분한 표정으로 일어섰다.

"어딜?"

혈유가 고개를 번쩍 들며 물었다.

"천멸도의 움직임을 봐요. 아무 움직임도 없어요. 있는 듯

없는 듯. 이게 그들 방식이니까⋯⋯ 그럼 마차는 누가 움직여요? 우리가 움직여야 되잖아요."

금연화는 조금도 망설이지 않고 마차를 향해 걸어가기 시작했다.

"네가 금연화란 계집이냐?"

"천⋯⋯ 멸도주?"

"가능한 오래 버텨라."

"걱정 마세요."

"흥! 늦지 않게 찾아온 걸 보면 머리는 돌아가는 계집이군."

"모쪼록."

"뭐?"

"모쪼록 부탁해요. 오다가 상조문이 몰살당한 현장을 봤어요. 앞으로도 상조문을 치듯이 그렇게. 우리 모두 전멸할 건 불 보듯 뻔한데⋯⋯ 그럴 바에는 치나 떨리게 해야죠."

"⋯⋯."

천멸도주는 말을 받지 않고 두 눈에서 번갯불 같은 신광을 쏘아냈다. 금연화의 머릿속을 들여다보겠다는 듯이.

"왜 그렇게⋯⋯?"

"혈귀대주가 생각나서."

"불쾌하군요."

"호호호! 불쾌해? 그럼 하나 묻자. 지금 네가 하는 행동은 혈귀대주를 죽인 남무림에 복수를 하겠다는 거냐, 아니면 마야가 순탄하게 길을 갈 수 있게끔 길을 열어주겠다는 거냐?"

"세상에는 흑과 백밖에 없다는 투군요."

"호호호!"

천멸도주는 상쾌하게 웃으며 사라졌다.

천멸도주와 금연화의 첫 만남이었다.

2

날이 밝은 후에도 비는 멈추지 않았다. 온 세상을 물로 심판하려는 듯이 항아리로 들이부어 댔다.

쉭! 쉭쉭……!

다담선자는 달리고 또 달렸다. 숨이 턱에 닿고, 진기가 고갈된다 싶지만 멈출 수는 없었다. 달릴 수 있을 때 한 걸음이라도 더 달려봐야 한다.

빗방울이 몸에 떨어지기 무섭게 튕겨 나가는 것 같았다.

의외인 것은 뜻밖에도 정심한 시마의 내력이다.

그는 전혀 지친 기색을 보이지 않았다.

세 여인은 나름대로 기연을 얻었다고 볼 수 있다. 마야를 만났고, 그에게 지도를 받았다는 사실만으로도 기적이다. 마령음이 되었든 적멸주가 되었든 그의 소리 덕분에 운기가 훨씬 원활해졌고, 내력도 그를 만나기 전에 비해 두세 배는 강해졌다.

무엇보다도 초식을 이해하고 소화시키는 능력이 탁월해졌다.

천하에 다시없을 둔재가 어느 날 갑자기 천재로 변하는 것처럼 평범하다 여겼던 머리가 본인들이 생각해도 깜짝 놀랄 만큼 민활하게 돌아갔다.

마야는 사람을 발전시키는 능력이 있다.

그가 보여준 능력에 기인한 것이기는 하다. 그런 능력들이 총체적으로 모여서 사람을 발전시키는 것이기도 하다. 하나 그가 지닌 능력 중 가장 돋보이는 능력으로 보이는 것을 어찌하랴.

세 여인은 이 세상 그 누구와도 싸울 수 있다는 자신감을 갖게 되었다.

시마도 그런 경우일 것 같다.

마야가 어떤 도움을 주었는지는 모르지만 그를 따르는 사람들 중에서 마야의 도움을 받지 않은 사람은 없다.

일견후즉파라는 눈썰미로 단점을 찾아내고, 완벽할 수 있게끔 손봐주었을 게다.

시마는 어떤 도움을 받았을까?

언젠가 시독(屍毒)을 흡취하지 않고도 녹혈마공을 수련할 수 있게끔 만들어주었다는 말을 들은 적이 있다.

그 정도에서 그치지 않았을 것이다.

시마의 내공은 세 여인보다도 정심하다. 겉으로 드러내지 않아서 몰랐을 뿐이지, 진정한 무공을 드러낸다면 세 여인 중에 그를 감당할 수 있는 사람이 있을까 의문스럽다.

갑자기 그런 생각이 든다.

시마의 기도는 안으로 감춰져 있다. 나약하고 골골거리는 노인의 전형적인 모습이지만 항상 흐트러짐이 없다. 목숨이 경각에 달린 지경에서도 그는 고요하다.

시마는 앞에 나서는 일이 없다. 자신을 내세우지도 않고, 의견을 말하지도 않는다. 가만히 있다가 누가 무엇을 하자고 하면 따라가는 모습으로 일관한다.

그런 그가 갑자기 강해 보이는 이유는?

모른다. 단지 직감이다. 한참을 달려왔어도 호흡이 흐트러지지 않는다는 것 정도로는 그가 강하다는 말을 하지 못한다.

그보다는 더욱 심오한 느낌이 있다. 아직은 그런 느낌의 정체가 무엇인지 알지 못하지만, 언젠가는 알게 되겠지만…….

"저쯤에서 쉬었다 가요."

다담선자는 무너지기 일보 직전인 움막을 가리켰다.

쏴아아아……! 꿀꺽! 꿀꺽!

시마는 자리에 앉자마자 호로병을 꺼내 술을 들이켰다.

"마시고 싶지 않아요?"

다담선자는 절혼마녀를 보며 물었다.

다담선자나 절혼마녀나 술이라면 이골이 났다. 아니, 넌덜머리가 난다고 해야 한다. 한때는 술 없으면 살지 못했지만 술이 원수보다 밉기도 했다.

술은 처참한 인생을 도피시켜 주는 도피처였다. 또한 처참한 인생을 더욱 악취가 심한 시궁창으로 밀어 넣는 역할도 했다.

"마시고 싶지. 억지로 참는 거야. 늙은이가 입 댄 술병에 입 대기는 싫거든."

"클클! 그 입은 죽어도 썩지 않을 입이라더냐? 클클! 아서라, 나 혼자 마시기도 모자라다."

시마는 힘겨운 표정으로 마야를 내려놓았다.

이제야 느낀 거지만 저 표정 또한 습관에 불과하다. 언제나 힘든 듯, 언제나 힘없는 듯, 언제나 아픈 듯······.

"호호! 귀도 밝으셔라. 일부러 소리를 죽였는데 들어버리셨으니, 민망하네요."

"민망? 홍! 세상이 떠나가라 고래고래 고함질러 놓고는······."

절혼마녀와 시마는 오랜만에 티격태격했다.

한 가지, 그런 와중에도 이주회첨진은 놓치지 않았다. 혼절한 마야를 중심으로 좌우로는 시마와 다담선자가, 앞쪽으로는 절혼마녀와 일령이 위치했다.

어느 때라도 움직일 수 있어야 한다. 어떤 급습이라도 받아낼 수 있어야 한다.

예상되는 적을 천멸도의 살수들로 잡으면 거의 완벽에 가까운 수비진이 형성되었다.

천멸도 살수가 공격해 온다면 어떻게 할까? 어디서 공격해 올까? 앞에서 공격해 오면? 뒤는? 땅속에서 튀어나오면? 그럴 수는 없겠지만 하늘에서 뚝 떨어지면?

천멸도 살수들에게 쫓긴다고 가정하면 곳곳이 빈틈투성이었고, 막을 수 있는 최대한의 움직임을 강구하게 된다.

이주회첨진은 시간이 흐를수록 강해졌다.

"그래, 여자의 비궁…… 천멸도주가 말한 곳 말이야. 짐작 가는 데라도 있어?"

"전혀요. 일단 남만으로 가려고요."

"어딘지 알면 가는 길이 훨씬 수월할 텐데, 하필이면 이럴 때 정신을 놓아 가지고는……."

근심 또한 시간이 경과할수록 깊어졌다.

마야가 영원히 깨어나지 않는다면? 남만에 도착했는 데도 눈을 뜨지 못한다면? 멸신구관이 설치된 곳을 찾았다고 하자. 눈앞에 펼쳐져 있다고 하자. 그 시점에도 마야가 이 상태라면?

보통 사람 같으면 혈(穴)도 눌러보고, 침도 놓아봤으리라. 정신이 돌아오는 데 특효라는 온갖 처방전도 동원했으리라.

하나 마야의 경우는 함부로 손을 댈 수도 없다.

그가 겪고 있는 저주의 자오법신은 인세(人世)에 나타난 적이 한 번도 없는 병세다. 무인이나 의원이 상식으로 알고 있는 기혈의 흐름이 그에게는 통용되지 않는다.

인간의 육신을 지녔으되 몸속에서 일어나는 변화는 전혀 다른 세계의 사람이다.

보통 사람들에게 추궁과혈(推宮過穴)은 분명히 약이다. 병세에 알맞은 혈을 적합한 강도로 시술하면 영약을 복용한 것 같은 효험을 볼 수도 있다.

그것이 마야에게는 약이 될지 독이 될지 모른다.

상식으로 헤아려서는 안 되는 사람이기에 치료 또한 함부로 행할 수 없다.

"어때?"

절혼마녀가 다담선자를 보며 물었다.

그녀는 이주회첨진의 한쪽 창끝을 맡고 있는 관계로 쉬어가는 곳에서조차 마야를 볼 수 없었다.

"똑같아요. 지금 시간이 오시쯤 되었을 텐데 기혈이 뒤바뀌는 느낌도 잡을 수 없어요."

"맥은?"

"거의."

"호흡은?"

"……"

다담선자는 대답도 필요없다는 듯 고개만 가로저었다.

"체온도?"

다담선자는 또 고개를 끄덕였다.

절혼마녀의 이번 물음은 의미가 달랐다.

체온이 거의 없다는 뜻이 아니라 체온이 이상 변화를 보이고 있는데 여전하냐는 뜻이다.

마야가 혼절하고 하루쯤 경과했을 때부터 그의 몸에서 이상 변화가 일어났다. 양기가 있는 쪽 피부는 불구덩이처럼 뜨거웠고, 음기가 있는 쪽은 얼음처럼 찼다.

어쩌면 반대일 수도 있다. 음기가 있는 곳이 뜨겁고, 양기가 있는 곳이 차가울 수도 있다. 피부란 열이 발생하기 때문에 뜨거운 것이고 열을 빼앗기면 차갑게 되지만, 이 또한 상식의 범주를 벗어나서 생각해야 한다.

어떤 게 맞는지는 마야가 깨어나지 않는 한 알아낼 방법이 없다.

"요기들 해요. 저녁까지는 쉴 틈이 없을 테니까요."

꼭두새벽에 길을 나서서 한낮이 되도록 쌀 한 톨 입에 넣지 못했다. 얼굴을 후려치는 장대비가 입술을 적실 때 혀를 내밀어 입 안을 적시는 것이 고작이었다.

요기는 해야 한다. 가능한 기운을 충족시켜 놓아야 한다.

하나 요기할 것이 변변치 않다. 준비해 온 것이라고는 육포(肉脯) 몇 조각이 전부다. 그때,

덜컥! 덜컥! 덜컹⋯⋯!

멀리서 덜컹거리는 달구지 소리가 들려왔다.

인적이 드문 길만 골라서 달려왔다. 눈에 띄는 사람은 모두 남무림 무인들이라는 전제를 깔고 행동했다. 장대비 덕을 많이 받아서 현재까지는 오는 도중에 만난 사람이 없다.

우연히 지나치는 사람인가? 인근 주민인가?

항상 반격할 준비가 갖춰져 있기에 딱히 경계하지는 않았다. 하지만 신경이 예민해지는 것은 어쩔 수 없었다.

덜컹! 덜컹⋯⋯!

소리가 점점 가까워지더니 이윽고 달구지의 모습이 눈에 들어왔다.

커다란 황소가 이끄는 우마차는 거친 길을 힘들게 올라왔다.

'적!'

육포를 꺼내 입에 넣으려던 동작이 뚝 멈춰졌다.

황소는 특이할 게 없다. 늘 보던 황소다. 마차도 특이하지 않다. 바퀴 두 개짜리 달구지로, 농촌에서는 흔하다.

달구지를 모는 사람도 평범하다. 모초(茅草)로 만든 도롱이를 입고, 챙이 커서 전신을 가리는 대나무 삿갓을 썼다. 비 오는 날이면 흔히 볼 수 있는 우장(雨裝)이다.

어디를 보나 흔하기 이를 데 없지만, 경계심이 드는 것은 농부가 사람도 다니기 힘든 길을 달구지까지 몰고 온다는 점이다.

꿀꺽! 꿀꺽……!

시마는 여전히 술을 마셨다. 아마도 호로병을 완전히 비울 요량인 듯싶다.

"쯧! 계집들이 먹을 복은 있군."

시미가 지나가는 말처럼 흘릴 때, 다담선자도 달구지를 몰고 오는 사람이 누구인지 알아냈다.

"저 사람이 어떻게!"

"크크크! 저놈이 흑조편복이란 사실을 잊었냐? 지독한 놈이지, 아주 지독한 놈. 입에 물었다 하면 죽을 때까지 놓지 않는 독종이야. 저런 놈에게 세 번이나 기회를 주었으니……
쯧!"

달구지를 타고 우장까지 걸치고 오는 사람은 흑조편복이었다.

달구지에는 갓 지은 듯 김이 모락모락 솟는 밥과 야채가 비 맞지 말라고 기름종이로 덮여 있었다.

"아미타불! 소승, 약속은 지키는 사람이라……."

흑조편복은 염불부터 외운 후 식사거리를 건넸다.

"놀랍군요. 우리가 여기서 쉬어 갈 줄 알았다는 거군요."

"우리 같은 사람에게는 놀랍지 않은 일이외다. 달리는 방향을 보고, 속도를 계산하고, 마음의 여유 정도를 감안하면 어디쯤에서 땀을 식힐지 한눈에 읽히죠."

"그런가요?"

"달리는 사람은 힘든 곳을 골라 가니 빨리 달리기는 하지만 속도가 늦고, 우리 같은 사람은 편한 길로 와서 대기하고 있으니 빠를 수 있고…… 다 그런 거외다."

"덕분에 식사다운 식사를 하게 됐어요."

"맛있게 드시길. 그럼 소승은 이만."

흑조편복은 미련없이 몸을 돌렸다.

그는 왔던 길을 돌아간다. 황소를 재촉하며 덜컹거리는 길을 뒤뚱거리며 간다.

세 여인은 흑조편복이 주고 간 식사를 앞에 놓고 구경만 했다.

"먹어라. 수작은 부리지 않았으니까."

시마가 세 여인의 마음을 읽고 말했다.

지금이야말로 흑조편복에게는 절호의 기회다. 주변에 거치적거리는 사람도 없고, 마야를 지키는 사람들만 어떻게 요리하면…… 음식에 미혼약이나 좀 더 잔인한 수를 쓰자면 독약 정도를 타서 먹이면 손도 안 대고 코를 풀 수 있다.

방법은 있다. 한 명이 먼저 먹고 상태를 지켜본 후에 다른 사람이 먹는 것이다. 하나 이 방법에도 구멍이 있다. 흑조편복 같은 사람이 손을 쓴다면 식사 후 한두 시진쯤 경과한 후에 독이 발작하게끔 조절할 수 있다.

결국 그가 건네준 음식은 먹을 수 없다.

내심 그렇게 생각했을 때, 시마가 먹으라고 말해왔다.

"정말로 이 안에……?"

"낄낄! 저놈, 다른 수는 몰라도 독에 의존하지는 않을 거니까 차후에도 가져오는 것이 있으면 날름날름 받아먹어. 큭큭큭!"

다담선자는 자신있어 하는 시마의 표정을 본 후에야 안심하고 웃었다.

시신들과 어울려 살아야만 수련해 낼 수 있다는 무공이 녹혈마공이다. 시신 썩는 냄새가 몸에 배이고, 시신이 썩은 물로 갈증을 풀어야 하며, 시신이 내뿜는 독기를 먹고 살아야 한다.

천하에서 가장 지독한 독인 시독(屍毒)을 몸 안에 갈무리하고 다니는 사람이니 그 어떤 독이 시마를 중독시킬 수 있을 것인가.

세 여인을 중독시켰다고 마야에게 접근할 수 있는 게 아니다. 시마까지 처리해야 하는데, 시마라는 인물 또한 녹록치 않다. 독을 뿌려댄다는 면으로 보면 상대하기 가장 까다로운 인물일 수도 있다.

결국, 독을 쓸 수는 있으나 실패할 공산은 매우 높다.

"그렇군요. 독을 쓴다는 것은 기회 한 번을 날리는 것이죠.

독에 관한 한 타의 추종을 불허하는 시마께서 계시니 어설픈 수를 쓸 수도 없고요."

"계집아, 얼굴에 금칠은 그만 하고 먹기나 해."

시마는 어슬렁거리며 다가오더니 음식을 덮었던 기름종이를 걷어 가 마야의 얼굴에 덮어주었다.

할아버지가 손자를 대하듯이 자상한 손길이었다.

'저 두 사람…… 보통 관계는 아닌데……'

마야와 시마는 늘 붙어다닌다. 우연히 혹은 강압에 못 이겨서, 또는 어떠한 사정을 달아서 같이 있을 수밖에 없는 환경을 만들지만 언제나 두 사람은 같이 있었다.

여러 사람이 모여 있을 때는 시마라는 존재가 눈에 들어오지 않는다. 죽은 듯이 조용한 사람에게 신경 쓰는 사람은 없으니까 말이다.

시마와 마야의 밀접한 관계는 지금처럼 사람이 적을수록 뚜렷이 드러난다.

마야와 시마는 어떤 관계일까? 누구도 그 부분에 대해서는 말하지 않았다. 묻지도 않았다. 궁금해하지도 않았다. 보통 마인들과 마찬가지로 마야의 도움을 받은 사람이고, 그가 좋아서 쫓아다닌다는 정도로만 알고 있을 뿐이다.

녹혈마공으로 인해 주화입마에 걸렸는데 마야가 도와줘야 산다. 지금 마야가 도와주는 중이다.

마야만이 녹혈마공을 천하제일마공으로 만들어줄 수 있

다. 한데 놈이 뻣댕기기만 하고 도와주지 않는단 말이지. 그러니 어쩔 수 없이 쫓아다니며 구걸할 밖에.

놈이 좋아서 쫓아다니나? 이 나이에 어딜 가서 뭐 해? 한데 놈과 같이 있으면 심심하지는 않단 말이지. 뭔 놈의 일이 끊임없이 일어나는지. 곧 뒈질 마당에 이만한 소일거리를 어디 가서 찾아? 안 그래? 너 같으면 이놈을 놓치겠어?

시마가 했던 무수한 말들…… 이 모든 말들이 허허롭게 들리는 것은 무엇 때문일까?

다담선자는 처음으로 마야와 시마의 관계에 주목했다.

'정신이 들면…… 깨어나면…… 꼭 물어봐야겠어.'

뒤통수에 무엇인가 엉겨붙은 느낌은 뭐란 말인가.

다담선자는 자신의 판단에 어떤 착오가 있었는지 생각에서부터 행동으로 옮기기까지의 전 과정을 되짚어봤다.

쉭! 쉭! 쉭……!

달려나가는 속도는 한결 뒤졌다.

그녀가 더디니 앞서 나가던 두 여인도 걸음을 늦출 수밖에 없었고, 자연스레 나아가는 속도가 평범해졌다.

"무슨 고민 있어?"

절혼마녀가 뒤를 돌아보며 물었다.

다담선자는 듣지 못했다. 생각에 깊이 빠져 절혼마녀가 뒤돌아보는 것조차 알지 못했다.

절혼마녀는 더 묻지 않았다. 한층 더 경각심을 드높여 주위를 살피며 나아갈 뿐이다. 다담선자가 무엇인가를 생각하고 있으니 그녀 몫까지 살펴야 한다.

"훗!"

절혼마녀는 혼자만이 알 수 있는 웃음을 흘렸다.

따지고 보면 다담선자보다는 일령이나 금연화를 훨씬 오래 알았다. 하나 지금에 와서 보면 금연화나 일령에 대해서는 모르는 것이 있어도 다담선자에 대해서는 속속들이 알게 된 것 같다.

눈빛을 보면 무슨 생각을 하는지 짐작할 수 있고, 미미한 표정 변화는 감정의 흐름을 말해주고……

사내들은 보지 못하는 부분까지 여인이기에 볼 수 있다.

연적이라 생각했는데, 한 남자를 두고 다투는 사이라고 생각했는데.

지금도 그렇다. 한마디만 물었을 뿐이고, 대답조차 듣지 못했지만 다담선자가 무엇을 하고 있는지 대번에 알았다. 앞서 나가지 않았다면, 옆에서 같이 달리는 중이었다면, 그래서 다담선자의 얼굴을 보았더라면 의미없는 물음도 던지지 않았을 게다.

"그만!"

다담선자가 느닷없이 소리쳤다.

절혼마녀와 일령은 이미 예견하고 있던 터라 즉시 걸음을 멈췄다.

걸음을 멈춘 다담선자는 주위부터 둘러봤다.

"왜? 누가 미행이라도 하는 것 같아?"

다담선자는 이번에도 대답하지 않았다. 세세한 곳까지 살피며 주위를 둘러보느라 아직 보지 못한 부분이 많다.

절혼마녀와 일령은 덩달아 주위를 살폈다.

"휴우! 강호란 정말 힘들군요. 완벽하다는 것도 없고, 안전한 것도 없고…… 늘 뒤를 밟히고, 늘 긴장해야 하는 곳이에요."

"큭큭! 강호밥 먹기가 쉬운 줄 알았냐? 강호란 그런 곳이지. 한쪽 발을 늘 검 위에 올려놓고 사는 곳. 빠져나가려고 해도 빠져나갈 수 없는 곳. 큭큭큭! 이것아, 정신 바짝 차려."

시마는 아무런 일도 없는 듯 천천히 앞서 나갔다.

다담선자도 시마와 마찬가지로 천천히 걸었다.

빨리 달릴 필요가 없었다. 뒤를 밟히고 있는데, 알 만한 사람들은 모두 알고 있는데 무엇을 숨기고자 달린단 말인가.

흑조편복이 알았듯이, 천멸도주가 파악했듯이…… 그녀의 움직임을 꿰뚫고 있는 사람은 많다.

주위를 둘러보면 아무도 없다. 산천초목은 빗속에 잠겨 있고, 동물들은 굴속에 틀어박혀 나오지 않는다. 그렇다고 아무도 없는 게 아니다. 보이지 않는 곳곳에 감시의 눈초리가 번뜩인다.

마야가 없는 마차를 감시하는 자들은 평범한 자들이라고 생각해도 무방하다.

뒤를 밟는 자가 있다면 누구일까?

천멸도 살수들이다. 그들이 따라붙는다. 천멸도주의 수하가 아니라 청령단과 맞바꾼 남도문 살수들, 주림의 백인수들이 뒤를 밟고 있을 공산이 칠 할은 넘는다.

그 다음은? 천멸도 살수들이 뒤를 밟고 있다면 사방천마 역시 따라붙었다고 봐야 한다.

또 그 다음은? 생각할 것도 없다. 제삼무신가!

남아 있는 자들에게 달라붙었어야 할 자들이 속지 않고 마야를 따라오고 있다.

그럼 왜 공격을 하지 않는 것일까? 왜 마야를 죽이지 않는 것일까?

남도문 살수들이야 겪어봐서 대비책을 세울 수 있지만, 사방천마나 제삼무신가 무인들이 나서면 곤란에 처해질 가능성이 구 할에 이르는데 말이다.

적을 너무 간단하게 생각했다.

이 정도의 일은 무풍곡에서 적안 사태의 공격을 받을 때부터 알았어야 한다.

적안 사태가 어떻게 마야의 앞길을 막을 수 있었나?

아니, 그전에…… 천멸도주는 어떻게 마야를 따라올 수 있었나?

세상이 온통 남무림의 눈과 귀다. 눈으로 보는 것, 귀에 들리는 것, 코에 맡아지는 모든 냄새가 남무림 편이다.

북무림은 북무림대로, 남무림은 남무림대로 철통같은 감시의 눈길을 보유하고 있다.

이 때문에 마인들이 살아남지 못했다.

누가 어디에 있다는 소문만 들리면 득달같이 달려가 죽여댔으니 어찌 살아남겠나. 마인의 이름을 얹고 아직까지 살아있는 사람들이 존경스럽다.

피할 곳도 숨을 곳도 없다.

그들의 눈길을 피하려면 마야가 했던 것처럼 굴을 이용하여 이동하거나 예상치 못한 수를 계속 두어가야 한다. 그것도 북무림에서는 삼뇌, 남무림에서는 야광의 머리를 능가해야하니 사실상 불가능하다 할 것이다.

마야를 다시 보게 되었다. 마야의 능력이, 그의 머리가, 그의 신념이 그립다. 잠시 눈을 감고 있는 것뿐인데, 그의 몸이 옆에 있는데 왜 이토록 그리운 것일까?

"알고 있었어요?"

시마에게 물었다.

"큭큭! 뭘?"

"알고 있었군요."

"느닷없이 무슨 소리야? 뭘 알고 있었다고 그래?"

"피힐 수 없다는 깃이요."

"클클클!"

"그런데 왜 아무 소리도 하지 않았어요?"

"이놈도 아무 소리를 하지 않는데 내가 뭔 소릴 해."

시마는 업고 있던 마야를 다시 추슬러 업었다.

"왜 아무 소리도 하지 않았대요?"

"그걸 왜 내게 물어? 이놈에게 물어야지. 깨어나면 물어

봐."

순간, 다담선자는 머리가 띵 울렸다.

시마…… 그는 마야가 깨어날 것을 의심치 않는다. 절대적

으로 깨어나리라고 믿는다. 그렇기에 그의 언행에는 애달픔

이나 조급함이 없다. 어제와 마찬가지로 오늘도 평온할 수 있

다.

그럼 자신들은? 그의 여인이라는 자신들은?

"그렇군요. 고통없이 얻어지는 건 없다. 똑똑해지기 위해

서는 배움의 고통을. 강한 무공을 얻기 위해서는 살과 뼈가

갈라지고 부서지는 고통을. 세상을 알기 위해서는 풍파와 싸

워 이겨내는 고통을. 아무리 그래도 너무했어요."

다담선자는 손을 들어 시마의 등에 푹 엎드려 있는 마야의

얼굴을 쓰다듬었다.

그는 일어날 것이다. 늦었지만, 많이 늦었지만 지금부터라

도 확신한다. 이성으로 믿는 것이 아니라 마음으로 믿는다.

"숨을 수 없다는 걸 알았어?"

"네."

다담선자의 대답 소리가 한결 맑아졌다.

"그럼 다시 숨으래."

"네?"

"이놈이 혼절하기 전에 웃으면서 한 말이 있거든. 머지않아 지금과 같은 상황이 벌어지면 말해주라더라. 피할 수 없다고 느낄 때 피해라. 하고자 하면 할 수 있다. 막다른 길에서 활로를 찾아라. 길이 있는 곳에서는 누구나 길을 찾지만 길이 없는 곳에서는 진정한 현자(賢者)만이 길을 찾는다."

"이 사람이 그랬다고요?"

"한마디 더 했어. 다담이라면 할 수 있을 거라고."

다담선자는 뱃속 깊은 곳에서 뜨거운 것이 왈칵 솟구쳐 올랐다.

자신을 믿고 혼절한 사내…… 그 사내가 마야였다. 자신이 그를 보는 것보다 그가 자신을 먼저 봤다. 자신이 그를 믿는 것보다 더 깊은 믿음을 가졌다.

"쉴 곳을 찾아야겠어요. 오늘은 푹 쉬자고요."

다담선자는 햇살처럼 밝은 미소를 방긋 지어 보였다.

第四十三章

사기인(四起人)
—사방에서 일어나는 사람들

쪼로롱! 쪼롱……!

서군봉은 손을 내밀어 작디작은 새 한 마리를 맞이했다.

주먹을 쥐면 손아귀에 쏙 들어올 만큼 작은 새다. 색깔은 빨간색이 주종을 이루는 가운데 녹색과 노란색이 점점이 박혀 있다.

진귀한 새라는 건 한눈에 알 수 있다.

사람 손에 길들여진 새라고는 보이지 않는다. 창공을 자유롭게 나는 산새로 보인다.

이름은 천홍조(囀紅鳥), 하늘의 꽃이라는 뜻에서 천화(天花)라고도 불린다.

북검문 천비대에서 자랑하는 하늘의 눈인 천목(天目) 비웅(飛鷹)과 함께 이대신조(二大神鳥)로 알려져 있다.

서군봉은 너무도 널리 알려진 북검문의 신조를 대담하게도 남무림 한복판에서 사용한 것이다.

다급한 일이 있었던 것도 아니고, 천홍조가 아니면 안 될 일도 아니었다. 단지 소식 몇 마디 전해 듣는 것뿐이었으니 다른 방도로 연락을 주고받았어도 충분했다.

그럼에도 천홍조를 쓴 것은 다른 방도를 사용하는 것보다 서너 배는 빠르다는 장점이 있기 때문이다. 또한 천홍조가 널리 알려져 있기는 하지만 이름만 알려진 것이지 천홍조를 본 사람은 없다는 점도 마음 놓고 사용하게 만들었다.

천목인 비웅은 천비대에서 관장하지만 천홍조는 천기수사의 전유물이다.

천기수사는 북검문 식솔들에게도 천홍조를 보여주지 않았다. 깃털이나 배설물도 마찬가지다. 천홍조에 관한 것은 천기수사가 직접 아주 은밀히 처리했다.

비밀이란 나눠서는 안 된다. 혼자만 알고 있을 때 비밀이란 것이 존재한다.

그렇게 장막에 가려져 키워진 천홍조이니 누가 본다 한들 북검문의 신조일 것이라고 생각하는 사람은 없을 게다.

"농진(濃眞)에서 구언(丘焉)."

서군봉은 잠시 무엇인가를 생각하는 듯 지그시 눈을 감

았다.

잠시 후, 그녀가 다시 눈을 떴을 때는 얼굴 가득히 웃음이 감돌고 있었다.

"역시 열쇠는 그자가 쥐고 있었어."

서군봉의 머릿속에 마야의 얼굴이 스쳐 갔다.

자신과 만났을 때만 해도 멀쩡했는데 갑자기 혼수상태라니.

그가 어떤 상태이든 마음을 쓸 일은 아니다. 그가 가는 곳에 멸신구관이 있다는 사실이 중요하다.

유계의 주인을 죽일 수 있는 곳이라고 했다. 하면 죽이지 못할 사람이 없다는 뜻도 된다. 웬만한 함정이나 기관으로는 그런 장담을 할 수 없을 테고……

마야는 그곳을 왜 찾아가는가?

마야가 남도문을 빠져나온 후에 일행들과 떨어져서 남쪽으로 방향을 잡았다는 소리를 들었을 때, 손발이 떨리고 심장마저 두근거렸다.

마야를 본 적이 없다. 그에 대해서는 몇 가지 단편적인 이야기를 들었지만 자세히 알지는 못한다. 천비대가 추적하는 과정에서 벌어진 사건들이 그를 이해하는 데 많은 도움이 되기는 했지만 아직도 마야에 대해서는 모르는 것이 더 많다.

신분도 다르고, 위치도 다르고, 사는 세계도 다르고…… 마야와 그녀는 평생을 살아도 조우할 일이 없는 별개의 사람들이었다.

한데 그녀가 마야의 이야기를 듣고 심장까지 두근거린 것은 마야의 행보가 이후 무림 백 년을 좌우할 중요한 사건임을 본능적으로 직감했기 때문이다.

무림사에 일획이 그어지고 있다.

그녀는 서슴없이 장강을 넘어 남무림으로 들어섰다.

그녀라고 남무림으로 들어서고 싶었을까? 그녀가 들어선 사실이 발각되기라도 하면 살아서 돌아가는 일은 꿈도 꾸지 못할 곳인데 발을 디디고 싶었을까.

앉아서 있을 수만은 없었기에 남무림으로 들어섰다.

그녀가 제일 먼저 할 일은 자신의 생각이 맞는지 알아보는 것이다.

우선 마야를 은밀히 따르면서 그의 능력이 어느 정도인지 가늠했다.

지피지기(知彼知己)면 백전불태(百戰不殆)라고 했다. 상대를 아는 것이 모든 일의 시발(始發)이며, 끝이다. 상대를 정확히 알면 어린아이의 소꿉장난 같은 방책으로도 손발을 묶을 수 있지만, 상대를 모르면 천만금을 사용해도 손가락 하나 잡아내지 못한다.

그녀는 마야의 능력을 감지해 내지 못했다.

북검삼뇌의 맏형인 천기수사의 딸이 한낱 마도인의 능력을 가늠해 내지 못했다.

손가락 하나로도 죽일 수 있는 자, 혹은 북검문의 후계자들인 칠성군이 모두 모여 합공해도 옷자락 한 올 건드릴 수 없는 자.

그녀는 상반된 결론을 내렸다.

어느 것이 맞느냐는 직접 시험해 보기 전에는 알 수 없었다. 누가 대신 싸워주면 좋을 텐데, 싸움이 벌어지면 주위에 있는 자들이 먼저 해결하니 그의 능력을 볼 기회가 없었다.

그래서 결정한 것이 직접 대면하는 것이다.

남무림 무인들이 지켜보고 있다. 마야를 만나서 이야기를 주고받았다는 사실만으로도 주목을 받기에는 충분하다. 더군다나 그녀는 자신의 신분을 철저히 숨겨야 할 처지다.

그녀는 남무림의 주목을 받더라도 직접 대면하는 편이 낫다고 생각했다.

그녀가 서둘러 마야를 만난 데는 또 다른 이유도 있었다.

상조문이 끼어들지 않았다면 그렇게 빨리 마야와 만나지는 않았으리라.

상조문과 마야의 싸움은 마야가 이길 게 자명하지만, 이는 곧 마야의 패배로 이어진다. 남무림이 공분을 일으키면 천하의 그 누구라도 감당하지 못한다.

마야를 빨리 만나봐서 자신의 생각이 옳으면, 마야의 행로가 무림사에 일획을 긋는 중대한 일이면 전폭적으로 도울 생각이었다. 만약 아니라면 깨끗이 물러나면 그만이고.

그를 만나는 순간, 서군봉은 전신에서 일어나는 전율과 홍분 때문에 날아갈 것 같은 기분이었다.

자신의 생각이 맞았다.

마야의 얼굴에는 병색이 가득했다. 다담선자나 절혼마녀의 얼굴에는 서둘러 길을 가지 못하는 데서 기인한 조급함이 묻어났다.

마야는 치료를 하기 위해 남만으로 간다.

남만…… 멸신구관.

멸신구관은 사람을 죽이는 곳이 아니라 살릴 수 있는 곳이기도 하다. 천하를 오시하는 사람을 죽일 수 있다면, 그만한 사람을 키워낼 수 있는 곳이기도 하다.

죽든가, 기연을 얻든가.

멸신구관에서 죽는다면 억울할 건 없고, 기연을 얻는다면 무신들처럼 천하를 오시할 수 있고.

마야와 함께 멸신구관으로 가야 한다.

역시 남무림으로 건너온 것은 잘한 행동이었는데…… 그를 어떤 방법으로 싸움터에서 빼낸다? 상조문과 싸우지 말라고 했지만 말을 들을 위인은 아닌 것 같고.

한데 모든 일이 그녀의 뜻대로 움직여졌다.

상조문주를 비롯한 상조문의 정예가 하룻밤 사이에 몰살당한 것은 그녀에게도 충격이었지만, 어쨌든 마야는 싸움터에서 빠져나와 남만으로 향하고 있다.

싸움에 간여할 생각은 추호도 없다. 마야가 남만으로 간다면 그를 뒤쫓아가기만 하면 된다.

"천화야, 계속 수고해 줘야겠다. 호호호!"

서군봉은 천홍조를 허공에 띄워 보냈다.

*   *   *

"이건 도대체…… 뭔 일이 이렇게……."

백 명에 달하던 수하들 중 태반이 죽고 이제 일 할밖에 남지 않았어도 눈썹 하나 까딱하지 않은 그다. 남은 사람들로 그들보다 훨씬 강한 상대를 공격하라는 명을 받았어도 공멸(共滅)을 생각했을망정 얼굴을 일그러뜨릴 만큼 감정이 흔들리지는 않았다.

한데 한 장의 밀지(密紙)가 그를 뒤흔든다.

"지금 당장 공격하라는 편지입니까?"

"조용히 해, 새끼야!"

"……."

"이게 대체 어떻게 돌아가는 판국이야?"

천멸도 백인수의 수장인 주림은 밀지를 두 번, 세 번 되읽었다.

몇 번을 봐도 내용은 한 가지다.

명(命), 마야(魔爺) 호위(護衛). 견벽청야(堅壁淸野).

어제까지만 해도 마야를 죽이라고 했는데 오늘은 마야를
보호하란다. 뿐인가! 견벽청야라니! 성 주변의 모든 가축을
도살하고, 가옥을 불태워 적이 발붙일 곳이 없게 만든 후 성
안에 틀어박혀 보루를 굳게 지키는 것이 견벽청야다.
　누군가 마야를 공격하려 한다면 마야와 부딪치기 전에 먼
저 제거하라는 뜻이다.

배인적사(背人的事). 안저남만후탈롱(安抵南蠻後脫籠).

일은 등 뒤에서 하라는 말이니 드러내지 말고 비밀리에 숨
어서 하라는 뜻이다. 또한 남만에 무사히 도착하면 탈롱, 남
도문의 구속에서 풀어준다고까지 했다.
　백인수 중 이제 아홉 명밖에 남지 않았으니 구속에서 풀려
나도 기쁠 건 없다. 오래 산다면 죽은 형제들을 볼 낯이 없으
니 한시라도 빨리 죽을 자리를 찾을 생각이었다. 개죽음만 아
니라면, 명분있게 죽을 자리라면 어느 곳이든 좋다는 생각이
었다.
　주림은 남도문이 탈롱이라는 글자를 쓴 것에 놀랐다.
　남도문은 천멸도의 살수를 사는 대가로 청령단을 내놨다.

죽은 사람도 살리고 썩은 살도 되살린다는 명약 중에 명약이다.

북검문에서 내놓은 황정초와 어울리면 천형인 나병도 고칠 수 있다는 희망을 품어본다.

그만한 대가를 치르고 얻은 살수들인만큼 개죽음을 시키는 한이 있어도 탈롱은 시키지 않는다.

노예를 산 자가 탈롱을 약속할 때는 둘 중에 하나뿐이다. 살 수 있는 가망이 거의 없거나, 임무를 완수하고 나면 천멸도 살수들을 버려도 좋을 만큼 만족감을 얻을 경우이거나.

어쨌든 현재 마야를 공격하려는 자는 남무림 무인들이고, 자신들은 남도문의 명을 받아 그들을 죽여야 하는 입장이다.

남무림 무인들은 자신들의 목숨을 겨누는 검이 남도문의 검이라는 사실을 짐작이나 할까? 그들이 존경하고 떠받드는 남도문이 세상에 존재해서는 안 되는 마인을 보호하기 위해 검을 들이댄다는 사실을 알면 어떤 표정을 지을까?

"다행입니다. 도주님과 검을 섞지 않아도 되지 않습니까? 아니, 이건 한술 더 떠서 도주님과 합류해도 좋을 성싶은데요?"

어깨 너머로 편지를 흘겨본 사내가 말했다.

주림은 살기 어린 눈빛으로 말한 자를 노려봤다.

같은 일을 한다고, 같은 식구였다고 해서 같은 사람이 되는 것은 아니다. 도주는 천멸도의 도주로서 남무림 무인들을 격

살하는 것이고, 자신들은 남도문의 비밀병기로써 격살해야
한다.

남도문이 약속한 탈롱이 이루어지기 전까지는 천멸도와는
인연이 끊긴 남도문의 개인 것이다.

"한 번만 더 그따위 소리를 하면 네 목부터 칠 테다."

말한 자도 실언을 깨닫고 금방 머리를 조아렸다.

"죄송합니다. 천멸도로 돌아갈 수 있으리라고는 생각도 못
하다가 가능할지도 모른다는 생각에 그만."

그는 용서를 빈다고 한 말이었으나 이번 말은 주림을 진짜
로 화나게 만들었다.

쫘악!

누가 말릴 사이도 없이 손이 번뜩였고, 말한 자는 휘청거리
며 두어 걸음이나 밀려났다.

입 안이 찢어졌는지 핏물이 흘러나오며 백포를 물들였다.

"희망은!"

"버리라고 했습니다!"

그가 급히 받았다.

"코는!"

"피 냄새만 맡으라고 했습니다!"

"입은!"

"죽음만 말하라고 했습니다!"

"너는!"

"죄송합니다. 다음 싸움에서 반드시 죽겠습니다!"

그제야 주림은 독기 어린 눈빛을 풀었다.

"미련한 생각은 하지 마라. 약한 생각도 하지 마라. 우리는 죽을 수밖에 없는 운명이야. 천멸도를 나설 때 죽기로 작정했으니 죽은 다음에나 돌아갈 수 있어. 죽어서 가자. 치사하게 살아서 가지 말고, 떳떳하게 죽어서 가자."

"죄송합니다!"

주림과 백인수, 백한 명이 천멸도를 나섰으니 이제 아홉 명뿐이다.

일부는 금연화에게 죽었다. 일부는 한솥밥을 먹으며 같이 웃고 떠들던 안량빈과 십겁룡에게 죽었다.

동료들끼리 살상을 한 것도 모자라서 동료를 죽인 마야를 보호해야 한다.

천멸도 살수들의 운명이 참으로 비감스럽지 않은가.

"가자! 같은 일을 하게 됐지만 도주님과는 만나는 일이 없어야 할 터, 각별히 조심들 해라."

남도문의 명은 마야를 죽이라는 명령만큼이나 고통스러웠다. 하나 명을 수행하기 위해 서슴없이 신형을 쏘아냈다.

*　　　　*　　　　*

자숙(自肅).

미치고 환장할 노릇이다.

이제나저제나 숨죽이며 기다렸는데, 재삼재사 재촉한 끝에 얻어낸 명령은 헛바람만 나오는 소리다.

으득!

강금산의 입에서 이 갈리는 소리가 흘러나왔다.

모두가 마야 때문이다.

놈을 잡기 위해 제삼무신가를 떠날 때만 해도 아버지는 모든 판단을 자신에게 맡겼다.

형의 복수를 한다고 했을 때도 만류하기는 했지만 떠나는 것까지 막지는 않았다. 하나 화공으로 마야를 공격한 다음부터는 태도가 완전히 바뀌었다.

무서운 질책이 떨어졌다.

금문(禁門).

아예 문밖으로 나가지 말라는 명령이니 이보다 더한 치욕이 어디 있으랴.

백팔궁사까지 데리고 나가서 추태만 부렸다는 데는 할 말이 없다. 정말 할 말이 없다. 그러고도 마야를 죽이지 못하고 놓쳤으니 입이 열 개라도 할 말이 없다. 화공을 써서 잘못했다는 게 아니라 마야를 잡아 죽이지 못해서 할 말이 없다는 거다.

아버지의 위치에 가장 근접해 있던 형이 죽었다.

금궁 강화명이 겨우 자하일봉 같은 계집에게 죽었을 때부터 제삼무신가의 위명은 땅에 떨어졌다.

무슨 체면이고 염체고 따지는가.

'금문'의 명을 받았을 때도 지금처럼 기분이 나쁘지는 않았다.

무인은 무공으로 싸워야 한다는 아버지의 철칙을 이해한다. 숫자적인 우위나 지형적인 우위는 점할 수 있지만 마무리는 항상 제삼무신가의 성명절기인 궁술로 결정지어야 한다는 자부심에는 이의가 없다.

아니, 다른 생각이 있어도 그것만은 아버지이기 이전에 무신인 궁왕의 자존심이니 떠받들 수 있다.

그런데 지금 명령은 도무지 납득할 수 없다.

아버지는 정말 형의 복수를 포기한 것인가? 형의 영혼이 이승을 떠돌고 있는데 언제까지 마야가 활개치고 다니도록 내버려 둘 셈인가.

강금산은 빈 활을 들어 힘껏 당겼다가 놓았다.

투웅! 패에엥!

강궁에서 튕겨져 나온 소리가 허공을 찔렀다.

이 활에 화살을 재워야 하는데. 마야의 심장을 향해 쏘아야 하는데.

투웅! 패앵! 투웅! 패애앵……!

분노를 담은 활줄이 연신 비명을 내질렀다. 그때,

"상조문이 몰살당했습니다."

허공 어딘가에서 싸늘한 음성이 불쑥 튀어나왔다.

"뭐야! 상조문이!"

"……."

"뭐야? 또 마야야?"

"그렇습니다. 상조문주를 비롯하여 천절수 칠백까지. 요행히 살아남은 자도 없습니다. 전원 몰살입니다."

유궁 강금산은 으스러져라 활을 움켜잡았다.

이건 남도문의 치욕이다. 세상이 말세라 해도 마인이 이토록 활개를 치고 다닐 수는 없다.

"대응은?"

"부위량이 나설 것 같습니다."

싸늘한 음성의 주인은 문밖 출입을 통제당한 강금산에게 세상 돌아가는 상황을 세세히 말해주었다.

"추혼단주가? 확실한가?"

"위로부터 명이 떨어진 건 아니지만 확실해 보입니다."

"흠……!"

강금산은 긴 숨을 내쉬었다.

추혼단주 부위량이라면 마야를 잡기 위해 같이 손을 잡은 적이 있다. 머리도 좋고, 무공도 쓸 만하다. 무엇보다 상황 판단이 명확하고 결단력이 뛰어나 추혼단주로서 썩 어울린다고 봤다.

강금산은 잠시 망설이다가 이를 악물고는 지필묵을 꺼내 서신을 적어 내려갔다.

"지금 즉시 이 편지를 추혼단주에게 전해."

"그러죠."

싸늘한 음성의 주인은 대답만 할 뿐 편지를 가져가지 않았다. 그가 행동에 옮기는 것은 강금산이 자리를 뜬 후가 될 것이다.

강금산은 그때까지도 손에 쥐고 있던 활을 던져 버렸다.

이제 수련용 활은 질렸다. 실전용 활을 사용할 때가 됐다.

그는 뚜벅뚜벅 걸어가 벽에 걸려 있는 강궁을 꺼내 힘껏 시위를 당겼다가 놓았다.

빼애액! 투아앙!

소리부터가 다르다. 강궁의 울음이 방 안 공기를 뒤흔든다.

화살도 보통 화살보다 배는 길고 두꺼운 철전(鐵箭)을 가져간다.

전통(箭筒)에 꽂혀 있는 게 여덟 개이니 그만하면 충분하다. 괜히 더 가져간다고 전고(箭庫)에 들렀다가 괜한 소리가 아버지 귀에 들어가기라도 하는 날에는 족쇄가 채워질지도 모른다.

'마야, 기다려라.'

강금산은 뒤돌아보지 않았다.

2

상조문의 몰락 소식을 듣고 제일 먼저 자리를 떨쳐 일어선 곳은 독조림이었다.

사천당문이 존재하는 남무림에서 독으로 일가를 이루기는 하늘의 별 따기나 마찬가지다. 독의 세계에서만큼은 대통합을 이루겠다는 것이 사천당문의 대명(大命)이니 문파명에 '독(毒)'이라는 글자를 집어넣었다는 자체가 사천당문과의 대립을 의미한다.

흡수되거나, 소멸되거나, 존재하거나.

독조림은 존재했다.

하루에도 수십 개의 문파가 생기는 반면 또 그만큼의 문파가 사라지는 곳이 무림이다. 사람들이 가장 손쉽게 접하는 병기가 검인만큼 검으로 일어서는 문파가 가장 많다. 하나 어느 문파치고 독을 사용하지 않는 문파는 거의 없다고 봐도 무방할 만치 약자에게 독이란 유혹적인 마물이다.

힘들이지 않고, 안위를 보장받으며 적을 죽일 수 있으니 이보다 뛰어난 병기가 어디 있으랴.

무인이 아니더라도 독은 많이 사용된다. 살상 도구가 아니라 치료를 목적으로 쓰이기도 한다.

한 가지 불문율은 독을 사용하는 순간부터 사천당문의 개입을 의식해야 한다는 거다. 독살이 일어났을 경우에는 볼 것도 없이 개입하며, 시시비비를 가려 엄단하는 권한까지 가지고 있으니 독에 관한 한 사천당문은 지존이나 다름없다.

독조림은 그런 배경하에서 독을 키웠고, 성장했으니 존재 자체만으로도 무서움을 알 수 있다.

사천당문이 작심하면 멸문시킬 수 있으나, 사천당문 역시 막대한 피해를 감수해야 하는 문파. 고슴도치처럼 가시를 날카롭게 곤두세우고 호랑이 앞을 거니는 무모한 자들.

남무림이 인식하는 독조림은 아집과 오기로 똘똘 뭉친 이단아들의 집단이었다.

독조림은 북검문의 신성(新星)인 혈귀대 몰살에 참여했다.

그들은 영악하기로 소문난 혈귀대원들을 감쪽같이 중독시켰다.

혈귀대원들은 철사대에 가로막히고, 상조문에 뜯기고, 최종적으로는 궁왕의 화살에 절단났지만 서막은 독조림이 열었다.

그 후, 독조림은 일약 명문정파의 반열에 올라섰다.

독조림이 한 일은 미미하다 할 수 있지만 혈귀대가 절단난 영광은 고스란히 누렸다.

단지 혈귀대 몰살 사건에 가담했다고 해서 영광을 누리는 것은 아니다. 이런 광영을 얻기 위해서는 남도문의 배려가 있어야 한다. 남도문이 싸움에 가담하라고 통보해 준 것은 독조림의 뒤를 봐주겠다는 뜻과도 같다.

즉, 독조림은 남도문으로부터 인정받은 문파가 된 것이다.

혈귀대 몰살 사건은 남무림 무인들로부터 이단 취급을 받던 독조림과 상조문을 급격하게 가까운 사이로 밀착시켰다.

혈귀대 사건으로 인해 그들은 처음 만났다.

그 사건이 아니었다면 영원히 만날 일이 없었을 문파들이다.

독을 만지는 사람들과 죽음을 다루는 사람들의 문파.

그들은 많은 공감대를 확인했고, 지금에 와서는 형제 이상으로 밀접한 관계였다.

상조문이 몰살했다. 상조문주가 죽었다.

독조림이 발칵 뒤집히는 것은 당연했다.

"독조림의 모든 독수(毒手)는 만반의 태세를 갖추고 오는 보름까지 제이총단(第二總團)으로 집결하라!"

명이 떨어졌다.

한 사람의 독수가 탄생하기 위해서는 열 사람의 희생이 필요하다.

독을 채집하고, 성분을 분석하고, 실전에서 사용할 수 있게 개량시키고…… 마지막으로 병기 형태로 만들거나 환(丸) 혹은 산(散) 형태로 내놓는다.

독수는 미지의 사람들이 만들어준 독으로 용독술(用毒術)을 펼치게 된다.

이들의 역할은 누가 중요하다 중요하지 않다 할 수 없다.

모두 중요하며, 어느 한 사람이라도 무능하면 최고의 독수는 탄생하지 못한다.

독조림이 사천당문의 견제를 벗어날 수 있었던 것도 이런 조직 체계가 잘 갖춰져 있었기 때문이다. 독수를 끊임없이 배출할 수 있으며, 하루가 멀다 하고 새로운 독을 선보이니 어찌 가볍게 볼 수 있겠나.

조직 체계는 그렇다 해도 싸움을 하는 사람은 독수뿐이다.

사천당문 같은 경우에는 독수가 채집도 하고, 용독도 하지만 독조림같이 성장 단계에 있는 문파는 인재를 양성하는 데 들이는 시간을 줄이기 위해 독수만 따로 양성하는 쪽을 택한다.

장구한 역사를 이어온 문파와 신흥 문파의 확실한 차이점이다.

남무림 곳곳에 흩어져 있던 독수들이 제이총단이 있는 화양(華讓)으로 꾸역꾸역 모여들었다.

상조문처럼 요란스럽지는 않았다.

그들은 두세 명, 많아야 네다섯 명이 한 조를 이뤄 움직였으며, 겉모습만 봐서는 무인인지 아닌지 모를 정도로 평범하게 행동했다.

보름까지 제이총단으로 모이라는 독조림주의 명이 은밀히 지시되었다면 무인들이 모여들고 있다는 사실도 모를 뻔했다. 그냥 '사람이 왜 이렇게 많아졌지?' 하는 선에서 생각을 그치고 말았으리라.

"독조림에서 오셨수?"

국수를 파는 노파는 무척 허기진 듯 게걸스럽게 먹는 사내에게 물었다.

"독조림? 독조림이 뭐 하는 곳이오?"

사내는 정말 모르는 듯 눈을 동그랗게 뜨며 되물어왔다.

노파는 그만두자는 듯 고개를 살래살래 흔들었다.

사내는 양손이 새까맣게 변색되어 독술을 연마한 흔적이 역력하다. 눈매는 살기로 번들거리고, 몸에서는 코를 탁 찌르는 묘한 냄새도 풍긴다.

분명히 독조림 문도다. 하나 아니라고 한다.

독조림 문도들이 전부 이런 식이다. 증거가 뚜렷해도 아니라고 한다. 이건 뭐냐고 물으면 그럴듯한 변명을 늘어놓는다. 믿어도 그만, 안 믿어도 그만인 그런 변명을.

"먼 길을 오신 것 같수. 허기진 것 같은데 이것 한 그릇 더 드슈. 돈은 안 받을 테니까 걱정 말고. 참! 독조림 문도를 만나면 꼭 전해주슈. 그 인간백정 놈을 꼭 잡아서 죽여주십사 하고 말이우."

"인간백정이 누구요?"

"아! 그 마야인가 뭐시긴가 하는 놈 말이우. 상조문을 떼거리로 죽인 놈인데 모르는 척은 하지 마슈. 독조림 문도를 만나면 꼭 전해주는 거유."

"걱정 마쇼. 꼭 전해주리다."

국수를 파는 노파만 이런 것이 아니었다.

화양 사람들은, 아니, 남무림 사람들은 어느 누구도 마야를 반기지 않았다.

상조문은 싫든 좋든 간에 남무림 사람이다. 그들이 존경하는 남도문에서 인정한 문파다. 한데 한낱 마인이 남도문 사람을 죽였다.

사람들이 생각하는 것은 그 선에서 멈췄다.

시시비비는 누가 남무림 사람들을 죽였느냐에 고정되었을 뿐, 사건의 시작에 대해서는 알려고도 하지 않았다.

남무림 사람을 죽인 자, 마야. 고로 남무림 무인들이 반드시 죽여야 할 자, 마야.

독조림 문도들은 성스러운 싸움에 임하는 것처럼 마음을 묵직하게 가졌다.

독조림주 진로위(陳魯衛)는 성급하지 않다. 무식하지도 않다. 독을 사용하지만 잔인한 성품도 아니다. 그는 차분한 성격이다. 시서(詩書)를 즐기고 꽃을 기르며, 토론을 좋아한다.

상조문이 몰락했다는 소식을 들었을 때, 그는 자신에게 노한 번의 기회가 찾아왔음을 즉각 깨달았다.

남도문이 혈귀대 사건으로 독조림을 튼튼한 반석 위에 올려놨다면, 이제는 아주 굳건한 기둥을 세울 차례다.

마야를 깨끗이 처리하기만 하면 독조림은 명실공히 사천당문과 어깨를 나란히 하는 이대 독문으로 자리매김할 게다.

서둘면 안 된다. 절대 안 된다. 서둘면 생각하기도 싫지만 상조문과 똑같은 꼴을 당한다.

그는 만천하에 선전포고를 했다.

이는 반드시 필요한 과정이다. 남무림 전체에 독조림의 의중을 알려서 명분을 얻고, 의기가 살아 있음을 보여주는 작업이니 빼놓을 수 없다. 상조문에 대한 의리도 지키는 셈이 되고 말이다.

두 번째, 반드시 빼놓을 수 없는 일 중에 하나가 실행 과정을 보여주는 것이다.

독조림 독수들이 모여든 모습을 보여주어야 한다.

진로위는 화양으로 집결시키는 문도를 독수로 한정시키지 않았다. 독수가 아닌 자들 중에서도 외양이 사납게 생긴 자들은 무조건 집결하라고 암암리에 명을 내렸다.

사람들을 질리게 만들어야 한다.

독조문이 모이니 이토록 무섭구나 하는 느낌을 갖게 만들어야 한다.

다행스럽게도 용독술이란 반드시 무공이 높아야 시전하는

것은 아니다. 일반 범인들도 며칠만 수련시키면 간단한 용독술 정도는 펼칠 수 있다.

외양만으로는 어느 정도 용독술을 지녔는지 판단하기 힘들다는 특성을 지녔으니 그저 사람만 많으면 된다.

그들에게는 겸양의 덕을 내세우게 했다. 되도록 공손한 모습을 보이고, 무인의 냄새를 지울 것이며, 민초들과 섞이는 모습을 보여주라고 했다.

남무림 모든 사람들을 독조림 편으로 끌어당길 수 있는 호재가 아닌가.

세 번째가 문제다. 세 번째는 진짜로 싸워야 하는데, 이 부분에서는 섣불리 움직일 생각이 없다.

'소수 정예로 쳐야 돼.'

진로위는 변복을 하고 화양 거리를 거닐며 자신의 문도들을 살폈다.

독수 냄새를 풍기지 않는 자, 사연이 있어 보이지만 의심스럽지 않은 자…… 그런 자가 어디에 있을까.

명검(名劍)은 너무 날카로워서 쉽게 드러난다. 둔검(鈍劍)은 잘 베이지 않으니 무용지물이다.

명검과 둔검 사이에 있는 자를 찾아야 한다. 적당히 날카로워 드러나지 않으면서도 썼다 하면 살을 벨 줄 아는 자여야 한다.

'흠! 좋아.'

한 명은 찾았다.

그는 장사를 하고 있었다. 화양으로 집결하라는 명을 내렸는데, 화양에 와서 돈벌이를 하고 있으니 제법 사연이 있어 보인다.

독 냄새는 전혀 나지 않으나 왼손을 반쯤 오므린 상태에서 펴지 않고 있다는 것은 독조림 문도라는 뜻이며, 오므린 상태가 오래 지속되는 것으로 보아서 상당한 용독술을 지닌 것으로 보인다.

'하나는 찾았고……'

그는 어슬렁어슬렁 발걸음을 옮겼다.

그는 돈을 벌어야 한다.

돈을 벌어야 그녀를 하루라도 더 안을 수 있다.

천하를 질타하겠다는 웅심을 품고 독조림에 투신했으나 기껏 배운 것이라고는 암암리에 사람을 죽이는 잔재주뿐이다.

독조림에 더 있어야 하나?

어느 수준에 이르자 그는 더 이상 배울 것이 없었다.

그의 사부도 더 가르칠 것이 없으니 배운 것을 반복하고 또 반복 수련해서 완전히 몸에 붙이라고 했다. 썩을!

많은 독수들이 투전(鬪牋)에 미친다.

술로 몸을 버리기도 한다.

그는 여자에 미쳤다. 미치고 싶어서 미친 것이 아니라 그녀를 보는 순간 미칠 수밖에 없었다. 그녀를 보지 않았다면 모르되, 두 눈으로 보아버렸고 뇌리에 틀어박힌 것을 어쩌랴.

그는 용채가 생길 때마다 그녀를 찾았고, 하룻밤 절정을 만끽했다.

한데 그놈의 짓거리가 또 골칫거리다.

어떻게 된 것이 그놈의 짓거리는 하면 할수록 더욱 극심한 갈증을 불러온다.

도둑질이란 걸 처음 해봤다. 강도짓도 처음 해보고, 장사란 것도 배우기 시작했다.

'돌아가면 한 달은 끼고 살 거야.'

사람들 눈이 없는 곳에서는 강도로 돌변하고, 눈이 있는 곳에서는 장사를 하고. 기껏 잡동사니 몇 개 팔아봐야 몇 푼 남지도 않지만 안 하는 것보다는 나으니 하는 것이고…….

손님이 찾아왔다.

"어서 오…… 아!"

벌어진 입을 다물지 못했다.

이 순간, 그의 뇌리를 가득 채우던 그녀의 영상은 사라졌다.

"왜요? 뭐 묻었어요?"

음성도 곱다. 꾀꼬리가 우짖는 것처럼 말 한마디 한마디가 뼈를 녹이며 스며든다.

그는 재빨리 손님의 전신을 훑어내렸다.

기름진 머리, 옅게 바른 화장, 교태 배인 몸짓, 하품(下品)이지만 화려한 옷……

"얼마면 안을 수 있지?"

"어멋!"

손님이 놀란 표정을 지었다.

"안고 싶은데. 지금이라도."

"호호호! 그래요? 소명(昭明)이는 어쩌고요?"

"누구냐, 넌……?"

"소명이가 바람피우나 살펴보라고 보낸 사람?"

그는 곤혹스러웠다.

아무리 생각을 거듭해 봐도 자신이 뒷조사를 받아야 할 일이 떠오르지 않았다. 그만한 비중을 지닌 사람도 아니고, 어떤 일에 휩쓸린 적도 없다.

"똑똑히 들어. 지금부터 내가 묻는 말에 똑바로 대답해."

"피이!"

"분명히 말했어. 내 말을 듣지 않으면……."

"오독전갈(五毒全蠍)은 비릿한 냄새가 너무 심해서 속갈산(速渴散)하고 같이 써야 하는데, 뭘 배운 거야?"

그는 찬물을 뒤집어쓴 듯 전신에 냉기가 흘렀다.

절대 평범한 손님이 아니다.

오독전갈이 비릿한 냄새를 풍기기는 하지만 바람결을 이

용해 냄새를 없애는 용독술을 연구해 왔다. 그리고 어느 정도 성취를 보았다고 자부한다.

손님은 그의 자만심을 여지없이 깨뜨렸다.

"내 건 어때?"

"……?"

"흑점선(黑點蟬)을 썼는데. 아직 모르겠어?"

'빌어먹을! 무색, 무미, 무취…… 검은 지렁이…… 고수.'

그는 잡동사니 사이에 얼굴을 묻었다.

손님 옆에 다른 손님이 다가섰다.

먼저 손님이 말했다.

"오독전갈같이 흔한 독을 사용했는데 하마터면 당할 뻔했어요. 아주 잠깐 냄새를 맡지 못했다면……."

"명검과 둔검 사이. 무슨 주문이 그런가 싶었는데, 이제야 사부님의 뜻을 알 것 같군. 우리 독조림에 이런 자가 있다는 건 행운인가?"

"지금 나타난 게 다행인 줄 알아. 사부님 눈에 일찍 띄었으면 사형 자리가 위태로웠어."

"그럴지도 모르겠군. 데려가라! 사매, 가지. 몇 군데 더 들르려면 바쁘겠어."

"왜? 다음은 여자라니까 기대돼?"

"아무렴 사매만 할까."

"기분만 좋게 해주면 바로 비교해 보게 해줄 수도 있어."

퇴폐적인 말을 아무렇지도 않게 주고받은 일남일녀는 어깨를 나란히 하고 사라졌다.

'일안(一案), 이안(二案), 삼안(三案), 사안(四案). 이로써 사중겁(四重劫)은 완성되었군. 나머지까지 완성되면 칠중겁(七重劫). 무신이라도 칠중겁은 벗어나지 못하지.'

수염을 단정히 기른 중년 사내가 일남일녀를 주시하며 흐뭇한 미소를 지었다.

사람이라면 누구나 속임수를 쓸 수 있다. 속임수 속에 또 다른 속임수를 섞어놓는 경우도 종종 본다. 정말 뛰어난 사기꾼은 그 속에 또 한 번의 속임수를 집어넣는다.

독조림주는 도저히 빠져나올 수 없는 칠중겁을 계획했으니 누가 죽어도 단단히 죽을 모양이다.

그는 냉철한 판단력으로 독조림주의 칠중겁을 점검했다.

조금이라도 의심스러운 부분이 있다면 빼내야 한다. 바라던 솜씨가 나오지 않아도 빼야 하고, 속임수와 속임수의 연결 부분이 삐걱거려도 재고해야 한다.

그에게는 계획을 전면적으로 수정할 수 있는 권한이 주어졌다.

십여 명 안짝으로 구성된 소수 정예가 상조문 무인 칠백여 명이 해내지 못한 일을 해야 한다.

저들은 자신들도 대충은 짐작하고 있을 터이지만 아마도

살아서 돌아오지는 못할 것이다.

성공하면 천만다행이다.

실패해도 겨우 십여 명이 죽을 뿐이다.

독조림주는 절대로 한 번의 싸움에 모든 것을 걸지 않는다.

상대하는 사람이 질릴 때까지 물고 늘어지면서 장기전으로 가는 것이 독조림주의 싸움 방식이다.

이번 칠중겁이 실패한다 해도 전면전을 벌일 공산은 높지 않다.

또 다른 칠중겁을 생각해 낼 게다. 아니, 팔중겁이 될지도 모르고.

그는 림주의 이런 성격 때문에 독조림에 대한 기대를 포기했다.

사천당문 같은 대문파가 되기 위해서는 백척간두(百尺竿頭)의 싸움도 벌일 줄 알아야 한다. 몰살의 위기를 겪어보지 않은 사람은 절대로 대문파의 수장이 되지 못한다.

독조림은 명맥을 유지해 나가겠지만 더 이상 성장하기도 힘들다.

그는 그런 대로 만족했다.

림주의 대에서는 이만하면 됐다. 성장이란 조급히 서둘러서 되는 게 아니니 만치 다음 대를 위해서 차분히 준비하면 된다. 그런 의미에서 차기 림주는 도전을 즐길 줄 아는 사람이어야 한다.

한 가지 더, 그는 림주가 자신의 생각 또한 읽고 있다는 걸 안다.

림주가 죽기 전에 마지막으로 하는 일이 있다면 그건 바로 자신의 제거가 될 것이다.

림주가 생각하는 후인과 책사가 생각하는 후인이 다르다는 것은 큰 비극이다.

'다음은 여인. 허! 어떻게 저런 여자를 점찍었나. 하여간 림주님의 눈썰미는…….'

일남일녀가 다루에서 차를 마시는 여인에게 수작을 부리고 있었다.

그 여인은 곰보였다. 보통 사람보다 두 배는 더 뚱뚱했고, 머리카락은 수세미처럼 거칠었다.

'이것으로 오안(五案) 완성.'

그는 세 가닥 수염을 쓰다듬었다.

第四十四章

숙근초(宿根草)
─묘지 위에 돋는 풀

다담선자는 생각을 바꿨다.

어차피 감시의 눈초리에서 벗어나지 못할 바에는 챙길 수 있는 이득이나 취하자.

충분한 휴식, 여유있는 식사, 부단한 무공 수련.

쫓기며 길을 재촉하는 사람이 취할 수 있는 행동은 아니다. 삶을 체념하여 죽기만을 기다리는 사람이나 할 수 있다.

다담선자는 흑조편복에게 가능한 많은 것을 요구했다.

"단단한 마차를 구해주세요. 화살과 암기를 막을 수 있는 것으로."

"그런 마차가 있나?"

"만들어주세요."

"난 식사만 전담하기로 했네. 다른 요구는 하지 말게."

"전 마야의 여자예요. 인정하세요?"

"그런 걸 굳이 말할 필요가……."

"제가 보증하겠어요. 한 번 더. 한 번 더 목숨을 보장하는 것으로 거래하죠."

"그럼 도합 네 번이라는 소리인데…… 후후! 내가 왜 마야에게 세 번만 살려 달라고 한 줄 아나?"

"……."

"나 같은 사람에게는 말이네. 세 번이면 충분하기 때문이네. 세 번이면 쓸 수 있는 모든 방법을 다 쓴 후가 되는 거지. 그러고도 실패했다면 영원히 죽이지 못하는 거야. 무슨 말인 줄 알겠나?"

"네 번은 의미가 없다는 소리군요."

"후후!"

"알았어요. 방금 한 말은 취소하죠."

"마차는 구해주지. 이번 한 번만."

마차를 버리고 도주했는데, 또 마차를 구해서 탔다.

전과 다른 점은 이번 마차에는 누가 타고 있는지 아무 소문도 나지 않았다는 점이다.

당연히 마부도 바뀌어야 한다.

시마와 일령이 마차 안으로 들어가고, 절혼마녀가 변복을 한 채 고삐를 잡았다.

이렇게 해서 신법을 전개하느라고 소모되는 체력까지도 비축한다. 또한 신법을 전개하는 것만큼이나 빨리 갈 수 있다. 쉬는 시간이 많이 나는 만큼 무공에 대한 참오를 조금이라도 더 할 수 있다.

"언니가 마차를 모는 모양이던데요."

일령이 다담선자에게 말했다.

남겨진 사람들의 이야기다. 흑조편복이 식사와 함께 가져온 단편적인 소식을 모아보면 자하일봉 금연화와 천멸도주가 같은 밥을 먹고 있는 것으로 파악된다.

그들을 포위하는 군웅들의 수는 점점 불어난다.

떠나올 때만 해도 천여 명에 이르렀는데, 이제는 거의 이천여 명에 육박한다는 소문이다. 더군다나 독조림이 본격적으로 개입했다는 풍문도 있고 하니 마음이 개미굴 속에 들어간 것처럼 번잡스럽다.

"잊는 게 좋아. 그쪽은 그쪽에서 알아서 해야 해. 잘 알잖아. 제 몫은 제가 한다."

"알아요. 한데도 걱정이 되네요. 우리도 그렇고요. 이렇게 대놓고 다녀도 되는 거예요?"

다담선자는 마차 밖으로 눈길을 돌렸다.

그녀는 흑조편복이 사용하는 수법을 고스란히 사용하는 중이었다.

사물의 고정화(固定化)다.

처음 흑조편복이 모습을 드러냈을 때는 긴장하지 않은 사람이 없다.

흑조편복 한 사람 정도는 감당해 낼 사람이 많았지만, 그가 미치지 않은 다음에야 백주대낮에 모습을 드러내겠는가.

마야와 계약이 성립된 후에도 한동안은 그가 나타날 때마다 촉각을 곤두세웠다.

지금은 어떤가? 그가 가져온 음식은 검수도 하지 않고 먹는다. 물론 시마가 눈으로 검수를 하고 있기에 안심하는 것이지만, 시마가 검수한다는 사실 자체도 잊고 있다.

아침 식사로 채소만 먹는 사람에게 한 달 내리 닭고기만 주면 적응해 나가듯이 새로운 사실을 기정사실로 받아들이게끔 만드는 것, 이것이 사물의 고정화다.

마야의 이동을 정확히 꼬집어낸 사람들이 있다. 그들은 지금도 감시의 눈초리를 번뜩인다.

현재 그들은 어떤 생각을 할까? 마차를 이용하여 유유히 이동하는 모습을 의아한 눈으로 지켜보지 않을까? 혹여 숨겨진 다른 수가 있지나 않나 하고 불안해하면서.

하나 하루, 이틀, 사흘, 나흘…… 이동에 변화가 없으면 그들은 당연한 듯이 받아들이게 된다.

신법을 전개하여 죽어라 달리는 모습에서 여유있게 마차를 타고 이동하는 모습으로.

그들이 그렇게 믿을 때 숨겨진 수를 꺼내놓는다.

그것은 마야의 잠적이 될 테고, 한 치의 오차도 없는 완벽한 수가 되어야 한다.

"아무 걱정하지 말고 푹 쉬어."

하나 다담선자 자신은 걱정으로 가득했다.

'왜 공격해 오지 않는 거지?'

*   *   *

다각! 다각! 덜컹! 다각!

마차는 노인의 걸음걸이처럼 느린 속도로 이동했다.

고삐는 여전히 키 작은 노인이 움켜잡았다. 혈유다.

천상의 여인이 마차 문을 통해 밖을 쳐다보는 광경은 환상적으로 아름다웠는데, 그 모습도 여전했다. 자하일봉 금연화가 마차 안에서 다담선자의 모습을 대신했다.

여기까지가 다담선자가 몰던 모습을 흉내 냈다.

밖에는 두 여인이 있었다.

한 여인은 풋풋한 싱그러움이 물씬 묻어났고, 또 한 여인은 정반대로 몸 전체가 뇌살적인 색기(色氣)로 가득했다.

두 여인은 모습을 감췄다. 대신 다른 자들이 그 자리를 점했다.

마차 왼쪽에는 뼈만 남은 해골 두 구가 겸도를 들고 걷고 있으며, 오른쪽에는 덩치가 산만 한 사내가 쇠망치를 들고 서 있었다. 그들 앞에는 두 사내가 걷고 있는데 한 명은 검을, 또 한 명은 도를 지녔다.

이들 모습은 상당히 위압적이었다.

군웅들은 마차가 굴러오는 거리만큼 물러서며 마차를 주시했다.

마차에 보물이라도 있다면 먼저 나서는 사람이 있기 마련이지만 지금은 죽이는 목적밖에 없다.

먼저 나설 이유가 없는 것이다.

"쳐 죽일 놈들!"

"저 새끼들, 고개 빳빳이 들고 있는 것 좀 봐. 내 꼭 저 모가지를 부러뜨리고야 말겠어."

군웅들은 일부러 들으라고 큰 소리로 말했다.

마차는 일절 대응하지 않았다. 그들이 말하건 말건, 움직이건 움직이지 않건 마차는 자신들 뜻대로 움직이기도 하고 쉬기도 했다.

여체는 황홀했다.

여자라고 해봐야 단 한 명, 소명이밖에 모르는 터이니 비교하고 어쩌고 할 것도 없지만 이 세상 그 누구보다도 빼어난 몸이었다.

뱀처럼 살에 착 달라붙던 팔과 다리, 정신을 차릴 수 없게 휘젓던 그녀의 혀, 발정을 해소한 후에도 떨어지지 않고 속삭이던 그 음성, 눈빛, 냄새……

소명이는 떠오르지 않았다.

대가 또한 달랐다.

소명이는 돈을 원했지만 여체는 다른 것을 원했다.

목숨.

관계 한 번 맺고 암컷에게 잡혀 먹히는 버마재비처럼 한 번의 정사에 목숨을 걸어야 한다.

흔쾌히 응했다.

그가 살아오면서 느낀 신조 중에 하나가 있다면, 목숨이란 버린다고 버려지는 하찮은 것이 아니라는 것이다. 버리고 싶어도 버릴 수 없는 경우가 더 많다.

죽을 고비? 고비를 벗어나면 그만이지 않은가.

한데…… 죽을 자리에 와서 지켜보니 이토록 완벽하게 죽을 수 있는 자리가 또 있을까 싶다.

'제길, 빠져나가기는 글렀어.'

그는 누워 있는 자세 그대로 진득하게 기다렸다.

얼마나 지났을까?

스윽! 착!

언제 날아왔는지 날카로운 쇠붙이가 목덜미에 찰싹 달라붙었다.

이 순간이 삶과 죽음이 교차하는 순간이다. 그 섬은 섬을

댄 자도 알고 자신도 안다.

찰나간의 긴박한 긴장이 흐른 후, 목에 대여졌던 검이 치워졌다.

'이겼어!'

가는 흥분이 전신을 관통했다.

실수다!

이것 또한 상대도 알고 자신도 안다. 몸에서 일어난 흥분은 살을 떨리게 한다. 눈을 크게 치켜뜨고 쳐다봐도 잡아내지 못할 흔들림이지만 죽음의 손들은 단번에 알아챘다.

파아앗!

그는 거적때기를 걷어내며 벌떡 일어섰다. 동시에 양손에 쥐고 있던 무무사(無無沙)가 흩뿌려졌다.

꺼어어억!

그는 자신의 목에서 일어나는 이상한 소리를 들었다. 뼈와 뼈가 부딪치는 소리 같기도 하고, 돌이 바위에 부딪치는 소리 같기도 하고…… 무슨 소리인지 정확하게 짚어내지는 못하지만 무척 기분 나쁜 소리였다.

'자식……!'

눈에 무무사에 중독되어 죽어가는 한 백포인의 모습이 들어왔다.

무무사는 모래다. 강이나 해변에서 구할 수 있는 흔한 모래다. 단지 칠 년이란 세월 동안 온갖 독물에 절여왔다는 것이

다르다. 한 가지 독만 묻혀도 족하겠지만 즉사(卽死)를 염두에 두었기에 반년마다 하나씩 모두 열네 가지의 독물에 절인다.

무무사는 피부로 스며든다. 호흡기를 통해서 흡입되기도 한다. 암기를 피할 수 있는 자는 있어도 모래를 피할 수 있는 자는 없다. 장포 같은 것으로 막는 척은 할 수 있지만 허공에서 흩뿌려진 모래는 코를 통해 흡입된다.

그는 한 걸음 더 내딛으려고 했다. 그리고 그때서야 목에서 일어났던 소리가 무슨 소리였는지 깨달았다.

'몸이 지옥에 빨려 들어가는 느낌이었는데…… 그런 여자였는데……. 제길! 정말 지옥으로 잡아당기는군.'

그는 무무사에 중독되어 죽은 시신과 나란히 누웠다.

"컥!"

"크윽!"

무무사는 적아를 구분치 않고 죽음으로 이끌었다.

땅속에 두더지가 있는지 크게 꿈틀거렸고, 나무 뒤에서는 언제부터 있었는지 모르지만 백포인 한 명이 술 취한 듯 비틀거리다가 쓰러져 죽었다.

군웅들 중에서도 여럿 살상되었다.

누가 누구인지 분별할 사이도 없었다. 사람들이 모래에 중독되어 죽어가자 이천여 명에 이르는 군웅들이 너나 할 것 없이 우르르 물러서는 통에 대혼잡이 전개되었다.

"큭큭! 천멸도 살수도 실수할 때가 다 있군. 징그럽게 독한 놈인데 살기를 잡아내지 못했어."

고루음마가 킥킥거리며 웃었다.

"죽고 싶지 않으면 입 닥쳐!"

어디선가 날아온 일갈이 고루음마의 입을 틀어막았다.

웅혼한 말투로 미루어 체구에서 철탑거추와 우위를 다투는 십팔밀막주 종청호였다.

웃을 일이 아니다. 죽은 백포인들은 천멸도 살수들에게는 피붙이나 다름없는 형제들이었다.

"킥킥! 웃음은 습관인데 어쩌라고. 그보다 누군가 수를 쓰기 시작한 모양인데, 그에 대한 대비책부터 세워야 하는 것 아냐?"

고루음마는 조금도 지지 않았다.

뛰어난 자도, 모자란 자도 아닌 평범한 자였다. 그 속에 살기를 감췄다. 감정을 속이는 부분에서는 최고수의 반열에 올랐다고 해야 할 자였다.

백포인의 희생은 얼마나 될까?

숨어 있는 상태에서 당했고, 죽는 순간까지도 기척을 숨기도록 수련받았기 때문에 얼마나 희생되었는지는 움직여 봐야 안다.

고루음마는 비웃으려고 한 말이 아니라 속상해서 한 말이었다. 말투가 어눌해서 신경을 건드린다는 게 탈이지만.

종청호는 대꾸하지 않았다. 사람들에게는 보이지 않지만 그는 부지런히 움직이며 희생자 수습에 나서는 중이었다. 하찮은 말에 대꾸할 여력이 없었다.

얼마나 희생되었을까?

군웅들 중에는 십여 명 정도 죽었다.

관도 한복판에 죽은 시신들이 널브러져 있지만 아무도 나서서 수습하려고 하지 않았다. 그곳에는 아직도 죽음의 모래가 깔려 있다. 허공에도 부유한다.

관도는 죽음의 장소가 된 것이다.

천멸도주와 금연화는 숙의 끝에 마차를 버리지 않기로 결정했다.

관도로 지나갈 수 없으니 당연히 마차를 버려야 하겠지만, 그렇게 되면 마야가 없다는 사실이 드러나고 만다. 조금이라도 더 시간을 끌어서 마야가 멀리 갈 수 있도록 해주자 하는 것이 두 여인의 공통된 마음이었다.

땅속에 숨어서 나오지 않던 언장은마가 부득불 모습을 드러냈다.

그는 부지런히 몸을 움직여 관도 옆에 새로운 길을 만들어 나갔다.

마차가 빙 돌아서 갈 수 있게끔 주변 땅을 약간만 고르면

되는 일이었다. 한데,

"어!"

나무를 베려던 손길이 우뚝 멈춰졌다.

"뭐가 있어?"

먼저의 전례가 있던 터라 마도와 수검이 재빨리 달려와 언장은마를 보호했다.

"아니, 그게 아니고… 저기 이상한 놈들이 있는데. 하! 냄새로 보니 하나는 계집이고…… 이런 빌어먹을 연놈들! 여기서 그 짓을 하고 있었잖아! 저 연놈들은 귀도 없는 거야? 사람들이 죽어나가는데 그 짓을 하게 생겼어!"

마도와 수검은 언장은마에게 뒤로 물러서라는 고갯짓을 했다. 그때,

쉬익!

날카로운 바람 소리와 함께 고루쌍마가 내려섰다.

"비켜! 풀숲에 숨은 놈들에게는 이게 제격이야."

고루쌍마는 겸도를 쳐들어 보이며 히죽 웃었다.

그러나 굳이 겸도를 사용할 필요도 없었다.

고루쌍마가 산기슭 구석진 곳을 찾아갔을 때, 그들은 너무도 희한한 광경에 넋 놓고 지켜보기만 했다.

"뭐야, 이것들!"

고루양마가 일부러 목청을 높였지만 구석진 곳에서는 아무 반응도 없었다.

"야! 안 떨어져!"

고루음마 역시 고함을 질렀다.

하나 고루쌍마의 표정으로 볼 때, 그들의 고함은 아무런 효험이 없는 모양이다.

수검이 호기심을 이기지 못하고 다가섰다.

고루쌍마의 고함으로 미루어 무슨 일이 벌어지는지 짐작가지 않는 바는 아니지만 설마 많은 군웅들이 득실거리는 곳에서, 또 방금 많은 사람들이 죽은 곳에서 그 일을 벌이는 사람이 있을 것이라고는 믿을 수 없었다.

"허!"

수검도 기가 막힌 표정을 지었다.

실오라기 하나 걸치지 않고 정사를 벌이는 남녀.

정말 이런 인간들이 있기는 있었다. 뭇 군웅들의 시선도 아랑곳하지 않는 철면피들이 존재했다.

"하악! 헉헉!"

"헉헉! 음……!"

남녀는 사람들이 모여들자 더욱 큰 쾌감을 느끼는 듯 비음소리 또한 커져 갔다.

"하하! 이거야 원……."

수검이 등을 돌렸다. 순간,

슈각! 쒜에엑……!

병기가 허공을 가르는 소리, 겸도가 빛을 뿜었다.

수검은 급히 몸을 돌렸다. 그리고 보았다. 두 남녀를 향해 거침없이 짓쳐 가는 고루쌍마와 피리처럼 생긴 죽통(竹筒)으로 고루쌍마를 겨누고 있는 두 남녀를.

"피햇!"

수검은 급히 외쳤지만 이미 늦었다.

고루쌍마는 피할 수 없었다. 그들은 피할 수 있지만 그렇게 되면 죽통의 각도로 미루어 보아 수검이 당한다.

써걱! 푹!

고루음마의 겸도가 사내의 배를 뚫고 들어가 등 뒤로 삐져나왔다. 또 삐져나온 부분이 여인의 배를 꿰뚫고 들어갔다.

고루양마의 겸도는 날갯짓을 두 번 했다. 한 번은 사내의 이마를 향해 날았고, 또 한 번은 여인의 심장을 찍었다.

"쌍마!"

수검이 고함을 내지르며 급히 달려갔다.

고루쌍마는 손을 내밀어 수검이 다가오지 못하도록 제지했다.

"또 독이야. 독침. 음! 벌써 심장이……."

"야, 양마."

"음마."

고루쌍마는 서로를 쳐다보며 손을 잡았다.

"사랑…… 쑥스럽지만."

"큭큭! 나도……."

그것이 그들의 마지막이었다.

고루쌍마의 죽음은 그동안 생사고락을 같이해 온 사람들에게는 큰 충격이었다.

그중에는 금연화도 포함되었다.

처음 고루쌍마를 보았을 때 해골이 걸어다니는 것 같아서 얼마나 놀랐던가. 그들이 배를 저어주었고, 장강을 넘기도 했는데. 둘이 늘 티격태격하면서도 사랑하는 모습을 보여주었는데.

고루쌍마는 죽어서도 지인들의 손길을 거부했다.

누구도 감히 그들의 시신을 만지지 못했다.

피부는 벌써 푸르뎅뎅하게 변색되었고, 칠공에서는 검붉은 선혈이 쏟아져 나오고 있으며, 수천 마리의 뱀이 우글거릴 때처럼 비릿한 냄새를 풍겼다.

"독조림! 이 새끼들을!"

철탑거추가 커다란 쇠망치를 들어 애꿎은 나무를 두들겨 댔다.

쾅! 쾅! 쾅……!

그가 한 번씩 망치질을 할 때마다 아름드리 거목이 뚝뚝 허리가 분질러져 넘어갔다.

"묻어주긴 해야죠. 이대로 버릴 수는 없어요."

"버릴 수밖에. 죽으면 끝이야. 묻어주나 안 묻어주나 저들에게는 마찬가지야."

허공에서 들리는 여인의 음성, 천멸도주다.

그녀의 말은 야박하다. 그렇다고 대꾸할 말도 없다.

지금 이 자리에는 천멸도 살수들도 죽었다. 그들 역시 독에 중독되어 죽었다. 천멸도 살수들은 죽은 자리에다가 그가 생전에 사용했던 검을 꽂아주는 것으로 애도를 마쳤다.

천멸도주의 입장에서는 고루쌍마의 죽음보다 천멸도 살수들의 죽음이 더 애통할 것이다.

"빌어먹을! 강하다고 그리 매정하게 말하지 마쇼!"

철탑거추가 분기를 참지 못하고 망치질을 계속했다.

쉭! 쒜엑!

그의 분노는 광기에 가까웠다. 그때,

"조심해!"

누군가 급히 소리쳤다. 누가 누구에게 보낸 경고인가?

퍽! 퍽퍽퍽……!

철탑거추는 등이 따끔거리면서 자르르 울려오자 독에 당했다는 사실을 깨달았다. 하나, 따끔거리는 것으로 끝났지 않은가. 아무 느낌도 없지 않은가!

"어떤 쥐새끼가……."

처음 소리는 천둥소리보다 컸으나 마지막 소리는 개미 기어가는 소리로 변했다.

느낌이 이상하다. 피 속에 무엇인가가 있는 모양이다. 팔, 다리, 등…… 마구 휘젓고 다니는데…… 피가 이토록 빨리 뛰었나? 숨 한 번 들이킬 사이에 전신을 휘도나?

철탑거추는 돌아서서 암격을 가한 자를 찾았지만 그는 이미 요절난 후였다.

백포로 전신을 감싼 여인이 죽어 있는 군웅들 중 한 명의 머리를 발로 으스러뜨려 다시 죽였다.

또 한 놈도 있다. 그놈도 죽었던 놈인데, 벌떡 일어나 앉기는 했지만 목젖을 겨누고 있는 검 때문에 꼼짝달싹 못하고 있다.

'이 새끼들!'

철탑거추는 고함을 내질렀다.

웅? 이상하다? 목소리가 나오지 않는다. 아! 혀가 타 들어가는 것 같다. 온몸이 불덩이 속에 빠진 듯 뜨거워진다.

철탑거추는 비로소 자신의 운명을 예감했다.

"마…… 마도…… 마도…… 마도의…… 자유…… 부활…… 꼭!"

그는 쇠망치에 육중한 몸을 의지하며 나오지 않는 음성을 쥐어짰다.

"그만 가, 새끼야!"

수검의 눈에 핏빛 혈기가 비쳤다. 꽉 움켜쥔 주먹에서는 손가락이 손바닥을 파고들어 가 핏물이 뚝뚝 흘러내렸다.

"큭큭! 큭큭큭!"

철탑거추는 몸을 뉘였다.

2

방심이 실수를, 실수가 또 다른 방심을 불러왔다.

죽지 않아도 될 사람들이 죽었다. 죽어도 억울하지 않을 정
도로 강한 상대와 싸우기라도 했다면 원이나 없을 텐데. 조금
만 주의했으면 충분히 막을 수 있는 사단을 막지 못했다.

"마차를 지켜요!"

금연화의 음성은 한이 절절이 배인 음성처럼 차가웠다.

"어떤 일이 있어도 마야를 지켜야 돼요. 여기서 이대로 무
너지면 죽은 사람들에게 너무 미안해요."

"그러지. 내가 조금만 빨랐어도 죽지 않았을 것을."

언장은마는 슬픈 마음을 억눌렀다. 마음에서 괴로움이 일
어나면 손과 발에 쏟아 부어 더욱 빠른 속도로 길을 닦았다.

반 시진 후, 관도 옆에는 마차 하나가 간신히 빠져나갈 수
있는 소로가 생겼다.

그 시간, 천멸도주는 생포한 자를 심문했다.

"독조림인 줄 안다."

"사, 살려만 주시면……."

"직책은?"

"처, 청수당주(淸手堂主)입니다."

다음 질문은 하지 않았다. 대신 전신을 친친 동여매고 있던 백포를 풀기 시작했다. 손가락부터 조금씩.

"헉!"

이제 겨우 손 하나가 드러났을 뿐인데 사내는 경악성을 내질렀다.

그뿐만이 아니라 금연화도 놀랐다. 마도도, 수검도…… 모두 놀랐다. 천멸도 살수들이 나병 환자들이란 걸 알고 있었지만 직접 보는 모습은 또 달랐다.

"이 병에는 두 종류가 있어. 양성과 음성. 양성은 전염이 되고, 음성은 전염되지 않아. 난 어떨 것 같아?"

천멸도주가 들어 보인 손에서는 누런 진물이 흘러내렸다. 손가락도 중지는 통째로 빠진 상태였고, 약지는 손가락 끝마디 하나가 흐물흐물거렸다.

"야, 양성."

천멸도주는 고개를 가로저었다.

"휴우! 그, 그럼 음성."

사내의 얼굴에 안도의 표정이 떠올랐다. 하나 이번에도 천멸도주의 고갯짓은 가로저어졌고, 사내의 표정은 금방 흑빛으로 변했다.

"그, 그럼?"

"이런 건 악성이라고 해."

"아, 악……."

사내는 말을 하다 말고 급히 입을 다물었다. 혹여 입속으로 나균이 들어오지 않을까 염려하는 듯했다.

우습지 않은가. 곧 죽을지도 모르면서 나균에 전염되는 것을 염려하다니.

"다 말해. 아는 것 전부 다. 그럼 팔 하나만 빼놓고 보내주지."

"저, 정말이십니까?"

"……."

사내는 천멸도주의 표정을 살펴본 후 어쩔 수 없다는 듯 조심스럽게 입을 열기 시작했다.

긴 이야기가 흘러나왔다.

독조림의 조직 구조를 비롯하여 현재 매복이 어디에 깔려 있는지까지 독조림에 관한 모든 것이 구구절절 새어 나왔다.

"이게 전부입니다. 정말입니다."

금연화도 사내의 말을 전부 들었다.

한데 한 가지 미심쩍은 일이 있다. 철탑거추는 두 사내의 암격을 받고 죽었다. 무무사에 중독되어 죽은 척했던 사내들에게 맥없이 당하고 말았다.

연후, 한 사내는 재빨리 일어나 도주하려고 했다. 천멸도주에게 잡혀 머리가 짓눌려 죽은 것은 결과이고, 그전에 살길을 찾으려는 과정이 있었다.

이 사내는 한결 느렸다.

철탑거추를 암격하기까지는 똑같았는데, 먼저 사내보다 몸놀림이 훨씬 느렸다.

그는 앞 사내가 머리를 짓눌러 죽은 다음에야 상반신을 일으켰으니 사로잡힌 것이 당연하다.

철탑거추를 둘이 암격할 필요가 있었을까? 첫 번째 의문이다.

암격을 가한 후 왜 빨리 일어서지 않았나. 두 번째 의문이다.

천멸도 살수들 같은 사람에게는 죽는 것보다 사로잡히는 것이 더 큰 고통이다. 생포되는 순간 왜 자진하지 않았나. 사로잡히면 살길이 있다고 믿은 건가? 아니면 목숨에 대한 애착이 그토록 심했던 건가?

세 번째 의문이다.

금연화는 의문을 캐물으려고 했다.

한데 그녀가 막 입을 열어 물어보려는 순간 송곳처럼 날카로운 안광이 쏘아져 왔다. 너무 날카로워서 진짜 송곳으로 찔리는 듯한 느낌이 들었다.

천멸도주의 안광이다.

"약속대로 놓아준다. 한 팔만 놓고 가."

천멸도주는 풀었던 백포를 다시 감기 시작했다.

"가, 감사…… 정말 감사합니다. 에잇!"

사내는 떨어져 있는 장검을 주워 서슴없이 자신의 한 팔을 잘라냈다. 그리고 재빨리 신형을 일으켜 도주했다.

"똑똑한 여자라고 들었는데 개뿔이……."

사내가 사라지자마자 천멸도주는 금연화를 쏘아보았다.

"사람을 무시하는 버릇이 있군요."

금연화도 마주 쏘아봤다.

그렇잖아도 고루쌍마와 철탑거추의 죽음 때문에 심사가 괴롭던 차였다. 누가 뺨이라도 때려주기를 간절히 바라던 터였다. 시비를 걸어와도 좋고, 싸움을 걸어오면 더 좋고.

"남도문 뇌옥에서 네 손에 우리 식솔들이 적잖이 죽은 것을 안다. 마야, 그 새끼가 도와주지 않았다면 어림 반 푼어치도 없는 일이지만. 어쨌든! 머리 좀 굴리면서 살아라."

금연화는 아랫입술을 잘끈 깨물었다.

도발인가? 천멸도주는 이번 일을 기화로 옛일에 대한 보복을 하고자 하는가.

"천멸도의 무공이 최강은 아니죠. 언제라도……."

금연화는 말을 하다 중도에서 그쳤다.

천멸도주의 눈가에 떠오른 것은…… 경멸? 비웃음? 조롱?

"아까 그 새끼는 오 리 밖에 매복이 있다고 했어. 정말 그렇게 생각하는 건 아니겠지?"

"……!"

"심문 도중에 끼어들어서 미련하게 그런 걸 직접 물어보려던 것도 아니었고?"

"……."

금연화는 꿀 먹은 벙어리가 되었다.

"이제 알겠어? 머리 좀 쓰면서 살아."

천멸도주는 거침없이 조롱을 내뱉고는 벌떡 일어섰다.

"하하하! 그놈들 꼬라지 좋다!"

"저렇게 좋은 방법이 있는 줄 왜 몰랐을까? 한 놈씩 한 놈씩 차근차근 죽여가는 거야. 하하하! 정말 통쾌하네. 상조문을 작살낼 때는 좋았지, 이놈들아!"

군웅들은 멀찌감치 떨어져서 조롱을 퍼부었다.

이쪽의 죽음은 저쪽의 희열이 된다. 그렇다고 저쪽의 죽음이 이쪽의 희열로 변하는 건 아니다.

뽀로롱……! 뽀로롱……!

어디선가 산새가 거친 날갯짓을 했다. 그와 동시에 금연화의 주변에서도 공기의 흐름이 미세하게 변했다.

스스스스……!

천멸도 살수들이 감지된다. 그들이 움직이고 있다. 군웅들을 베려는 심산인가? 아니다. 방금 전에 들린 소리와 관계가 있다. 어떤 신호가 왔고, 그에 반응한 깃이다. 한데,

꽈앙! 꽈아앙!

엄청난 폭음이 울리며 지축을 뒤흔들었다. 산이 무너지고, 하늘이 붕괴되는 듯한 폭음이었다. 폭음이 만들어낸 지진은 서 있는 것조차 힘들게 만들었다.

"……"

한 번의 경험 덕분에 남은 사람들은 침착하게 행동했다.

몸에 지닌 병기는 검이나 도다. 팔의 길이까지 합해도, 신형을 날리는 것까지 포함시켜도 삼 장 거리를 벗어나지 못한다.

누가 삼 장 안에 들어서면 반응한다.

'천멸도!'

금연화는 폭음이 터진 곳을 바라보며 아연실색했다.

그곳은 방금 전에 천멸도 살수들이 움직인 곳이다. 그들이 움직이자마자 기다렸다는 듯이 폭발이 일어났다.

'또 당했어!'

입으로 소리 내어 할 말은 아니다.

천멸도주는 금연화에게 머리를 쓰면서 살라고 했지만 정작 머리를 쓴 자신도 당했다.

생포한 자를 풀어줄 때, 천멸도 살수 중에 한 명이 은밀히 뒤를 밟았다.

그는 일단의 무리가 매복해 있는 것을 발견했다. 무리의 수장은 여인이지만 체구가 워낙 장대하여 한눈에 식별되었다.

도주한 사내도 그 무리에 합류하여 재매복에 들어갔다.

오 리 밖에 매복이 있었던 것이 아니라 이곳에 있었다.

그는 마차가 다가올 때까지 기다렸다가 신호를 보냈다.

천멸도 살수들은 정확히 매복자들을 찾아냈다. 그리고 공격해 들어갔다. 움푹 파인 곳, 뚱뚱한 여자가 숨어 있는 곳, 한 팔을 내놓고 도주한 자가 앉아서 쉬고 있는 곳……

폭발은 바로 그곳에서 일어났다.

생존자는 없다. 매복자들도 걸레가 되어 흔적조차 찾을 수 없고, 천멸도 살수들도 조각조각 나서 흩어졌다.

"정지!"

천멸도주가 눈에 불을 켜며 소리쳤다.

세 가닥 수염을 기른 중년인은 만족했다.

일안, 이안, 삼안, 사안까지 림주가 예측한 대로 정확히 맞아떨어졌다. 어쩌면 그리 족집게처럼 짚어낼 수 있는지.

'머리 하나는 기가 막힌 분이야. 배짱마저 두둑했으면 사천당문에 버금갈 정도로 클 수 있었는데.'

일 대 일의 비례로 죽이고 죽었다.

이쪽에서 가장 큰 손실이라면 림주의 두 제자가 죽었다는 것이다.

이것 또한 림주의 기막힌 계략이 포함되어 있다.

이번에 동귀어진(同歸於盡)한 남녀 두 제자는 림주의 눈밖에 난 지 오래였다.

하라는 수련은 하지 않고 색(色)에 미친 제자들.

두 제자의 난잡함은 독조림 내에서는 유명했다. 여자는 품어보지 못한 사내가 없고, 사내는 자보지 않은 여자가 없다는 말까지 나돌 정도였으니 사부의 귀에 들어가지 않을 리 없다.

고담준론(高談峻論)을 좋아하는 림주에게 제자들의 모습이 어떻게 비쳤겠는가.

림주는 잔인한 선택을 하게 했다.

나가서 동귀어진하여 명예라도 얻고 죽든가, 림주의 손에 온 가족이 씨를 말리면서 죽어가든가.

제삼의 선택은 주지 않았다.

난잡한 제자들도 정리하고 독조림의 명예도 드높이고……
그야말로 일석이조(一石二鳥)다.

다른 자들은 전부 주워왔다.

독조림 문도라고 하지만 누구 밑에서 무엇을 했는지도 모르는 자들이었다.

벌여야 할 일을 미리 정해놓고, 그 일에 적합한 인재를 물색하다 보니 그들이 선택된 것이다.

하하하! 여자가 되어 가지고 그렇게 뚱뚱하니 단번에 눈에 띄지.

중년 사내는 폭발의 성과를 주시한 후 몸을 일으켰다.

만족하고만 있을 수는 없다. 이제 오안을 시행할 차례다.

오, 육, 칠…… 나머지 세 안이 마쳐졌을 때, 마야가 타고 있는 마차는 공중 분해되고 없으리라. 그를 따르는 자들은 고혼이 되어 땅에 쓰러져 있으리라.

"허허! 소수 정예…… 좋은 방법. 인정하지 않을 수는 없군. 화끈하게 싸우는 맛이 없는 게 탈이지만 좋기는 해."

천멸도의 피해는 상상 이상으로 컸다.

관도에서 팔십일전혼 중 네 명이 죽었고, 이번 폭발로 십팔밀막검 중 세 명이, 팔십일전혼 중 열세 명이 유명을 달리했다.

무적을 자랑하던 살수들이 싸움 같지도 않은 싸움에 스무 명이나 죽은 것이다.

"종청호! 임무 교대해!"

"알겠습니다!"

그들은 절대적으로 복종했다. 어떤 일이 벌어지든 간에 절대적으로 윗사람을 따랐다. 설혹 전원 몰살당할 곳으로 기어 들어가라고 해도 따를 것이다.

"황전륜! 넌 날 따라와!"

천멸도주는 황전륜만 데리고 아무도 없는 곳을 찾아갔다.

잠시 후, 돌아온 사람은 천멸도주 혼자뿐이다.

황전륜은 어디로 갔는가?

금연화는 다른 사람들이 읽시 못한 것을 읽었다.

천멸도주의 명이 떨어지기 무섭게 종청호는 십팔밀막검을 데리고 외곽 경비를 나섰다.

임무 교대란 경비 교대라는 말과 상통한다.

그들은 외인들의 출입을 철저히 통제하는 역할을 한다. 그들의 허락을 받지 않고는 마야와 대면할 수 없는 통제권을 지녔다.

천멸도주가 황전륜을 데리고 어딘가로 갔을 때, 팔십일전혼 중 살아남은 스물두 명은 수장을 쫓아 같이 움직였다.

사라진 사람은 황전륜뿐이 아니다. 스물두 명의 팔십일전혼도 사라졌다.

"우린 여기서 머물러야겠어."

일방적인 통보다.

"언제까지 머물러야……."

마도가 말을 거들려고 했으나,

"무기한!"

천멸도주는 단호하게 말꼬리를 잘라 버렸다.

"이건 아닌데……? 쯧! 그래봤자 하루 이틀 더 사는 것…… 목숨에 그리 연연해서 어쩌겠다고. 그만 쉬고 이제 움직이거라. 움직여."

세 가닥 수염을 기른 중년 사내는 언덕 위에서 마차를 주시하며 일이 빨리 끝나기를 바랐다.

마차는 계속 움직여야 한다. 그래야 남은 세 안을 마저 시행한다.

그 후에는…… 영광을 누리는 일만 남는다.

지금까지 한 일만 가지고도 독조림의 명성은 전에 비해 배는 높아졌다.

군웅들은 속 시원해했다.

독으로 몇몇 마인들을 제거했을 때는 손뼉을 치며 좋아했지만, 이번 폭발이 일어났을 때는 너나 할 것 없이 엄지손가락을 추켜세우며 칭송했다.

"독조림이 이렇게까지 잘 싸우는 줄은 몰랐는데?"

"하하! 이거야 원, 제갈공명(諸葛孔明)이 따로 없잖아. 그냥 생각한 대로 쩍쩍 터지네."

"휴우! 기뻐만 하지 말고 죽은 사람들도 생각해 줘야지. 독조림에 살신성인(殺身成仁)하는 문도들이 저렇게 많으니…… 휴우! 솔직히 부럽기도 하고 두렵기도 하네."

칭송은 듣고 있는 귀가 간지러울 정도였다.

살신성인? 하하하! 지나가는 개가 웃을 말이다.

저들은 죽는 줄도 모르고 죽었다. 그들은 단순한 유인책인 줄 알고 기어들어 갔다가 느닷없는 폭발에 죽었다.

연유야 어쨌든 그들은 살신성인의 본보기로 칭송받을 것이고, 독조림도 그들의 가족에게 섭섭지 않은 예우를 해줄 것이다.

"흠! 오늘 중으로 끝날 줄 알았는데 하루나 이틀쯤 더 걸리 겠군. 접먹었어."

중년인은 마차를 쳐다보다가 몸을 돌렸다. 그때,

"즐겁나?"

누군가가 말을 건네왔다.

'누구! 이렇게 가까이 접근하도록 전혀 몰랐다니!'

중년인은 경각심을 높이며 살짝 손을 내려 요대(腰帶)를 잡 아갔다.

요대에는 그가 평생을 바쳐 제조한 그만의 극독이 숨겨져 있었다. 독조림주조차도 모르는 독이었다. 훗날, 림주가 그를 제거하려고 할 때에 동귀어진이라도 할까 싶어서 소중하게 보관하는 구명독(求命毒)이었다.

"아! 조심…… 조심해야지."

그는 손을 더 내리지 못했다. 어느새 다가온 날카로운 쇠붙 이가 손가락을 건드려 댔다.

'무, 무서운 고수! 이놈들…… 그렇군. 저들이야…… 천멸 도 살수라더니…….'

그는 하늘을 봤다.

오늘이 이승을 하직하는 날인가?

'날씨는 괜찮군. 이만하면 장소도 괜찮고.'

그의 생각은 살기 가득한 음성 때문에 중지되었다.

"지금부터 우리는 네 일가붙이를 모두 죽이려 한다. 처자식은 물론 팔촌, 구촌, 십촌까지. 네 피가 흐르는 인간은 모두 죽일 생각이다."

중년인은 웃었다.

미련한 놈들! 이것도 협박이라고. 무림에 살면서 그 정도 각오하지 않는 놈이 있던가. 죽이고 싶으면 죽이는 거고. 오늘 죽을 놈인데 어쩌라고.

"넌 살아서 들어야 한다. 그들의 절규를."

정말 우습지도 않다. 이놈들이 살수들인 것은 맞나? 살수들이 이따위 너저분한 소리나 늘어놔?

"독조림에서 다른 수도 준비해 놓은 것으로 안다. 연락을 취하고 싶으면 취해라. 어떤 방법이든 용납해 주마."

"그만 죽이게."

중년인은 어설픈 살수들에게 빙긋 웃어주는 여유까지 보였다.

칠중겹은 자신 혼자서 지휘하는 게 아니다. 자신 뒤에는 그조차 모르는 다른 자가 있고, 그자 뒤에는 또 다른 자가 있다. 한 명이 당하면 다음 자가, 그자가 당하면 또 다음 자가. 그렇게 끊김없이 이어져 가며 끝까지 칠중겹을 시행시킨다.

연락을 취하고 못 취하고는 살수들이 염려할 게 아니다.

이들이 알기나 할까? 한 시진 동안 아무 연락도 취하지 않으면 변고가 생긴 것으로 간주하여 모든 권한을 박탈당하며, 다른 자가 자신의 위치에 서서 칠중겹을 이어 나간다는걸.

"소원이라면 이제 손을 쓰지. 잘 참아봐."

파앗!

쇠붙이가 허공을 긁어대는 소리와 함께 두 다리에서 화끈한 통증이 일어났다.

"큭!"

중년인은 짧은 비명을 내질렀다. 단단히 각오하고 있었는데도 지독한 아픔에는 저절로 신음이 새어 나왔다.

"잔인한 놈들!"

그는 이를 부드득 갈았다.

놈의 검은 평범한 검이 아니다. 검신이 톱니처럼 생긴 검자(劍刺)다. 다리를 베는 것까지는 좋은데 톱으로 썰듯이 모로 썰어댔다.

살이 생으로 떨어져 나가고 뼈가 깎이는 고통은 차마 말로 표현하지 못할 정도였다.

"두 다리가 없으니 걷지는 못할 것이고, 두 팔도 필요없겠지."

파앗! 뿌드득! 끄끄!

검자에 당하느니 차라리 생으로 뜯겨 나가는 것이 더 나을 성싶다.

두 팔이 잘리며 붉은 피가 홍수처럼 쏟아져 내렸다.

천멸도 살수들은 능숙한 솜씨로 지혈까지 했다.

'정말로 살려둘 생각?'

"눈도 필요없어. 넌 듣기만 하면 돼."

써걱!

무엇인가 눈앞에서 번쩍하더니 노란 불이 확 피어났다.

눈을 뜰 수가 없다. 눈에서 쏟아진 피가 축축하게 얼굴을 타고 흘러내린다.

"물론 소리도 지를 필요가 없지."

"아아아악……!"

참으려고 했는데, 꾹 눌러 참으려고 했는데……

그는 마지막으로 힘껏 고함을 내질렀다. 지금까지 참았던 고통을 한꺼번에 쏟아내는 듯 목청이 터져라 비명을 토해냈다. 그러나 어떤 비명도 혀가 뽑히는 고통은 제대로 표현해 내지 못했다.

잘못 생각했다. 이놈들은 정말 살수다. 검에 인정 한 올 담지 않은 살수 중에 살수들이다.

"데려가라. 치료해 주고, 자진하지 못하도록 철저히 감시하라고 해!"

중년인은 사내의 잔인한 손속이 비로소 멈춘 것을 깨달으며 의식을 놓았다.

第四十五章

상서천(上西天)
―저승으로 가다

유성(柳城).

강을 따라 발달한 마을치고 번잡하지 않은 곳이 없는데, 유성 또한 작은 곳임에도 불구하고 많은 사람들로 북적거렸다.

술 냄새, 기름에 튀기고 굽는 음식 냄새…….

뱃속에 있는 벌레들이 술 달라, 밥 달라고 아우성을 쳤지만 절혼마녀는 거들떠보지도 않고 마을을 지나쳤다.

유성은 묘한 곳이다.

산으로 둘러싸인 곳인데, 높은 산은 아니라서 조그만 언덕만 올라가도 멀리까지 시야가 툭 트인다.

나무에서는 새싹이 돋고, 땅에서는 풀이 자란다. 붉고 노란

꽃들이 저마다 자태를 자랑한다.

본격적으로 봄이 시작되었다.

그런데도 마야는 깨어나지 않는다. 맥박도 호흡도 거의 없다. 보통 사람이 살핀다면 죽었다고 말할 정도로 가늘고 미약하다.

"오늘은 여기서 묵어."

절혼마녀가 마차를 세워놓고 길가에 있는 농가에 들어갔다 나오더니 흘러내린 머리칼을 쓸어 올리며 말했다.

마차에 있던 사람들은 익숙하게 농가 안으로 들어갔다.

먼 길을 오는 동안 잠잘 곳은 으레 절혼마녀가 찾았다.

그녀가 야지(野地)에서 자자고 하면 들판에 잠자리를 폈고, 동굴에서 자자고 하면 딱딱한 바닥에 깔린 돌을 골랐다.

지금처럼 농가나 산신묘 같은 곳에서 하룻밤을 유하는 것은 아주 고급스런 사치에 속한다.

"아주머니, 좀 씻어도 될까요?"

일령이 농가 주인인 듯한 아낙을 쳐다보며 물었다.

우물이 있다. 씻고 싶다. 하나 이 모든 것이 자신들의 소유가 아닌 이상 주인의 허락을 받아야 한다.

길을 오는 동안 바뀐 점 중에 하나다.

세상 만물에는 주인이 없다. 한데 인간이 둥지를 튼 곳에는 주인이 생긴다.

간단하나 세상을 지배하는 이치이기도 하다.

주인 아낙은 인상을 찡그리며 마차에서 끌어내리는 마야를 힐끔힐끔 쳐다봤다.

"호호! 걱정 마세요. 송장 치르지 않게 해드릴게요."

이 말 역시 처음에는 무척 기분 나빴다.

마야에게 송장이라니. 멀쩡히 살아 있는 사람인데.

하지만 마야를 보는 사람은 누구나 인상부터 찡그렸다.

축 늘어진 손과 발, 밀랍처럼 창백한 안색, 업든 안아 올리든 뒤로 툭 떨궈지는 머리.

그는 영락없는 시신이었다.

"저, 저 사람. 살아 있는 거요?"

"걱정 마세요. 점혈(點穴)시켜서 그래요."

"그, 그렇수?"

농가 아낙은 점혈이 무엇인지 모른다. 막연하게 혈을 짚는 것 정도만 알고 있다. 죽이기도 하고, 혼절을 시키는 데도 사용하는 것으로 인식한다.

비로소 농가 아낙의 인상이 풀어졌다.

"먼 길을 오셨나 보네. 어휴, 곱디고운 색시들이 무슨 고생이우."

농가 아낙은 부지런을 떨었다.

닭도 잡고, 들에서 캐 온 쑥으로 국도 끓이고…….

"돈을 아껴야 하지 않아요?"

다담선자가 헝겊을 물에 적서 마야의 얼굴을 닦으머 말

했다.

"걱정 마. 없으면 없는 대로 살지 뭐."

절혼마녀는 쉬지도 않고 배를 알아보기 위해 집을 나섰다.

다음날 아침, 흑조편복은 어김없이 나타나 하루치 양식을 내놨다.

"아미타불. 배로 가려고? 잘 생각했어. 배로 가면 보자……한 보름이면 남만에 들어갈 수 있을 것 같은데?"

"고마워요."

"고맙긴. 그럼 내일 보자고."

흑조편복은 언제나처럼 양식만 전달해 주고는 돌아갔다.

그는 적이다. 하나 이제는 일행처럼 여겨진다. 도움을 주는 고마운 사람이다.

사람의 생각은 이렇게 바뀌어가는 것이다.

언제 어디서 어떤 관계로 만났든지 간에 도움을 계속 받다 보면 고마운 사람이 된다.

이런 점이 무섭다. 그를 고마워하면 고마워할수록 그가 마야에게 다가가는 길은 빨라진다. 그렇다고 매정하게 대할 수도 없고…… 그래서 인사치레로 고맙다는 말을 한두 마디씩 하게 되면 친분이나 우정 같은 것이 싹트게 되고, 정말로 고마워진다.

결국은 마야에게 가는 길을 내주게 되는 것이다.

흑조편복은 이런 점을 노린다. 다담선자는 이런 점을 경계한다.

서로가 잘 알고 있다.

한쪽은 끊임없이 다가서고, 한쪽은 마음의 담을 허물면서 쌓아야 하는 묘한 싸움이 지속된다.

끈기, 인내, 감정의 싸움이다.

시마는 마야를 업고 가서 배 위에 뉘였다.

장정 십여 명이 타는 배를 구했으니 공간은 넉넉하다.

다담선자는 배 위에 올라선 다음에야 흑조편복이 양식과 함께 건네준 서신을 펴 들었다.

"고루쌍마와 철탑거추가 죽었다네."

지나가는 말처럼 흘렸다.

순간, 시마의 행동이 뚝 멈춰졌다. 어깨가 가늘게 끊임없이 떨려 나온다. 숙이고 있는 등을 펴지 않음으로써 마음속에서 꿈틀거리는 격정을 숨기려 하지만 쉽지 않은 모양이다.

"그분들이……."

일령은 흐르는 강물에 시선을 주었다.

이런 일쯤은 장강을 넘으면서 이미 생각했다. 장강을 넘을 때, 살아서 돌아갈 수 있다고 생각한 사람은 아무도 없다. 돌아간다고 해봐야 북검문 땅, 돌아갈 곳도 없지만.

운이 닿아서 오래 살았다.

님도문에 사로잡혀서 하옥되었을 때 죽었을 목숨들이다.

뇌옥에서 살아 나왔으니 그 후의 삶은 여생이다.

"미리 알았으면 지전(紙錢)이라도 사 오는 건데."

절혼마녀가 노를 잡으며 말했다.

"독조림의 독수에 당했네. 흠! 천멸도가…… 천멸도도 상당한 피해를 입었네. 도주 마음이 타 들어가겠어."

"호호! 그 애 성격에 독조림…… 호호호! 잘못 건드렸군. 독조림이 이 세상에서 사라지는 것은 시간문제야. 그 애를 건드려? 호호호!"

절혼마녀의 눈에서 독기가 뿜어져 나왔다.

눈앞에 독조림이 있다면 당장 뛰쳐 들어가 요절낼 기세였다.

"그러잖아도 독조림과 싸움을 시작한 모양이에요. 이런 쪽에서는 천멸도가 한 수 위인데…… 주위 사람들 모두가 독조림 편이라서 쉽지 않나 봐요."

"클클! 그렇겠지. 여긴 남무림이니까."

마음을 수습한 시마가 허리를 펴며 말했다.

절혼마녀는 능숙한 솜씨로 배를 몰았다. 물줄기의 흐름을 타는 솜씨가 능수능란하다.

그녀는 배를 몰아본 적이 없다. 그런데도 배를 잘 몰 줄 아는 것은 자연의 흐름을 이해했기 때문이다.

자연의 흐름은 무공의 요체와도 상통한다.

고수가 될수록 무리(武理)를 중시하는 이유 또한 대자연의 이치를 무공에 담고 싶어서이다.

그녀의 발전은 눈부셨다.

사루의 육경검법과 귀루의 귀적무는 오래전에 합일되어 몸에 붙었다. 전에는 천멸도 살수들과 일진일퇴를 벌였지만 같은 방법으로 다시 싸운다면 이번에는 양상이 전혀 달라질 것이다.

요즘은 거기에 정한문의 탈백섭심공까지 가미시키는 중이다.

상대의 넋을 빼앗고, 멍청하게 서 있는 자를 향해 귀적무를 펼치며, 육경검법으로 베어버린다면 누가 있어서 막을 수 있겠나. 절혼마녀를 상대하는 사람은 그녀와 마주치는 순간부터 싸움이 시작되었음을 깨달아야 할 것이다.

"아침에 박쥐 새끼가 뭐라고 했는데…… 얼마면 남만에 들어간다고 했지?"

시마가 운기조식(運氣調息) 자세를 취하며 물었다.

"보름요."

"보름…… 넌 준비됐냐?"

"아직요."

다담선자는 고개를 살래살래 흔들었다.

"빨리 준비해야 할 게야. 보름은 훌쩍 지나가니까."

"최선을 다하고 있어요."

"필요한 게 있으면 말하고. 목숨이라도 줄 테니까."

"그럴게요."

할 말을 마친 시마는 눈을 감고 운기조식에 돌입했다. 그때,

"아홉 명! 아홉 명이야! 맞죠?"

일령이 고개를 번쩍 들며 절혼마녀를 쳐다봤다.

"호호호! 그래, 맞아. 아홉 명이야. 우리 막내가 드디어 마지막 꼬리까지 찾아냈네."

"피이! 그래봤자 언니보다 하루는 늦었는걸요."

"요것이 이제 나하고 비하려고 하네?"

"사실이 그렇죠 뭐. 비슷했는데 어느새 차이가 나고 말았어."

일령은 입술을 삐죽 내밀었고, 다담선자와 절혼마녀는 귀여워 피식 웃었다. 그러다 절혼마녀가 일령을 놀리려는 듯 얄궂은 표정을 지으며 말했다.

"난 오늘 또 하나 찾아냈는데."

"또? 그럼 아홉 명이 아니었어요? 언니, 맞아요?"

그녀는 다담선자에게 구원의 눈길을 보냈다. 한데 다담선자가 웃는 게 아닌가?

"맞구나. 또 하나가 있네. 난 왜 이렇게 둔하지?"

"둔한 게 아니라 방법이 달라서 그래."

"그럼 일행이 아니라는 소리네요?"

"그럴걸?"

다담선자는 절혼마녀보다는 부드럽게 말해줬다.

지금까지 찾아낸 사람은 많다.

은밀히 뒤따르는 한 무리가 있다. 그들은 모두 아홉 명으로 수장되는 자와 다른 여덟 명은 무공 차이가 크다. 또 그들의 은신하는 방법은 낯익다. 너무 낯익어서 쉽게 파악된다.

천멸도의 살수들.

천멸도주의 수하들이 이곳까지 올 리는 없으니, 저들은 아마도 도주가 남무림에 보냈다는 백인수일 게다. 무공 차이를 크게 벌리는 자는 주림일 테고.

또 한 무리가 있다.

천멸도 살수들과는 달리 그들은 굳이 숨으려고 하지 않는다. 꽁무니를 졸졸 따라오지도 않는다. 어느 날 보면 나타나 있다가도 또 보면 사라져 있다.

그들이 던지는 기감(氣感)은 너무도 뚜렷하여 누가 나타났는지까지 알 수 있다.

모두 네 명으로 무공 수준은 가늠할 수 없을 정도로 고절하다.

절혼마녀와 다담선자가 머리를 맞대고 기감의 정도를 측량했으나 파악해 내지 못한 정도이니, 손속을 맞대는 경우가 벌어진다면 상당히 곤란한 상대가 될 것이다.

남무림에 이만한 고수가 있다면 누굴 꼽을 수 있을까?

고수는 많지만 네 명에다가 각기 다른 문파 사람이라고 해

도 좋을 만큼 기감이 다른 자들이라면 사방천마밖에 생각나
지 않는다.

그들은 사방천마다.

또 한 명, 그도 숨지 않는다. 그는 간간이 나타나는 게 아니
라 버젓이 드러내 놓고 뒤를 따라온다.

누구인지는 모르지만 강철 같은 기세를 뿜어내는 자다.

철탑거추가 크고 강한 기운을 내세운다면, 이자는 더 이상
단단할 수 없는 쇳덩어리가 응축되고 응축되어 있는 듯한 느
낌을 준다.

이런 강함은 빠름과도 연결되어 있으니…… 첫 일격을 어
떻게 피하느냐가 싸움의 관건이 된다.

오늘 찾아낸 자, 그는 지극히 은밀하다.

천멸도 살수들과는 또 다른 은밀함으로 따라온다. 천멸도
살수들의 경우에는 육안으로 볼 수 있는 거리에 숨어 있지만,
이자는 볼 수 없는 곳에서 따라오고 있다.

언덕 하나를 사이에 두고 따라붙는다고 할까?

이자를 찾아낸 것은 실로 우연이다.

마차를 버리고 배를 타자 느닷없는 행로 바꿈에 당황했는
지 잠시 모습을 드러냈다. 거기까지는 아무도 알지 못했다.
한데 이자는 두 번째 실수까지 저질렀다.

뽀로롱……!

특이한 울음소리를 가진 새가 하늘을 날았다.

언젠가 이런 소리를 한 번 들은 적이 있는데, 그때 이어서 두 번째로 듣게 되니 관심을 갖지 않을 수 없다.

새의 울음소리를 쫓다가 발견한 자는…… 아니다, 그녀는 여자다.

일령이 같이 있었다면 그녀도 발견해 냈을 게다. 하나 그때 일령은 일용품을 챙기느라 농가에서 나오지 않은 상태였다.

그녀가 미욱해서 찾지 못한 것이 아니라 운이 없었을 뿐이다.

"그래, 그래!"

절혼마녀가 문득 생각난 듯 젓고 있던 노까지 멈췄다.

"그때 그 여자야. 마야를 찾아왔던 여자. 육신녀 서군봉."

"그렇군요. 낯설지 않다 싶었는데."

"한결같이 골칫거리들만 따라붙네."

"어디 있어요? 그 여자. 난 왜 감지하지 못하지?"

다담선자와 절혼마녀는 다시 한 번 웃을 수밖에 없었다.

*   *   *

단숨에 요절낼 요량으로 달려왔건만 활을 쏘아낼 수 없었다.

시체처럼 누워 있는 마야를 보니 쏘아낼 마음이 생기지 않았다.

아무것도 모른 채 죽는다는 건 오히려 행복일 수 있다. 자신이 죽는다는 느낌만은 갖게 해줘야 한다. 비통한 마음을 안은 채 죽어가야 한다.

화살은 정신이 들었을 때 날린다.

하나 그가 화살을 쏘지 못한 것은 단순히 그 편히 죽게 할 수 없다는 이유 때문만은 아니었다.

그를 죽이려면 목숨을 내놓아야 한다.

그를 따르는 여인들은 상당한 고수다. 눈짐작만으로도 녹록치 않다는 느낌이 든다. 비루먹은 노마(老馬)처럼 빌빌거리는 시마도 일개 문파쯤은 단신으로 몰아칠 능력이 있다.

그들은 무섭다. 하나 그들 정도를 두려워한다면 유궁(流弓)이란 명호를 내놨으리라.

얼마든지 상대해 줄 용의가 있다.

그가 신경 쓰는 상대는 따로 있었다.

간간이 모습을 드러내는 삼남일녀.

그들에게서는 마(魔)의 냄새가 풍긴다. 웃는 얼굴에도 악마가 그려지고, 분 내음도 혈향(血香)으로 바뀐다.

유궁 강금산은 그들이 누구인지 알고 있다. 사방천마.

남도문에서 그들을 끌어들였다. 유계와 손잡는 것이 어떤 짓인지 알면서 유계 인물을 활용했다.

누가 그런 짓을 했을까? 남도문주? 아니면 만사무불통지 도숭부?

제삼무신가는 절대 아니다.

사방천마는 남도문을 활보했고, 남도문주나 만사무불통지와 직접적으로 연이 닿고 있는 한은 그들을 제어할 사람이 없었다.

그들이 마야를 쫓고 있다. 또한 마야를 보호한다.

이유는 모르지만 마야에게 화살을 쏘아내려면 사방천마부터 상대해야 한다.

은형시(隱形矢)로 그들을 상대할 수 있을까?

상대할 수 있다. 그만한 무공은 지녔다고 자부한다. 설혹 아니라 할지라도 겨뤄보기도 전에 꽁무니부터 빼지는 않는다. 네 명 모두와 싸우면 자신 역시 죽거나 상할 것이 예상되지만 싸워야 할 자리에서 물러나지는 않는다.

결국 그들을 상대하다 보면 마야를 겨눌 기회는 놓치게 된다.

그는 차가운 강물을 퍼서 얼굴을 씻었다.

마야 일행은 배를 타고 가지만 그는 강변을 따라 걸었다.

마야의 목적지가 남만이고, 남만까지는 보름의 여유가 있으니 서둘 필요가 없다.

그 안에 마야가 깨어나면 깨끗이 죽여준다. 남만에 도착해서도 깨어나지 않는다면 사방천마가 어떤 행동을 하는지 지켜본 후에 죽인다. 사방천마가 마야를 보호하는 이유 또한 궁금하니까. 도대체 무슨 짓을 하고 있는지 알고 싶으니까.

얼굴을 씻은 강금산은 허리를 펴고 강변을 따라 걸었다.

여인이 강둑에 앉아 있는 것은 안다. 여인 또한 마야를 뒤쫓고 있다는 사실도 안다.

신경 쓸 필요가 없는 여자다. 빼어난 여자이기도 하다.

무공은 강하다. 숨겨진 무공이 어느 정도인지는 모르겠지만 드러난 몸놀림만으로도 경시하지 못할 무공을 지녔다. 그렇다고 자신의 상대로 지목하는 것은 아니다. 아직 자신과 상대하기에는 부족하다고 확신한다.

그래서 신경 쓸 필요가 없다.

빼어난 여자인 것만은 확실하다. 눈에 확 들어오는 미모만으로도 빼어나다. 그녀는 실로 아름다워서 활짝 핀 장미를 보는 듯하다.

물빛처럼 맑은 눈동자도 마음에 든다. 혜지(慧智)가 반짝이는 눈동자를 보노라면 그녀가 용서할 수 없는 악인이라고 해도 한 번쯤은 용서해 주어야 한다는 마음이 들게 한다.

어느 문파 출신인지는 몰라도 차후 이 여인으로 인해 부흥을 맞게 될 것이라는 생각을 잠시 해봤다.

그는 여인을 무시하고 걸었다.

"유궁 강금산. 맞죠?"

알고 있었나? 유궁 강금산인 줄 알고 접근한 것인가?

"아직 내 상대가 되려면 멀었다."

유궁은 냉담하게 말한 후, 쳐다보지도 않고 걸었다.

신경 쓰고 싶은 여자다. 그래서 더욱 신경 써서는 안 된다.

살인과 여인은 상극이다. 여인에게 신경을 쓰면 살기가 무
뎌진다.

"들어봤는지 모르겠군요. 나, 서군봉이에요."

'서군봉! 칠성군 육신녀!'

강금산은 걸음을 뚝 멈췄다.

뛰어난 명가의 후손인 줄은 짐작했지만 북무림의 맹주 자
리를 두고 패권을 다투는 후계자 중에 한 명일 줄은 몰랐다.

"후후! 죽으려고 작정했군."

다른 말이 무슨 필요 있나. 그녀가 서군봉인데. 서군봉이
이 자리에 있다는 것은 죽여 달라는 소리와 똑같은데.

강금산은 상반신에 비스듬히 메고 있던 강궁을 잡아갔다.

"마야를 쫓고 있죠? 나도 마야를 쫓고 있어요. 사방천마가
마음에 걸리죠? 나도 그래요. 혼자서는 상대할 자신이 없죠?
나 역시 그래요. 또 있어요. 천멸도 살수들은 요리할 자신이
있나요?"

"네가 신경 쓸 문제는 아니지."

강궁을 들어 줄을 당겼다가 놓았다.

꾸우욱! 파아아앙……!

강궁은 천음(天音)이라고 해도 좋을 소리를 토해냈다.

이번에는 화살이다. 화살을 재운 후, 날리기만 하면 목숨
하나가 끊어진다.

"그 누가 되었든 사방천마와 천멸도 살수들을 혼자 상대할 수는 없어요. 정말 자신있나요?"

은형시를 잡아가던 손길이 뚝 멈췄다.

"후후후! 그것 역시 네가 신경 쓸 일이 아냐."

'허장성세.'

서군봉은 강금산의 행동에서 그의 마음을 읽었다.

강금산도 자신의 마음이 읽혔다는 걸 깨달았다.

이럴 때 취할 수 있는 방법은 두 가지다. 하나는 모른 척하고 화살을 꺼내 쏘아내는 것이고, 또 하나는 깨끗이 마음을 드러내는 것이다. 전자는 무안함을 가릴 수 있으나 마음이 께름칙하고, 후자는 대범한 사람인 척할 수 있다.

"좋아. 네 생각이 뭐냐?"

강금산은 후자를 택했다.

"한시적으로 손을 잡자는 것부터 확실히 해요."

"좋다. 그전에…… 네가 나와 손잡을 자격이 있는지 봐야겠어."

"그래요? 그럼 밥부터 먹을까요? 점심이 늦었어요."

서군봉은 강금산의 말은 철저히 무시하고 옷자락을 팔랑거리며 앞서 걸었다.

강금산은 그녀의 뒷모습에서 눈을 떼지 못했다. 그녀의 뒷모습은 앞모습과는 전혀 다른 아름다움을 표출했다. 철없는 여인이 봄바람을 이기지 못해 강변을 달려가는 모습이라니.

강금산은 머리를 좌우로 흔들었다.

'요물에게 걸렸군.'

2

금연화는 폭발이 일어난 곳에서 보름째 움직이지 않았다.

마차에 접근하려는 자는 이유 여하를 막론하고 죽음을 맞이했다.

살수를 전개한 자는 모습조차 보이지 않았다. 깨끗하게, 단일격에 목숨을 취하고는 안개 속에 스며들 듯 스르르 사라졌다.

군웅들은 가까이 다가서지 않았다. 대신 엄청난 화약을 사들여 땅에 매설했다.

들어갈 수도 없지만 나오지도 못하게 하겠다는 발상이다.

마차에는 먹을 것이 없다. 굶주림에는 장사 없다는 말처럼 기아(飢餓)에 허덕이다 보면 제발 살려 달라는 말을 하게 될 게다.

살려주지 않겠다. 손발을 싹싹 빌며 애원하는 모습을 본 후에 상조문 문도들에게 했던 것처럼 전신을 갈기갈기 찢어 죽이련다.

군웅들의 생각은 생각으로 그치지 않았다. 그들은 마차를 산산조각 낼 만반의 준비를 갖춘 후였다.

독조림이 방법을 제점(提點)해 주었다.

지축을 뒤흔든 폭발로 귀신으로만 여겨졌던 자들을 잡아
냈다.

그들도 살과 뼈로 이뤄진 인간이다. 검에 찔리면 피를 흘리
고 불로 지지면 살이 탄다.

수천 명에 이르는 사람들이 화약에 불을 붙여 던진다면 어
떻게 살아날 텐가? 불화살에 화약을 실어 쏘아낸다면 어떡할
텐가. 가까이 오기만 하면 심지에 불을 붙일 텐데, 군웅들을
뚫지 않고 빠져나갈 재간이 있는가.

마차와 군웅들 사이에는 일정한 거리가 생겼고, 그곳은 누
구도 범접할 수 없는 공간이 되었다.

"지금쯤 마야는 남만에 들어갔겠군."

"그렇겠지. 정신을 잃었었는데 지금은 어떤지…… 멸신구
관이 있는 곳은 마야밖에 모르는데…… 걱정이야."

"도착하면 끝나나? 멸신구관이라는 곳…… 유계의 주공을
낚으려고 만든 곳이라던데, 그게 자오법신과 무슨 연관이 있
는지 모르겠지만 난 영 께름칙하네. 마야가 견뎌내지 못할 것
같아서 말이야."

"하하! 멸신구관이 뭔지 알아야 말을 하지."

마도와 수검은 어깨를 나란히 하고 앉아서 말을 주고받

왔다.

그들이 할 일은 아무것도 없었다. 가만히 앉아서 군웅들의 이목을 잡아당기는 것으로 그들이 맡은 역할은 끝났다.

덕분에 바빠진 사람은 언장은마다.

그는 며칠에 걸쳐서 군웅들 모르게 땅굴을 팠고, 밤이면 밤마다 땅굴을 들락거리며 식량과 식수를 퍼 날랐다.

흑조편복이 알아서 조달해 주면 좋으련만……

흑조편복은 모습을 보이지 않은 지 오래되었다. 정확히 기억을 끄집어내면 다담선자가 사라진 날부터 그 역시 사라졌다.

마야와의 약속은 지켰다. 흑조편복의 부탁을 받았다며 생판 얼굴도 모르던 자가 나타나 음식을 제공해 주었다.

그러나 그것도 보름 전 일이다.

군웅들은 흑조편복과 마야 사이의 거래 내용을 알고 있다. 마야에게 식량을 제공하는 것이 돕자는 의미가 아니라 암살하고자 하는 의미가 짙다는 것도 안다.

그래도 이번만은 모든 공급을 차단시켰다.

굶겨 죽이기로 작정했는데 음식을 줘서야 말이 안 된다.

그는 어디에 있을까? 아마도 군웅들 사이에 틀어박혀 돌아가는 상황을 지켜보고 있을 게다.

"참 지독한 놈들이야. 저놈들 자는 것 봤어?"

수검이 주위를 둘러보며 말했다.

천멸도 살수들은 보름이라는 시간이 흐르는 동안에도 맡은 자리에서 꼼짝하지 않았다. 먹는 것은 어떻게 해결하고, 배설 처리는 어떻게 하는지 도무지 모를 노릇이다.

먹지도 않고, 마시지도 않고, 싸지도 않고, 잠자지도 않고 사는 인간들이 있다면 딱 천멸도 살수들이다.

그들이 안을 지키고 있는 동안 밖에 나간 살수들은 암암리에 암살을 전개하고 있다.

그것까지는 짐작한다. 한데 현재 진척 상황이 어떻게 되는지, 누구를 얼마나 죽였는지는 전혀 모른다. 그들만의 음호(音號)를 통해 상황을 주고받는 모양인데 말을 해주지 않으니 알 길이 없다.

한 가지는 안다. 밖으로 나간 살수들이 모두 죽거나, 아니면 독조림을 멸문시키거나 둘 중에 하나가 완전히 결판날 때, 그때가 바로 이곳을 떠날 때다.

구우욱……!

아주 먼 곳에서 이상한 소리가 들려왔다.

군웅들 사이에서 기다렸다는 듯이 몇몇 인영이 벌떡 일어나 신속하게 움직였다.

소리의 내역을 짐작하고 근원을 제거하려는 것이다.

구욱! 구우욱!

이쪽에서도 답변을 보냈다.

*　　　*　　　*

실바람만 불어와도 소스라치게 놀라 반응하고, 뒤에서 누가 발자국 소리를 죽이며 나타나면 가차없이 독수를 전개하고……

독조림은 흉흉한 기세에 사로잡혀 고사(枯死)되어 갔다.

'이건 사는 게 아냐.'

독조림주 진로위는 타개책을 강구하느라 머리를 쥐어짰다.

천멸도…… 나환자…….

사실 진로위는 이번 일이 있기 전에는 천멸도라는 곳이 있는지, 나환자들로 이뤄진 살수 집단이 있는지도 알지 못했다.

금시초문, 생전 처음 들어보는 자들이었다.

경시할 수 없었다. 남도문에 알아본 결과 남도문에서도 그들 중 일부를 사들였다는 소식을 접했다. 친분있는 사람이 쉬쉬하며 알려준 것이니 믿어도 좋다.

남무림의 태두인 남도문에서 살수들을 사들였다는 말을 듣고 '이건 아니다'라는 생각과 '잘못 건드렸다'라는 생각을 동시에 했다.

남도문이 사들일 정도의 능력을 갖춘 자라면 무공은 인정하고도 남는다.

제일 큰 실책은 먼저 알아보지 않고 행동에 옮겼다는 것이다.

상조문이 하룻밤 사이에 멸문했을 때, 심상치 않다는 걸 알았으면서도 독과 검은 다르다는 생각이 진하게 작용해서 무작정 뛰어들고 말았다. 실수다.

살수들을 잡아내기 위해 무진 애를 썼다.

독도 사용하고, 불도 사용하고, 화약도 쓰고…….

재미없게도 그때마다 독조림 문도만 죽어 나갔다.

그들은 숨어 있고, 독조림은 만천하에 공개되어 있다. 상황이 역전된 것이다.

'우선 이곳에서 벗어나야 해. 시급히. 무슨 수로…… 어떤 수가 있어야 말이지.'

미칠 노릇이지만 화양에 모여든 독조림 문도는 단 한 명도 살아서는 화양을 떠나지 못했다.

성 밖으로 나가기만 하면 목숨을 잃는다.

얼굴에 독조림 문도라고 써 붙여놓은 것도 아닌데 정확히 독조림 식솔들만 골라서 죽인다.

독조림 내에 간자(間者)가 있지 않고서야 이토록 정확할 수는 없다.

화양에만 머물러 있을 수도 없다.

성내에는 이상한 소문이 번지기 시작했다. 독조림이 천멸도 살수들에게 협박당해 화양에서 움직이지 못한다는 괴소문이다. 소 발에 쥐 잡기 식으로 어쩌다가 몇몇 마인을 제거하기는 했지만 진정한 실력으로는 한 명도 죽일 수 없다는 소문도 돌았다.

소문의 진원지는 알아보나마나 천멸도 살수들일 게다.

말도 안 되는 소문이지만 무시할 수만은 없게 되었다.

우선 화양 사람들의 눈빛이 달라졌다. 독조림 문도를 쳐다보는 눈빛에 실망이 담겨 있다. 인심도 변해간다. 전에는 물건을 사면 덤을 듬뿍듬뿍 얹어주었는데, 이제는 제값만큼도 주지 않는 것 같다.

제일 듣기 싫고 대답하기 난감한 소리는 '화양에만 있는 이유가 있소?' 라는 말이다.

엎친 데 덮친 격으로 한 명, 두 명 독조림 문도가 죽어 나가자 독조림이 쌓은 명성은 하루아침에 곤두박질쳤다.

이래서 성공했을 때 박수 치는 사람을 경계하라고 했다. 그들은 실패했을 때도 제일 먼저 아우성을 칠 사람들이니까.

스스슷!

'등 뒤!'

진로위는 허리를 앞으로 숙이면서 두 발을 힘껏 굴러 앞으로 쏘아 나갔다. 양손에 움켜쥐고 있던 비침(飛針) 한 무더기는 벌써 등 뒤…… 의자 뒤 벽면에 빼곡이 박히고 있었다.

"악!"

진로위가 고개를 돌려 벽을 쳐다본 것과 짧은 비명 소리가 울린 것은 동시였다.

"아, 아니! 넌!"

"아, 아빠⋯⋯."

자식은 아들 넷에 딸 하나를 얻었으니 풍족하게 얻었다.

아들들은 범 같은 기상을 지녔고, 막내로 얻은 딸자식은 바람만 불어도 꺼질 것처럼 애지중지 키웠다.

진로위는 한달음에 달려가 비침에 벌집이 되어버린 딸을 껴안았다.

"네가 여길 어떻게! 혜아! 네가 여길 어떻게!"

딸은 손을 쓰고 자시고 할 틈도 없이 절명했다.

비침 하나면 황소도 쓰러뜨릴 수 있다. 그런 침을 한 무더기나 맞았는데 어떻게 사나.

"이, 이놈들⋯⋯ 이놈들!"

독조림주는 분노에 가득 차 절규를 터뜨렸다.

제일총단에 있어야 할 딸이 화양까지 왔다. 왜? 올 이유가 없다. 등 뒤로 다가서지 말라는 것은 불문율이 되어버린 지금, 살그머니 다가선 것도 우연이 아니다.

납치되고, 반강제적으로 떠밀렸다.

딸은 자신의 비침에 죽었지만 놈들에게 살해당한 것이다.

그는 딸을 안고 일어섰다.

"원형진(圓形陣)!"

문도들이 둥그렇게 원을 그리며 섰다.

한 겹, 두 겹, 세 겹, 네 겹…… 열 겹.

인의 장막으로 둘둘 말아 감은 원형진이다.

얼마나 시달렸는지 며칠 사이에 문도들의 얼굴이 퀭하니 쏙 들어갔다. 한데 이제는 생기가 감돈다. 하루하루를 불안하게 사는 것보다는 속 시원하게 일전을 치르는 편이 낫다는 생각들이다.

"죽음을 안타까워하지 마라. 거들떠보지도 마라. 죽는 자는 내버려 두고 모든 정신을 적에게 집중시켜라. 살은 내준다. 하지만 반드시 뼈를 취해라. 멀쩡히 두 눈 뜨고 살을 베어주는 바보짓만 하지 않으면 된다. 각골명심해라. 살을 내주고 뼈를 취한다."

"명(命)!"

우렁찬 고함 소리가 천지를 쩌렁 울렸다.

누가 죽을지는 아무도 모른다. 그건 오로지 천멸도 살수들의 마음에 달렸다. 원형진을 형성한 채 걷기는 한다만 바로 옆에 있는 문도가 죽을 수도 있고, 자신이 공격당할 수도 있다.

당하는 자는 검을 끌어안고 주저앉는다. 그 일만은 완벽히 해내야 한다. 양 손목에 채워놓은 쇠격자가 몸에 박힌 검을 단단히 움켜쥐게 해줄 것이다.

죽으면서도 곱게 죽지는 않는다.

검에 찔린 순간 혀를 깨물어 피를 뱉어낸다. 피 속에는 냄새만 맡아도 정신이 혼미해지는 미약(迷藥)이 함유되어 있으니 천하의 천멸도 살수라 할지라도 모습을 드러내고 말 것이다. 그러기 위해서 소심환(燒心丸)을 네 알씩이나 복용했다.

위치가 발각된 살수도 살수라고 할 수 있나.

옆 사람들이 할 일은 무엇인가? 묻는 사람이 바보다.

적의 수만큼, 아니, 적의 배만큼, 좀 더 희생을 감수한다면 적의 서너 배만큼 목숨을 내줄 수 있다. 하지만 천멸도 살수들만큼은 반드시 척살하고 만다.

급하게 서둘 필요는 없다.

목적을 하나로 집중한다. 살수 놈들을 죽이는 것으로.

"가자!"

독조림주의 명이 떨어지자 원형진은 천천히 이동하기 시작했다.

독조림주는 네 명이 어깨로 드는 사인교(四人轎)를 타고 한가운데 위치했다.

위용을 자랑하기 위해서가 아니다. 걷기 싫어서도 아니다. 진을 효율적으로 통솔하여 일사불란하게 움직이려면 한눈에 내려다볼 수 있는 위치가 필요했다.

제이총단을 벗어나 화양 거리를 걸어갈 때까지는 아무런 징조가 보이지 않았다.

살수들도 사람이 많은 거리에서는 함부로 검을 휘두르지 못하겠지. 그때,

"컥!"

문도 한 명이 펄쩍 뛰어오른다 싶더니 붉은 피를 사방에 흩뿌리며 자빠졌다.

옆에 있던 문도들, 뒤에 있던 문도들의 얼굴이며 옷은 붉은 피로 뒤덮였다. 마치 물감을 마구 뿌려놓은 듯…… 인상들마저 찡그리고 있어서 악귀나찰이 서 있는 듯했다.

"쯧!"

독조림주는 혀를 찼다.

독조림 문도들은 이런 싸움에 익숙하지 않다. 몸에서 통증이 일어나는 순간, 재빨리 쇠격자를 이용하여 검을 움켜잡아야 하는데 순간적으로 정신을 놓아버린다.

주위에 있는 자들도 마찬가지다. 재빨리 반격을 가했어야 하는데 멀뚱멀뚱 죽은 자를 쳐다만 보고 있다.

"죽은 자는 버린다. 가랏!"

림주의 매서운 일갈이 터진 다음에야 문도들은 제정신을 찾은 듯 몸을 한차례 부르르 떨었다.

싸움은 이제부터 시작이다. 문도들도 죽음을 봤으니 정신을 바짝 차릴 것이고, 반응도 신속해지리라.

"악!"

"크윽!"

좌우에서 비명이 터졌다.

왼쪽은 벽 틈에서 검이 솟아나왔고, 오른쪽은 담장 위에서 내리꽂히며 격살한 다음에 반동을 이용하여 솟구쳐 올랐다.

'됐어! 보이기 시작했어.'

"버리고 가랏!"

독조림주는 자신감을 되찾았다.

황전륜은 독조림주의 속셈을 꿰뚫어 봤다.

그는 마야를 모른다. 몰라도 너무 모른다. 마야를 모르면서 마야를 잡겠다고 나섰으니 너무 우습다.

마야는 오귀궁과 연관이 있다.

어떤 관계인지는 본인밖에 모르지만 연관이 있다는 사실만은 분명하다. 그렇지 않다면 오귀궁의 논귀(論鬼), 뇌귀(雷鬼), 암귀(暗鬼), 독귀(毒鬼), 잡귀(雜鬼)의 절학들을 능수능란하게 구사하는 점은 어떻게 설명할 것인가.

오귀궁 오귀들의 절학은 상당 부분이 천멸도에 흘러들었다.

그중에 하나가 독귀의 만초집성일원록(萬草集成一元錄)이며, 또 하나가 뇌귀의 백진백해(百陣百解)다.

만초집성일원록에는 세상에 존재하는 모든 풀들이 기재되어 있으며, 성질 및 약효가 상세히 분석되어 있다.

천멸도 살수들이 먹지 않고도 살 수 있는 근원이기도 하다.

먹지 않는다는 것은 세상 사람들 눈으로 보는 것이고, 살수들은 풀 한 포기로 이틀을 버티는 수련을 받는다. 초기(初期)

에, 아주 어렸을 적에, 가장 기본적으로.

풀이 있는 곳이면 몇날 며칠도 견딜 수 있다.

백진백해는 세상에 존재하는 모든 진을 꿰뚫어 볼 수 있게 해줬다.

드넓은 중원에 존재하는 진법이 어찌 백 개밖에 안 되랴. 종류로 따진다면 수천 가지도 넘을 것이고, 응용까지 감안하면 헤아린다는 것이 어리석다.

백진백해는 모든 진법의 근본을 설명해 준다. 단순히 진을 설명하고 파해법을 말해주는 것이 아니라 진의 원리를 깨우치게 만들어준다. 그렇기에 어떤 진이든 조금만 겪어보면 파해할 부위가 눈에 보인다.

마야는 이런 일을 보기만 해도 해냈다.

일견후즉파라는 말은 그때부터 생긴 것이고.

독조림주가 펼치는 원형진은 허점이 매우 많다. 집중을 해도 모자랄 판에 시선을 사방으로 빼앗긴다.

뿐만 아니라 독조림의 최대 장기는 독인데, 원형진을 펼치면 독을 떨쳐 내는 데 한계가 있게 된다. 사방으로 분산되는 독은 사용할 수 없다. 액체나 가루로 된 독을 사용할 수 없다면 독조림의 힘은 반으로 꺾인 것과 진배없다.

진법을 어설프게 아는 사람이 이따위 실수를 저지른다.

'오늘로써 독조림은 끝났군.'

그는 입을 오므려 새소리를 냈다.

"구룩! 구룩! 구루룩!"

쒜엑! 파아악! 파앗!

"끄윽!"

"아악!"

독조림 문도는 속절없이 무너졌다.

독조림주가 자신만만해하던 원형진이 오히려 그들의 발목을 붙잡았다.

"바보 자식! 흑무산(黑霧散)을 쓰면…… 아!"

흑무산을 쓰면 적은 잡을 수 있지만 주변 삼 장 안에 있는 모든 동식물이 생기를 빼앗긴다.

성을 나오자마자 시작된 맹공 앞에 독조림 문도들은 손 한 번 써보지 못하고 픽픽 쓰러졌다.

살수들은 가까이 다가오지도 않았다. 장검을 긴 쇠사슬에 매달아 멀찍이 떨어진 곳에서 공격해 왔다.

전 문도에게 마음을 불태워 버린다는 소심환까지 복용시켰는데…… 그들이 흘린 피는, 피 냄새는 독조림 문도의 정신을 혼미하게 만들고 있다.

'졌구나.'

어떻게 손써볼 틈도 없이 무너진다. 전열을 정비한다거나 몇몇 고수를 추려내는 일조차 불가능하다. 문도들은 아비규환 속에서 제 살길을 찾기에 급급하고, 독에 능숙한 독수들은 마음껏 독술을 펼치지 못해 안절부절하다가 검을 맞는다.

살수들의 공격이 어설프면 어떻게 해보겠는데, 그들의 검은 피하고 자시고 할 틈도 주지 않는다. 멀리서 휘돌리는 검이라 베어내는 것밖에 못하는데 정확히 목이나 가슴을 도려낸다.

저쪽 산, 이쪽 산…… 들판 너머 논둑에…… 구경하는 사람들이 빙 둘러서 있는데 독조림은 너무도 형편없이 쓰러진다. 이게 무림문파였나 싶을 정도다.

사람들은 맞상대는 애초부터 안 되었고, 이런 문파였으면 싸울 가치도 없었다는 생각을 하고 있을지도 모른다.

독조림주는 자신이 마지막으로 해야 할 일이 무엇인지 깨달았다.

오늘로써 독조림은 무너진다. 하나 사람들 머릿속에 그래도 쓸 만한 문파였다는 생각을 갖게 해야 한다. 그래야 제일총단에 남아 있는 자식들이 낯을 들고 살아간다.

그는 품속에서 매미 날개처럼 가느다란 흑피수투(黑皮手套)를 꺼내 양손에 끼웠다.

가장 가까운 곳에 있는 살수와의 거리가 사 장쯤 된다.

파앗!

그가 솟구쳤다.

'독조림주!'

황전륜은 그가 움직이기를 기다리고 있었다. 그리고 드디어 기다리던 때가 왔다.

쒜에엥!

손목을 떨치자 쇠사슬이 주르륵 풀려 나갔다.

독조림주는 살수를 향해 맹렬히 덮쳐 가다가 느닷없이 다가오는 살기를 느끼고 몸을 비틀었다.

촤악!

얼굴 위로 검 한 자루가 스쳐 갔다.

그는 이 기회를 놓치지 않았다. 혹피수투는 도검불침(刀劍不侵)이다. 많은 고수들이 병장기만 믿었다가 낭패를 당하곤 했다. 독조림의 조(爪)는 바로 독조림주의 조공(爪功)을 의미하는 것이었으니.

독조림주는 손을 뻗어 쇠사슬을 움켜잡았다. 그리고 검을 쏘아낸 자, 쇠사슬의 주인을 향해 팔미난수(八迷亂手)를 전개했다.

휘리릭! 촤아악!

가을날에 메뚜기가 날아오르듯이 가느다란 세침(細針)이 하늘을 가득 덮었다.

독조림주도 하나의 세침이 된 것처럼 세침 뒤를 바짝 쫓았다.

'두 번째!'

상대가 세침에 신경을 빼앗길 때, 은밀히 쏘아져 나간 십자각(十字角) 열 개가 지옥의 호곡성을 토해낸다.

십자각은 물소 뿔로 만들었다. 물소 뿔을 십자 형태로 깎고, 바늘구멍을 무수히 뚫어놓았다. 그리고 마지막으로 구멍 속에 작은 고충(蠱蟲) 한 마리를 놓아두면 십자각은 완성된다.

사람이든 동물이든 살덩이만 만나면 파고들어 가 뜯어먹는 고충.

고충은 성장이나 번식 능력이 기절할 정도로 빠르다.

십자각을 만든 후 십 일만 지나면 이 세상에 그 누구도 맨손으로는 십자각을 만지지 못한다. 무수히 뚫어놓은 바늘구멍마다 고충들이 바글바글한데 죽고 싶지 않고서야 어떻게 만지랴.

십자각은 무적의 병기다. 오직 흑피수투를 낀 사람만이 전개할 수 있다.

삐애액……!

십자각에 뚫린 구멍에서 피리 소리와 흡사한 소리가 울렸다.

'너 하나만은 죽이고……'

독조림주는 다른 자를 찾았다. 겨루고 있는 자를 쓰러뜨린 것은 아니지만 십자각의 효능을 철저히 믿었다. 한데,

삐애액……! 촤아악……!

독조림주는 손에 잡고 있던 쇠사슬을 놓아버렸다. 끌어당

기는 힘이 너무도 강렬해서 손아귀가 찢어질 것 같았다.

그것이 문제가 아니다. 그는 자신에게 되돌아오는 십자각을 보자 두 눈이 휘둥그레졌다.

어떻게 이런 일이 벌어질 수 있는가!

십자각이, 십자각이 되돌아오다니!

그는 십자각을 피하려고 했으나 거리가 너무 가까웠다. 십자각을 전개한 후에도 계속 다가가고 있었으니…… 이제 손만 뻗으면 닿을 거리이지 않은가.

퍼억!

십자각이 몸에 틀어박히는 순간, 그는 그의 인생을 송두리째 빼앗아간 사내의 얼굴을 보았다.

"네가……."

"만초집성일원록."

"마, 만초! 도, 독귀!"

독귀의 진전을 이어받은 자들…… 그렇다면 사천당문과 싸우듯이 최선을 다했어야 한다. 어설픈 계략으로 싸울 것이 아니라 진정한 독술로 겨뤘어야 한다. 그랬다면 지금보다는 덜 비참할 게다.

독조림주는 사내의 손을 쳐다봤다.

짐작대로 사내의 손에도 흑피수투가 끼워져 있다.

"나, 나를…… 철저히 분석…… 무서운 놈……."

"죽이려는 자를 철저히 분석하는 거야 살수에게는 기본이

니 말할 것도 없지. 한 가지만은 알아둬라. 네 딸을 이용한
것…… 미안하다. 그렇게 하지 않으면 기어나오지 않을 사람
이라서 하긴 했다만…… 한적한 절에 가서 천 배를 올려줄 테
니 마음 편하게 먹고 가라."

"네, 네놈…… 네놈……."

독조림주는 부들부들 떨었다.

수만 마리 개미에게 살이 뜯기는 고통은 그를 최악의 상태
로 몰고 갔다.

피부가 벌게지더니 피가 흘러나오기 시작했다. 살점이 보
이고, 아니, 살점을 뜯어 먹혀 마치 떨어져 나간 것처럼 듬성
듬성해지고…… 어떤 곳은 벌써 뼈까지 드러났다.

팔미난수 중 두 가지밖에 쓰지 못했다. 칠중겹 중 세 개는
어떻게 됐는지도 모른다.

이 세상은 이런 것인가. 준비해 놓은 것은 많은데 써먹은
것은 몇 개 되지 않는, 그런 곳인가.

"목을……."

독조림주는 영원히 자신의 입으로는 말하지 않을 것 같은
말을 했다.

"그러지. 잘 가."

황전륜은 손목을 뒤틀어 쇠사슬을 뻗어냈다.

第四十六章

간불관(看不慣)
－익숙하지 않다

　날이 지날수록 다담선자 일행은 미지의 세계로 빠져드는 착각을 받았다.

　낯설고 물 설은 곳이다. 사람들 피부색도 까맣게 변해가고 생김새도 중원인들과는 왠지 다르다.

　말이 통하지 않은 지는 며칠 되었다.

　광서(廣西)에서는 방언(方言)이 너무 심해서 무슨 말인가 귀를 기울여야 겨우 알아들었는데 좀 더 밑으로 내려오자 아예 알아들을 수가 없었다.

　손짓에 발짓까지 동원하고 온갖 눈치를 다 써서야 간신히 원하는 것을 얻을 수 있으니 앞으로 나아갈 일이 참으로 난감하기만 하다.

'여자의 비궁 속으로 들어가라고 했지.'

제시된 말은 있다. 주위에 그곳을 아는 사람이 있을지도 모른다. 하나 물어볼 수가 없으니 사람이 많은들 무슨 소용인가.

"남만 땅에 들어오긴 들어왔지?"

"그런 것 같네요."

대답 소리에 기운이 하나도 없었다.

남만에 오기는 온 것 같은데 이제 어디로 가야 한단 말인가.

시마는 경험이 많으니 아는 게 있지 않을까?

그런 기대를 하지 않은 것은 아니지만 시마는 전혀 도움이 되지 못했다. 아예 남만은 처음인 것처럼 보는 것마다 신기해하는데 뭘 물어보겠나.

"여기가 어딘지나 알았으면 좋겠는데……."

혼잣말만 중얼거렸다.

강주(江州)를 벗어난 지는 한참 되었으니 남만 땅은 맞다. 하나 아무리 눈을 돌려봐도 그 흔한 팻말 하나 보이지 않는다. 설혹 팻말이 있다 한들 읽을 수가 없을 것 같다. 말이 다른 사람들인데 글이라고 같을까.

"흠! 좋네, 좋아. 저 검은 피부하며…… 살이 아주 탱탱하구먼."

시마가 주책없는 소리만 골라서 했다.

대꾸할 기력도 없다. 앞길이 막막하니 어떤 말도 하고 싶지 않다. 시선이 가는 곳은 마야의 얼굴, 고이 잠들어 있는 그의 모습이다.

'이 사람, 깨어나게 해야 되는데.'

괜히 서러움이 북받친다. 자신이 이처럼 무능력한가 싶고, 이대로 아무것도 못해보고 보내는 것이 아닌가 싶어서 가슴이 미어진다.

다담선자는 일령과 절혼마녀가 보고 있는 데도 마야 가슴에 얼굴을 묻었다. 그때,

"남사스럽게 뭐 하는 짓이여. 벌써 서방이 그리운 거여? 클클! 그리울 만도 하지."

이럴 때는 아무 소리도 하지 않았으면 좋겠는데……

시마는 잠시나마 마야의 따뜻함을 느끼고 싶은 소박한 마음조차 짓밟았다.

"그래, 이제는 준비됐냐?"

"……!"

다담선자는 무슨 소리냐는 듯이 쳐다봤다. 그러다가 불현듯 깨달아지는 것이 있어서 탄성을 토해냈다.

"아! 그거요. 예, 제 딴에는 괜찮을 것 같은데…… 변수가 생겼네요. 생각해 보니 전 중원만 염두에 뒀어요. 이곳 지형은 중원과 판이하게 달라서…… 지형이 어떤 변수가 될지 보

르겠어요."

"하자."

"네?"

"거머리들을 떼어내자고. 만만한 놈은 하나도 없다는 것, 알지? 실수하면 망신만 당하는 거니까 알아서 해. 어떻게 할까? 이놈, 지금 들쳐 업어?"

시마는 당장이라도 움직일 기세였다.

"아뇨. 우선 마을로 가야 돼요. 마을에서 준비할 게 있어요."

세 여인은 의아한 표정으로 시마를 쳐다봤다.

술만 마시면서 느긋하게 오다가 갑자기 서두는 이유는 뭔가? 혹시 무엇인가 다른 복안이라도 있는 것일까? 있으니까 서두는 거겠지. 그럼 그게 마야와 관계된 것은 아닐까? 혹, 멸신구관이 어디 있는지 아는 거 아냐?

별별 생각이 다 들었다.

하나 지금은 묻지 않는다. 그가 적이 아니고 마야를 끔찍이 생각하는 사람이니까, 적어도 그것 하나만은 확실하다고 생각하니까 믿어보련다.

시마가 멸신구관을 알고 있다면 얼마나 좋을까. 말 같은 것은 백 번이고 천 번이고 안 해줘도 좋으니까 제발 알고 있기나 했으면.

세 여인의 얼굴에 화색이 깃들기 시작했다.

절망 속에서 발견한 희망이다. 어둠 속에서 찾은 밝음이다. 설혹 가짜 희망이고 가짜 밝음일지라도 힘 잃고 늘어진 자신들을 부축해 일으키기는 충분하다.

"이대로 가다가 저녁때 즈음…… 해질녘 즈음 되면 가장 가까운 마을로 들어가요. 잠자리를 찾는 척하면서요."

"그래."

절혼마녀의 대답도 상쾌했다.

남만의 모기는 중원 것하고는 비교가 안 된다. 거짓말을 조금 보태면 새끼손가락만 한 것이 갈대처럼 큰 대롱을 푹 박고는 피를 쭉쭉 빨아먹는다.

한두 마리가 달려드는 것도 아니다. 잠깐 한눈을 팔면 어느새 달려들어 피를 빨고 있다.

야밤에 바깥을 서성거리는 것은 내 피를 모두 빨아먹으라고 보시하는 것과 마찬가지다. 쑥불을 활활 태워 쑥 냄새가 몸에 배이도록 하면 조금 효과가 있는 것 같기도 한데, 그러자니 매운 연기 때문에 연신 기침이 터진다.

"쿨룩! 쿨룩! 어휴! 여긴 왜 이렇게 더워. 지금도 이런데 한여름에는…… 어휴! 생각만 해도 끔찍하네."

밀림이라는 곳에서 맞이하는 밤은 괴로웠다.

"이곳에서 사는 사람도 있어."

"그러니까 대단하다는 거죠. 어휴, 이런 데서 어떻게 사는

지. 나 같으면 하루도 못 살 것 같은데."

일령은 줄줄 흘러내리는 땀을 옷소매로 쓱 문질러 닦았다.

일령뿐만이 아니라 모두들 땀에 흠뻑 젖어 얼굴이고 몸이고 물기가 줄줄 흘러내렸다. 거기에 연기까지 묻어서 얼굴 꼴이 말이 아니다.

"이 더운데 언니는 안에서 뭐 하는 거지?"

"쉿!"

절혼마녀가 급히 일령의 입을 막았다.

농담을 할지라도 다담선자가 다른 일을 하고 있다는 사실만은 말하지 말아야 한다. 낮말은 새가 듣고 밤 말은 쥐가 듣는다고 하지 않던가. 경계해야 할 자들이 승부를 점칠 수 없는 자들이니 특히 조심해야 한다.

"가끔 보면…… 언니는 날 너무 무시하는 것 같아. 나도 다 느낄 수 있는데."

"그래도!"

이번에는 매섭게 눈을 치켜떴다.

일령이 하는 말을 안다. 경계하는 자들은 근처에 있지 않다. 분명 눈을 번쩍이며 감시하겠지만 근처에는 없다. 그들 역시 사람인지라 밀림의 고통스러운 밤을 이겨내기 위해서는 특단의 조처가 필요하지 않겠는가.

한데도 이토록 입막음을 단단히 하는 것은 이로 인해 만에 하나 있을 기회가 사라질까 봐 두려워서다.

다담선자가 어떤 계획을 세우고 있는지는 듣지 못했다.

그녀의 계획대로 움직여서 거머리들을 떼어낼 수도 있고, 되잡힐 수도 있다. 하지만 완전히 떼내어야만 시마의 다음 움직임이 시작되리란 건 직감으로 안다.

시마는 쑥불 곁에서 깊은 잠에 빠져 있다.

'늙으면 삭신이 쑤셔서' 라는 말이 끝나기 무섭게 코를 골아댔다.

다담선자가 무엇을 하는지 가장 궁금한 사람이 시마이련만 아무것도 묻지 않고 잠을 청했다.

이것이 경륜인가? 이것이 연륜인가? 마음이 조급해서라도 잠을 잘 수 없는데.

시마처럼 잠을 청하지는 못하지만 입단속 정도는 할 수 있다.

그리고 보니 절혼마녀 자신은 깨닫고 있는 것을 일령은 모르고 있지 않은가.

'이것이 연륜이었군.'

다담선자는 간밤에 한숨도 자지 못했는지 눈이 붉게 충혈되어서 나왔다.

"준비는?"

"끝났어요."

"그럼 가자. 어디로 갈까?"

"밀림으로요."

모두들 눈이 화등잔만 하게 커졌다.

당연히 배를 타고 이동할 줄 알았다. 지금까지 지나온 길을 돌이켜 보면 자신들은 배를 이용했고, 뒤따르는 자들은 강변으로 뒤쫓아왔다. 배를 반대쪽 강에 대기만 해도 추적자들이 배를 구해 강을 건너는 시간 동안은 버는 셈이다.

이러한 이득을 버리고 똑같은 입장에서 출발하려고 하니 이해가 안 될 수밖에 없다.

"신 깜 언 아인 다 띠엡 언 껀."

다담선자가 느닷없이 하룻밤 거처를 빌려준 여인에게 이상한 말을 했다.

"쭉 렌 등 마이 만."

여인도 웃으면서 다담선자의 손을 잡았다.

"신 땀 비엣."

다담선자는 그 말을 끝으로 앞장서서 걷기 시작했다.

일령이 쪼르르 달려와 다담선자 곁에 섰다.

"언니, 언니 이곳 말을 아는 거예요?"

"아니."

"그럼 아까 그 말은 뭔데?"

"눈치로 몇 마디 배웠어."

"하룻밤 새?"

"응."

"지금 그 말을 믿으라고?"

"믿지 않아도 할 수 없고. 자, 이거나 받아."

다담선자는 품에 안고 있던 보따리를 일령에게 건넸다.

"이게 뭔데?"

"나중에 알게 될 거야."

다담선자는 주위를 두리번거렸다.

그녀는 밤새 많은 일을 한 것 같다. 그중에 하나가 주변 지형을 파악하는 것이고, 말도 통하지 않는 아낙을 통해서 몇 가지 알아낸 게 있는 듯하다.

"저쪽으로 가."

다담선자는 밀림 깊숙이 파고들어 갔다.

"후욱! 후욱……!"

등에서 땀이 비 오듯 흘러내렸다.

끝도 없는 길, 앞도 보이지 않는 나무 군락, 불쑥불쑥 튀어나오는 뱀, 옷까지 뚫고 피를 빨아먹는 모기…….

푹푹 찌는 더위는 말 못할 고통을 안겨주었지만 그보다 길을 잃은 게 아닌가 하는 불안감이 더욱 마음을 답답하게 만들었다.

"여기서 쉬었다가 가."

다담선자는 걸음을 멈춘 곳에서 나무 기둥에 등을 대고 쉬었다.

길도 없는 곳을 헤쳐 오자니 여간 고역스럽지 않다. 중원과 달라서 풀도 크고 억세다. 풀잎에 스치면 검에 베인 것처럼 살이 갈라지기도 한다.

아니, 그런 점들은 참을 수 있다. 이곳은 어찌 된 것이 곤충들도 훨씬 크고 징그럽다. 거미만 해도 손바닥만 한 것부터 오색찬란하여 독기가 지르르 흐르는 놈까지 수십 종은 본 것 같다.

다리가 아프다고 땅에 털썩 주저앉는 것도 겁난다.

개미 떼가 동물 뼈에 가득 달라붙어 있는 광경을 본 후에는 앉을 엄두조차 나지 않는다.

"오 장에서 이십 장. 맞죠?"

다담선자가 모두에게 동의를 구했다.

가장 가까운 추적자는 오 장 정도 떨어져 있고, 가장 멀리 있는 자는 이십 장 거리에 있다. 천멸도 살수들이 가까이 있으며, 사방천마는 맨 뒤다.

"맞는 것 같아."

"오 장에서 십오 장. 쯧! 쉬지도 않고 쫓아오는구면."

"쉴 자리를 찾는 거겠죠."

"이런 곳에서 쉴 곳이 어디 있다고. 다 거기가 거기지. 아무 곳에나 엉덩이 붙이는 게 조금이라도 더 쉬는 길이야."

이때부터다. 다담선자가 말은 하지 않고 입만 벙긋거리며 두 손으로 연신 수화(手話)를 쏟아냈다.

일행 중에 수화를 아는 사람은 없다. 그래서 손 모양과 입 모양을 유심히 관찰했다.

'말도 안 돼!'

절혼마녀는 정녕 말이 안 된다고 생각했다. 다담선자의 방법은 터무니없다. 하나 자신의 마음은 뱃속에만 담아둘 뿐, 입을 열어 의견을 말할 수 없다. 그러려면 무엇 하러 수화까지 동원했겠는가.

'따라갈 수밖에 없네.'

어차피 거머리를 떼어내는 일은 다담선자에게 맡겼으니 죽이 되든 밥이 되든 따르는 수밖에는 없었다.

다담선자는 산 위를 향해 걸었다.

그녀 역시 방향을 잃었다. 여기가 어디인지 알 턱이 없다. 무작정 밀림 속으로 들어왔고, 아무 곳이나 무턱대고 걸었다.

한 가지 뼈대는 있다. 높은 곳을 찾는다. 가장 가까운 곳에 있는 산으로 올라간다.

원주민 같으면 산으로 올라가는 길을 쉽게 찾겠지만 다담선자에게는 고행의 길이었다.

두 손과 두 발을 이용해야만 오를 수 있는 급경사가 나왔다. 세월에 삭아서 바짝 주의하지 않으면 주르륵 미끄러지는 큰 바위도 지났다. 엉겁결에 가시나무를 손으로 잡은 적도 있다.

"휴우!"

드디어 산이라 불릴 만한 곳에 올라섰다.

주위에서 최고봉은 아니지만 얼추 어깨를 나란히 하는 산이다.

"언니!"

일령이 불안스러워하며 급히 다가와 보따리를 건넸다.

"방법이 이것밖에 없어. 난 된다고 믿어."

다담선자는 보따리를 풀어 긴 덩굴 줄기 하나씩을 나눠 주었다.

"이게 정말 될까?"

시마까지도 미심쩍어 했다.

다담선자는 대답 대신 자신이 손수 덩굴을 어떻게 사용하는지 시범을 보여주었다.

"지게를 지듯이 이렇게 등에 메면 돼요."

"그건 알겠는데…… 정말 되겠어?"

절혼마녀까지. 모두 불가능을 생각하고 있다.

"신법이 배는 빨라질 거예요. 지금까지 겪어보지 못한 속도일 테고, 이곳은 나무가 많으니까 부딪치지 않도록 조심해야 돼요. 어디로 가게 될지는 몰라요. 무작정 달려갈 거예요. 그러니까 흩어지면 못 찾아요. 서로 바짝 붙어서 따라오도록 최선을 다해줘요."

다담선자는 된다는 신념으로 가득했다.

"저것!"

"어멋!"

곳곳에서 짧은 경악성이 새어 나왔다.

행동으로 대신한 사람도 있다.

파앙! 파아앙……!

사방천마는 무서운 속도로 뒤쫓기 시작했다.

"예상은 했지만 저 정도일 줄은 몰랐네. 휴우! 난 사방천마의 일 초도 받아낼 수 없겠어요."

"후후! 내게까지 숨길 필요가 있을까? 손을 잡자면서? 천기수사의 밀학(密學)은 북검문주도 인정했다던데. 한낱 유계의 종놈들에게 당한다면 큰 실망이야."

"저건 어떻게 하죠? 솔직히 난 따라갈 수 없겠어요."

"내 신법도 마찬가지지."

"그럼 여기서 포기하는 건가요?"

"후후! 육신녀, 천기수사의 외동딸. 그대의 머리는 삼뇌와 버금간다는 걸 알아. 이미 머릿속에 계획이 차곡차곡 쌓여 있으면서 내게 묻는 건…… 날 시험하자는 건가?"

"맞아요. 시험이에요."

육신녀 서군봉은 방긋 미소를 지었다.

푹푹 찌던 날씨에 마침 산바람이 불어오고 있을 때다. 그녀의 웃음이 산바람에 섞여 더욱 시원해 보인다.

서군봉은 강금산이 말은 하지 않고 뚫어지게 쳐다보기만 하자 피식 웃으며 얼굴을 돌렸다.

"재미없네. 시험은 그만두죠. 둘 중 하나만 골라요. 흑조편복을 고를래요, 천멸도 살수를 고를래?"

"음……! 그 수가 있었군."

살수들은 인간의 한계를 초월한 추적술로 먹이를 찾아간다. 세상의 온갖 이치로도 흔적을 발견하지 못할 때는 본능의 이끌림에 육신을 맡긴다.

그들은 십이면 십, 백이면 백 모두 찾아낸다.

흑조편복은 살수계의 전설이라고 불린 자다. 천멸도 살수들은 능력의 한계를 모르는 자들이다.

이들이라면 감쪽같이 따돌리고 사라진 다담선자 일행을 찾아낼 수 있다.

강금산은 사방천마가 달려간 곳을 쳐다봤다.

그들은 이미 밀림 속으로 사라져 보이지 않았다.

"그것 역시 그대에게 맡겨야겠군. 나의 모든 것을 그대에게 맡기지. 내 의지대로 움직일 때는 단 한 번. 활을 쏠 때. 난 그거면 족하니까."

강금산은 '나의 모든 것을' 이라는 말을 하면서 입 안에 침이 마른다는 소리가 어떤 현상인지 알았다. 그래서 하지 않아도 될 말을 군더더기로 덧붙였다.

서군봉은 쉽게 말했다.

"아무래도 흑조편복이 쉽겠어요."

쒜에엑! 쒜에에엑……!

인간의 육신으로는 감당하지 못할 속도가 나왔다.

이토록 빠른 속도는 처음 경험해 보는지라 육신이 버겁다고 비명을 지르는지도 모른다.

무풍곡에서 걷어온 밀삭을 이토록 요긴하게 쓸 줄은 아무도 몰랐다.

무풍곡을 가득 메웠던 밀삭, 무려 열세 겹이나 깔려 있던 그물, 살인무공을 익혔던 여덟 사내를 허공에 띄웠던 마물.

다담선자는 밀삭을 촘촘히 이었다.

그물 형태를 띠던 밀삭을 천의 형태로 만드는 것은 무척 고된 작업이었지만 밤을 새워 해냈다. 그리고 덩굴 줄기를 뼈대 삼아 날개를 만들었다.

밀삭은 꿀처럼 끈끈하다. 천의 형태가 되었어도 끈적거리는 성질은 여전히 남아 있다.

이는 날갯짓을 할 때 부력을 높여주는 역할을 한다. 헝겊 같으면 틈 사이로 공기가 빠져나가지만 밀삭은 끈끈함으로 연결되어 공기가 빠져나갈 틈을 주지 않는다.

그렇다고 인간이 새가 되는 것은 아니다.

날개를 달기는 했지만 새처럼 허공을 훨훨 날 수도 없다.

기본 바탕은 신법에 둔다. 신법을 전개하여 나무와 나무를 건너뛴다. 다행히 밀림인지라 나무는 얼마든지 있고, 어디로 건너뛸까 걱정하지 않아도 된다.

본래 신법으로 건너지 못할 간격도 날개의 도움을 받으면 건널 수 있다. 날개의 도움을 받으면 체공 시간도 늘어나고, 속도도 훨씬 빨라지며, 평소에는 생각지도 못할 방향 전환이 가능해진다.

염려되는 것은 모두들 날개는 처음 달아본다는 거다.

조금 익숙해질 때까지만이라도 시간을 벌면 좋으련만 저들은 그럴 시간을 주지 않고 쫓아올 게다.

지금까지는 뒤만 쫓아왔지만 지금과 같은 상황이 되면 인질로 붙잡아놓고 길을 재촉할 수도 있다. 이쪽은 당연히 인질이 되지 않기 위해 노력할 것이고, 불가불 일전은 피할 수 없게 된다.

어떻게든 성공해야 한다.

결과는 대성공이었다.

사방천마의 신법은 경이로웠다. 그들은 수십 장의 거리를 단숨에 좁혀왔다. 서로 간에 그 상태로 속도를 유지했다면 일다경(一茶頃)도 되지 않아서 꼬리가 잡혔을 것이다.

삼십여 장을 단숨에 날아내려 왔을 즈음, 다담선자 일행은 날갯짓에 익숙해졌다. 경이로운 속도에도 적응해 갔다. 너무 빠른 속도에 쾌감까지 느꼈다.

사방천마와의 거리는 점점 벌어졌다.

일다경이 지났을 때, 사방천마는 추적을 포기하고 땅 위로
내려섰다.

"마야, 이놈!"

"마야가 아냐. 계집 수작이야. 계집을 주의했어야 하는
데."

"아이구, 골이야. 이게 무슨 망신이야, 망신이. 이제 저놈
들을 어디 가서 잡나. 주공께는 뭐라고 말씀드리고. 아이구,
골이야."

"계속 추적한다."

서방천마가 남방천마의 거친 말을 막았다.

"뭐? 무슨 수로 저걸 쫓아. 아이구!"

"방법이 없나?"

서방천마는 유일한 여인인 동방천마를 쳐다봤다.

"호호호! 간단한 이치를 망각하네. 이래서 사내들은 단순
하다니까."

"뭐! 그게 뭔데! 뭐가 단순해!"

동방천마는 남방천마의 콧바람은 신경도 쓰지 않고 요염
한 눈길로 서방천마를 응시하며 말했다.

"사람 사는 곳이면 어디나 마을이 있고, 마을에는 정보가
넘쳐흘러. 어렵게 쫓아갈 것이 아니라 정보를 얻을 수 있는
곳으로 가면 돼."

"어! 야하! 그런 수가 있었네! 역시 우리 동방천마 머리는."

남방천마는 엄지손가락을 우뚝 세워 보였다.

"가. 이곳은 로로족 영역이야. 로로족만 굴복시키면 저들
이 어디 있는 것쯤은 하루면 알아낼 수 있어."

"다 좋은데, 말할 때 그 욕금진기는 거두고 말하지? 감당하
기 어려워."

"뭐 하러 어렵게 살아? 그냥 감당해 버려."

동방천마가 눈을 찡긋거렸다.

2

밀삭은 철갑에 비교할 수 있을 만큼 질기다. 가볍기로는
종이를 드는 듯하여 몸에 걸치고 있어도 무게를 느낄 수 없
다.

"이거 물건이네."

시마가 몹시 흡족한 듯 연신 날개를 만지작거렸다.

이 순간, 남만의 폭염은 이들에게는 아무 영향도 미치지 못
했다. 날개옷을 입고 나무 위로 치달리다 보니 더위가 싹 가
셨다. 자신의 몸이 스스로 바람을 일으키니 시원하기 이를 데
없었다.

징그러운 밀림의 곤충들도, 그 지겹던 모기에게서도 해방
되었다.

여러모로 쓸모있는 물건이다.

하룻밤 사이에 급히 만드느라 모양이 없지만 시간을 두고 정성스레 다듬으면 아주 훌륭한 갑옷이 될 것 같다. 필요한 경우에는 지금처럼 신법을 더욱 빠르게 해주는 촉매 역할도 해줄 테니 능히 만금의 값어치가 있다.

"이제 빠져나온 것 같은데요."

다담선자가 한숨을 돌리며 말했다.

"큭큭! 빠져나오기는 어떻게 빠져나와. 조금 시간을 번 것 뿐이지."

"이곳을 찾아온다고요?"

절혼마녀가 믿을 수 없다는 듯 물었다.

"찾아올 거야."

"우리도 여기가 어딘지 모르는데요?"

"거참, 찾아온다니까 되게 말 많네. 귀찮게시리."

세 여인은 멍청이가 된 기분이었다.

아니, 말이 되어야 말을 하지. 자신들도 어디에 있는지 모르는 판에 그들이 무슨 수로 찾아온단 말인가.

"안 믿겨?"

"네, 안 믿겨요. 어떻게 찾아와요?"

일령이 대뜸 말을 받았다.

"이 밀림이란 곳은 말이야, 아주 넓은 듯하면서도 무지 좁아. 누군가에게서 노방쳐 가지고 밀림 속으로 스며들면 아무도 못 찾지. 맞아. 그건 못 찾아. 꼭꼭 숨어 있는데 어떻게 찾나. 한데 우리는 숨어 있을 수 없어. 부지런히 움직여야지."

"그렇군요."

다담선자가 제일 먼저 말뜻을 알아들었다.

"움직이면 사람 눈에 띄고, 사람 눈에 띄면 소문이 나고…… 우린 피부색도 다르고, 생김새도 다르고. 누구의 눈에든 신기하게 보일 테니까 잊어버리지도 않을 것이고."

"큭큭! 이제 알았냐?"

"그건 그렇고요. 이젠 어디로 가죠?"

다담선자가 한가닥 기대를 걸고 물었다.

시마의 입에서 모른다는 말이 나오면 그야말로 절망이다. 나락 깊은 곳으로 떨어져 빠져나올 생각을 못하리라. 하지만 만에 하나, 어디로 가자는 말이 나온다면 하늘을 얻은 기분이 될 게다.

천국과 지옥이 시마의 입에 달렸다.

"나도 몰라."

지옥이다. 지옥으로 떨어졌다.

"이곳에 휴야라는 자가 있어. 우선 그자를 찾아야지."

천만다행이다! 천국이라고는 할 수 없지만 지옥에는 떨어지지 않았다. 찾을 사람이 있다는 건 얼마나 행복한가.

"휴야요?"

"응. 앞에 뭐라더라…… 보 홍? 맞을 거야, 보 홍 휴야. 그 자부터 찾아야 돼."

"뭐 하는 사람인데요?"

"몰라."

"몰라요? 그럼 왜 찾아요?"

"이놈이 찾으라고 했으니까 찾지 왜 찾긴 왜 찾아! 이놈이 언젠가 그랬지. 시신과 다름없는 상태로 남만에 가게 되거든 보 홍 휴야를 찾아달라고 했는데…… 당시는 농담인 줄 알았지 뭐야. 이름도 개떡같이 보 홍 휴야가 뭐야. 무시하고 있었는데 문득 생각나더라고."

더 말할 것도 없다. 무조건 보 홍 휴야라는 사람을 찾아야 한다.

"그런데 그걸 왜 지금에서야 말해요!"

일령도 속이 많이 타 들어갔는지 소리를 빽 질렀다.

중원 한복판에서 장강이 어디냐고 물으면 누구라도 한마디씩 해줄 게다. 황산(黃山)을 물어봐도 어느 길을 어떻게 가야 하는지 금방 파악할 수 있다.

하지만 왕오(王五)라든가 진삼(眞三)과 같은 이름을 대며 그가 어디 있냐고 물어보면 미친놈 취급당하기 십상이다.

모래밭에서 바늘 찾기도 유분수지 딱 이름 넉 자 가지고 어떻게 찾는단 말인가.

"아무에게나 물어봐야죠."

다담선자는 의외로 담담했다.

그만큼 갈 곳이 없다는 것은 절망스러웠다. 마야를 이대로 죽게 만들 수 없다는 절박함이 오히려 그녀에게 여유를 안겨주었다. 보 홍 휴야만 찾으면 어떻게든 될 것 같았기에.

"휴야라는 사람 말예요. 한자로는 어떻게 써요?"

"몰라. 이곳 사람들도 한자를 쓰나?"

쓴다. 본인들도 모르지만 남만 사람들은 한자의 영향을 많이 받았다.

그들이 사용하는 언어에서, 온갖 이름들 속에서 한자를 많이 찾아볼 수 있다. 우스운 것은 말을 쓰는 본인들은 정작 뜻도 모르고 사용한다는 것이다.

집을 빌려줬던 아낙과 이야기를 나누는 가운데 알게 된 사실이다.

그릇이며, 집이며, 그녀 이름이며…… 손짓발짓 섞어가며 뜻을 말해주었을 때 얼마나 신기해하던지 그 모습이 아직도 생생하다.

다담선자는 사람이 살 법한 곳으로 발길을 옮겼다.

"발각되어도 할 수 없어요. 아무 마을이나 찾아가요."

역시 말이 통하지 않는다.

마을 사람 전부가 뛰쳐나와 이리 뜯어보고 저리 뜯어보지만 위협은 가해오지 않는다.

호전적인 사람들이 아니라 순박한 사람들인 것 같다.

그렇다면 이들은 사냥이 주업이 아니라 농사가 주업이다. 인근 어딘가에는 척박한 논과 밭이 있을 것이다.

묘하지 않은가. 살상으로 살아가는 사람은 호전적이 되고, 땅을 일구는 사람은 순박하다는 것이.

"배고파, 배. 밥 좀 줘. 밥 좀 달라고!"

시마가 자신의 배를 가리켰다가 먹는 시늉도 해보고 온갖 행동을 해도 마을 사람들은 낄낄거리기만 할 뿐 음식을 내오지 않았다.

"제길! 이러다 목쉬겠네. 어이, 다담. 어떻게 말 좀 해줄 수 없어? 아침에 보니까 몇 마디 하는 것 같던데."

"아뇨. 저도 못해요. 여기 말은 또 다르네요."

"그래? 빌어먹을! 뭔 놈의 말들이 이렇게 많아. 야, 꼬마야, 밥 있냐? 밥 좀 가져와. 응?"

꼬마는 시마의 코를 만지며 낄낄거렸다.

다담선자는 목걸이를 하고 있는 노인 앞으로 가서 포권지례를 취해 보였다.

그는 동물 이빨로 만든 목걸이를 하고 있다. 아무리 살펴봐도 마을 전체에서 오직 그만이 목걸이를 했다. 특이한 것이 있는 사람, 그렇다면 족장(族長)이 아닐까 싶었다.

노인은 손을 머리 위로 올렸다가 크게 반원을 그리며 내렸나.

인사법은 다르지만 다담선자가 예를 취한다는 건 알아본 것 같다.

"보 홍 휴야."

다담선자는 찾고자 하는 사람의 이름만 간단하게 말했다.

"보 홍 휴야?"

"네, 보 홍 휴야. 어디 가면 찾을 수 있어요, 보 홍 휴야?"

노인의 얼굴이 새파랗게 질리더니 고개를 마구 저었다.

마을 사람들의 태도도 달라졌다. 한 명, 두 명 슬금슬금 자리를 피해 집 안으로 숨어들어 갔다.

"도대체 그 휴야라는 사람이 뭐 하는 자이기에 사람들이 이름만 듣고도 기겁을 하지?"

절혼마녀가 문 뒤에 숨어서 내다보고 있는 소녀에게 손을 흔들어주며 말했다.

"느낌이 좋은 사람 같지는 않은데요."

일령도 썩 좋은 기분은 아닌 듯 인상을 찡그렸다.

"이거야 원……. 밥술이나 얻어먹은 다음에 묻지 그랬어? 이구! 배창시가 등에 달라붙었네."

시마가 무슨 말을 하든, 절혼마녀와 일령이 화를 내든 말든 다담선자는 노인만 쳐다봤다.

기겁을 한다는 것은 아는 것이다. 휴야라는 사람이 있는 곳을 알 수도 있고, 아니더라도 그가 어떤 사람인지는 알고 있다.

그에 관한 정보를 하나라도 들어야 한다.

"말해주세요. 꼭 찾아야 돼요. 보 홍 휴야. 어디 가면 만날 수 있어요? 꼭 좀 부탁드려요."

애절한 말투, 눈물이 묻어나는 얼굴.

다담선자의 말 한마디 한마디는 말이 통하지 않는 노인의 가슴을 촉촉이 적셨다. 가식이 아니라 진심으로 부탁했기에 인간이면 누구나 지니고 있는 감정이 작용한 것이다.

노인은 무슨 말인가를 하려고 했다. 하지만 끝내 아무 소리도 하지 않았다.

옆에서 지켜보던 시마가 아주 간단한 방법을 찾아냈다.

스릉!

일령의 검을 빼앗아 일부러 천천히 뽑았다. 위협을 가할 때는 금속성을 될 수 있는 한 오래 끌 것이며, 눈빛은 금방이라도 살생을 할 것 같이 악기가 스며 있어야 한다.

노인은 시마의 차가운 눈을 대하자 부들부들 떨었다.

"보…… 홍…… 휴야."

한 자, 한 자 끊어가면서 또박또박 말했다.

노인은 아예 눈을 찔끔 감아버렸다. 그러나 무공으로 단련된 다담선자의 눈은 꿈틀거리는 노인의 손가락을 놓치지 않았다.

노인은 허벅지 위에다 재빨리 어떤 그림을 그렸다.

'저건! 여인의 비궁!'

천멸도주가 해준 말과 노인의 그림은 상통한다.

자라 등짝 같기도 하고, 전복을 뒤집어놓은 것 같기도 한 묘한 그림이었다.

노인은 특히 주름을 강조했다.

전복을 뒤집어놓고 반으로 가른 다음, 가로로 무수한 선을 그으면 노인의 그림이 된다. 노골적인 말이지만 약간 긴 타원형하며, 주름진 모습이 여인의 비궁과 흡사하다.

마지막으로 노인은 손가락을 구부려 북쪽을 가리켰다.

밀림을 돌아다닌 지 이틀이 지났다.

노인이 가리켜 준 북쪽을 향해 무던히도 걸었다.

깊고 깊은 밀림, 나타나지 않는 민가, 그림자조차 보이지 않는 사람들, 들끓는 맹수…… 밀림은 사람을 지치게 한다. 커다란 위협을 가하는 것보다 제 풀에 못 이겨 나가떨어지도록 만든다.

다담선자는 혹시나 하고 매 시진마다 산봉으로 올라가 주름진 곳을 찾았다.

덕분에 날개옷에는 상당히 익숙해졌다.

이제는 내려올 때뿐만이 아니라 올라갈 때도 활용할 수 있는 지경이 되었다. 바람이란 순풍도 있고, 역풍도 있다. 어느 바람이든 이용만 잘하면 앞으로 나갈 수 있다. 바람이 없어도 상관없다. 신법으로 바람을 일으키면 날개옷은 즉각 힘차게

펄럭인다.

'없어.'

이번에도 허탕이다.

도대체 여인의 비궁과 흡사하게 생긴 지형은 어디 있는가.

'혹시 지형이 아니라 어느 장소를 말한 건 아닐까?'

궁금증은 치밀지만 확인할 방도가 없다. 직접 추론하여 찾아가거나 없는 사람을 찾아 물어봐야 한다.

그녀가 사방을 둘러보고 내려왔을 때, 어쩐지 분위기가 전과 다르다는 걸 감지했다.

"무슨 일이야?"

가장 쉽게 입을 여는 일령에게 물었다.

"상태가 안 좋아요. 호흡이 굉장히 거칠어요."

일령은 감정이 격해졌는지 울먹이기까지 했다.

급히 달려가 마야의 상태를 살폈다.

말 그대로다. 맥은 아예 잡히지 않고 호흡은 매우 불규칙하며, 높고 낮음의 기복이 심하다.

"언니, 추궁과혈. 쉬지 않고 심장을 움직여 줘요. 동생, 불을 피워. 몸을 따뜻하게 해야 돼."

"지금도 덥지 않나?"

시마의 음성도 미미하게 떨렸다.

"더 따뜻해야 돼요. 저주의 자오법신이 운용을 하지 못해서 생기는 현상 같아요. 지금이 오시잖아요. 음양의 기운이 한 바퀴 회전할 수 있도록 도와줘야 해요."

절혼마녀는 양손에 진기를 가득 모아 추궁과혈을 시전했다. 일령은 마른 나뭇가지를 주워와 불을 피웠다.

"높은 곳으로 올라가 주세요. 그들이 바짝 뒤쫓아왔을 텐데, 불까지 피워놓으면 금방 달려올지 몰라요. 지금은 무조건 충돌을 피해야 돼요. 아셨죠? 누가 오면 다른 곳으로 유인해 주세요."

"이것아! 불은 여기다 피워놨는데 내가 무슨 수로 유인해!"

"알아서 해주세요."

"이런! 누가 마야랑 관계없달까 봐 이런 것도 닮아가네. 알았다, 이것아! 빨리 어떻게든 해봐."

시마는 나무 위로 신형을 솟구쳤다.

다담선자는 운공하여 모든 진기를 손끝에 모았다.

'회음혈을 틔워야 돼. 자칫 시간을 놓치면 음기나 양기 중 어느 한 기운이 회음혈을 비집고 나와 허공에 흩어질 거야. 그럼 이 사람은 죽어. 오장육부가 망치로 두들겨 맞은 것처럼 뭉개질 거야. 회음혈을 타통(打通)하는 한편 다른 쪽 진기를 밀어내야 해.'

말은 쉽지만 다담선자의 진기가 소립파보다 약하면 쏟아져 나오는 진기를 제어하지 못하고 놓치게 된다. 그럼 임맥에 있던 진기는 독맥으로 흘러들지 못하고 허공에 흩어지게 되고, 독맥에서 임맥으로 흘러든 진기는 자리를 잡지 못하고 오장육부를 두들긴다.

이럴 경우 운이 좋으면 반신불수가 되며, 대부분은 즉사한다.

다담선자도 큰 타격을 받는다. 제어하지 못한 진기의 일부가 그녀에게 스며들어서 경락의 상당 부분을 타격한다.

아마도 무공이란 것을 두 번 다시는 사용하지 못하리라.

'해야 돼, 어떻게든.'

"셋에 진기를 돌릴 거예요. 셋을 세면 양쪽 유중혈(乳中穴)을 힘껏 쳐요. 만약을 대비해서 임맥으로 흘러드는 기운을 조금 상쇄시켜야겠어요."

"알았어."

절혼마녀라고 다담선자가 하려는 일을 모를까.

두 여인은 온 신경을 곤두세웠다.

"하나…… 둘…… 셋!"

'셋'을 셈과 동시에 다담선자의 손이 소림파의 회음혈을 강타했다. 아니다. 강타하는 듯하지만 찍고 누르고, 문지르고, 끌어당기고…… 열여덟 가지의 손동작이 일시에 전개되었다.

고오오오오……!

움직인다! 거대한 진기의 회오리가 거침없이 밀려온다.

'나 하나만 죽게 하시고…….'

다담선자는 간절히 기원했다. 더불어서 마지막 안간힘까

지 모두 모아 회음혈을 눌러댔다.

파아! 쫘아앙……!

소림파의 몸 안에서 거센 충돌이 일어나는 것 같다.

'밀려 나왔! 한 번만!'

파앗!

독맥 진기는 다다선자의 손가락을 후려치고 임맥으로 넘어갔다.

"휴우!"

그녀는 자신도 모르게 깊은 숨을 몰아쉬었다.

'위기는 넘겼는데…… 점점 안 좋아지고 있어. 후야라는 사람을 한시라도 빨리 찾아야 돼.'

마을 사람들은 경계심이 대단히 높았다.

외인을 많이 접해보지 않은 듯 다담선자 일행을 말똥말똥 쳐다보는 눈길에는 호기심이 가득했다. 성정(性情)도 사나운 것 같다. 눈빛이 이글거린다. 두려움을 모르는 눈길이다.

다담선자는 저번과 같은 실수를 되풀이하지 않았다. 이들은 사나운 종족 같지만, 먼저 마을 사람들과 마찬가지로 후야라는 이름을 듣는다면 몸부터 사릴 것이다.

"저……."

다담선자가 그들 중 한 명에게 다가설 때,

후욱! 꽉!

어디선가 대롱을 불어대는 소리가 들리더니 비침 같은 것이 날아와 어깨를 두들겼다.

다짜고짜 독침을 쏘아대다니!

신형을 틀어 피할 수 있었다. 추명반의 눈에 보이지 않는 빠름을 손으로 낚아채는 그녀다. 이 정도는 얼마든지 받아낼 수 있다. 하지만 피하지도 않았고, 손으로 받아내지도 않았다.

그녀는 밀삭을 믿었다. 어떤 행동을 취하는 것보다 그들의 무기가 소용없다는 것을 일깨워 주는 게 훨씬 효과적이다.

뼈를 갈아 만든 독침은 어깨를 파고들지 못하고 땅에 떨어졌다.

“싸우고 싶지 않아요.”

후욱! 후욱! 후우욱! 파파파팟!

다담선자는 고슴도치가 되었다. 사방에서 쏘아대는 독침이 그녀의 몸을 무자비하게 타격했다. 하나 결과는 매한가지, 밀삭을 뚫지 못하고 힘없이 떨어져 내렸다.

‘이쯤에서…….’

파앗!

그녀의 손에서 어느 틈에 꺼내 들었는지 추명반이 선보였고, 뇌전을 방불케 하는 속도로 밀림 사이를 누비다가 돌아왔다.

꽈지직! 쿵! 콰앙……!

아름드리 거목들이 힘없이 쓰러졌다.

그제야 마을 사내들의 눈가에 공포가 어리기 시작했다.

먼저 마을 사람들은 라니족이었다. 그럼 이들은?

"라니?"

"칭."

대화가 시작되었다.

밀림에서 닷새를 떠나보낸 후에야 칭족이 말한 산봉에 올라설 수 있었다.

라니족 노인이 그린 그림과 칭족 사내가 말한 장소가 일치한다. 천멸도주가 말한 여인의 비궁이 눈앞에 그려졌다.

남만인들은 이곳을 '마 마' 라고 한다.

먼저 '마' 는 어머니란 뜻이고, 나중 '마' 는 무덤이란 뜻이다.

어머니의 무덤.

산봉에서 바라보니 마마는 분지에 줄을 그어놓은 것처럼 보인다.

모양은 타원형이며, 높은 산에 둘러싸여 있는 작은 분지에 논을 갈아놓은 것처럼 가로줄이 쫙쫙 그어져 있다. 그 한가운데를 뼈대도 되고 척추 역할도 하는 중심 줄기가 뻗어 내린다.

"묘하게 생긴 곳이군."

"남만인이라면 모두가 알고 있는 곳인데……. 설마 여기가 멸신구관은 아니겠죠?"

멸신구관이기를 바란다. 하지만 너무 쉽게 찾았기에 아닐 것 같다. 또 추적자들이 쉽게 찾아올까 봐 불안한 마음도 있다.

"내려가 보면 알겠지. 후야라는 작자 얼굴도 보고."

아주 큰 오판이었다.

산봉에서 봤을 때는 평원에 속할 것 같았는데, 내려와서 보니 모두가 나지막한 산줄기다.

여기서 누군가를 찾으려면 온 산을 이 잡듯이 뒤져야 한다.

"마야는 어때요?"

"아직은 괜찮아. 하지만 서둘러야겠어."

다담선자는 문득 어떤 생각이 짚였다. 이곳이 여인의 비궁이라면, 비궁으로 들어가려면…… 입구는 정해져 있다. 넓은 산줄기인지라 딱히 어느 장소라고 말할 수는 없지만 대충 윤곽은 정할 수 있을 것 같다. 아니라고 해도 어차피 온 산을 뒤지는 마당에 그곳 먼저 뒤지면 어떠랴 싶기도 했다.

"제일 가운데부터 뒤져요."

나무 위에 나뭇가지를 쌓아올려 지은 허름한 집을 발견하는 순간 온몸에서 맥이 탁 풀렸다.

이런 곳에 사람이 산다면 휴야밖에 더 있으랴.

"보 홍 휴야!"

"……"

"보 홍 휴야!"

네 사람이 목청을 돋워 서너 번쯤 불렀을 때, 나뭇가지 사이로 광기로 번뜩이는 눈동자가 나타났다.

맹수의 눈이다. 굶주림에 가득 찬 눈이다.

"보 홍 휴야? 마야, 마야."

시마가 마야를 가리키며 휴야와 마야를 반복해 말했다. 그밖에는 어떻게 말을 건넬 방도가 없었다.

마야를 본 맹수의 눈이 파르르 떨렸다. 그리고,

쒜엑!

세상에! 이렇게 빠른 사람도 있었나!

어처구니없게도 시마는 멍하니 서 있다가 마야를 빼앗기고 말았다.

"마야."

나타난 괴인이 마야를 불렀다.

명확한 한어(漢語). 한어를 쓸 줄 아는 사람이다.

그는 검은 머리가 한 올도 없는 백발이었다. 엉치뼈 있는데까지 길게 늘어진 머리는 그를 괴물처럼 보이게 만들었다. 백발 사이로 드러난 얼굴은……

"꿀꺽!"

시마는 마른침을 삼켰다.

얼굴이 온통 주름투성이어서 나이를 가늠할 수가 없다.

분명한 것은 무척 나이가 많다는 것이다. 어림짐작으로도 백 살은 더 먹은 것 같다. 고루쌍마처럼 뼈만 남은 몰골에 언장은마처럼 키가 작고, 얼굴은 원숭이를 닮았다.

"마야, 마야……."

괴인은 마야의 얼굴을 쓰다듬고 또 쓰다듬었다.

第四十七章

밀림청(密林淸)
—밀림은 고요하다

"저거 인간 맞니?"

시마가 다담선자의 귓전에다 속삭였다.

아무리 봐도 인간 같지가 않아서다. 영물(靈物)이라고 하면 꼭 알맞을 성싶다. 백 년 묵은 원숭이라는 편이 인간이라고 하는 것보다 훨씬 쉽게 이해된다.

"이름도 있잖아요."

일령이 듣고는 역시 작은 소리로 속삭였다.

"계집아, 이름이야 소도 있고 돼지도 있어."

일령은 깊이 생각해 보지도 않고 고개를 끄덕였다.

시간이 흐르면서 처음의 놀람이 가시고 백발인을 자세히

볼 수 있게 된 다음에도 그가 인간이라는 느낌은 들지 않는다.

옷을 입고는 있지만 낡고 헤어져서 넝마에 가깝다.

인간이라면 깁기라도 할 텐데, 헤지기는 했어도 기운 구석은 찾아볼 수 없다.

얼핏 본 발바닥은 곰 발바닥처럼 굳은 각질로 덮여 있고, 갈색 피부는 남만인들보다도 더욱 짙어서 흑색에 가깝다.

얼굴도 자세히 봤다.

코는 보통 사람보다 두 배는 큼직하다. 확실히 인간의 코라고 할 수 없다. 입도 옆으로 길게 찢어졌으며, 앞으로도 삐죽 튀어나왔으니 딱 원숭이 입이다. 눈은 동그랗고, 눈과 입 사이의 살갗은 굵은 주름이 빼곡하다.

이게 어찌 사람의 몰골인가.

"마야…… 마야……."

괴인은 마야의 얼굴을 쓰다듬다가 두 손으로 머리를 받쳐 들고는 가슴에 꼭 껴안았다.

"암컷이다."

시마가 또 속삭였다.

괴인의 행동을 보면 어미가 상처 입은 자식을 안타까워하는 심정이 고스란히 드러났다.

"이제 그만 하세요."

다담선자가 가볍게 질책했지만 시마를 말릴 수는 없을 것 같다.

"왜 그래? 네 눈에는 인간으로 보여?"

"어휴! 정말 왜 이러세요? 실례예요."

"실례는…… 인간에게나 실례지 괴물에게도 실렌가."

괴인은 한어를 사용하는 줄 알았는데, 그것도 아니었다. 아무리 속삭이는 소리라고 해도 시마가 이토록 말할 정도면 괴인의 귀에도 들렸을 텐데, 괴인은 가타부타 응답이 없었다.

그가 아는 말은 몇 마디로 한정되어 있는 것이 아닐까?

"어이, 백 년 묵은 원숭이! 저기가 네 집?"

시마가 진지한 안색으로, 그러나 말은 잔뜩 농담을 담고 괴인에게 물었다.

괴인은 쳐다보지도 않았다. 마야만 껴안고 뼈만 남은 손으로 연신 얼굴을 쓰다듬었다.

"말을 할 줄 모른다는 건 확실해졌군."

시마는 이제 속삭일 필요도 없다는 투였다.

그렇다고 시마의 말에 동조할 수도 없는 노릇이다. 사람을 동물에 비유하며 놀리는데 어떻게 말을 섞을 수 있나.

시마는 재미있어 하고, 세 여인은 난감해할 때다.

스스스슷!

괴인의 모습이 흐릿해지는가 싶더니 제자리에서 푹 꺼져 버렸다.

"엇!"

"어멋!"

모두들 깜짝 놀라 주위를 두리번거렸다.

이 자리에 있는 사람들 중에서 신법에 일가견을 갖지 않은 사람은 없다. 끝장까지 겨뤄보지는 않았지만 내심 자신의 신법이 가장 탁월하다는 자신감도 가지고 있다.

그런데 괴인의 신법은 도저히 불가사의했다.

순간적으로 흐릿해지는 현상은 착시를 이용한 것이 틀림없으니 환술(幻術) 계통의 무공을 지닌 것 같다. 그러나 환술을 이용했다고 해도 거기까지가 한계다. 사람이 온데간데없이 증발해 버릴 수는 없다. 혼자 몸도 아니고 마야까지 않은 몸으로는 더욱 불가능하다.

절혼마녀는 다담선자와 일령을, 일령은 절혼마녀와 다담선자를…… 서로가 서로를 쳐다보며 조그마한 실마리라도 잡았는지 무언(無言)으로 물었다.

대답 역시 무언으로 들었다. 아무도 괴인과 마야가 어디로 사라졌는지 감지하지 못했다. 대신 그녀들은 다른 것을 감지해 냈다.

쒜에엑!

소리가 들린다 싶은 순간, 눈앞에서 번갯불이 번쩍하고 튀었다.

절혼마녀는 반사적으로 귀적무를 펼쳤다. 일령 역시 몸과 마음이 합일된 경지인 천지조화(天地調和)의 절정을 선보였다.

사아앗!

절혼마녀는 기름에 미끄러지듯 밀려났다. 일령은 움직이지 않았다. 하나 눈앞에서 번쩍인 물체는 그녀를 맞추지 못했다. 머리카락 하나 차이로 몸통을 비켜갔으니 이를 두고 간발의 차이라고 하는가.

따악!

번개는 두 여인을 지나쳐 괴인이 앉아 있던 자리에 틀어박혔다.

"은형시!"

다담선자가 경악성을 토해했다.

이제야 추적자 중에 한 명이 누군지 알아냈다.

강철 같은 기운을 뿜어내던 사내, 그는 제삼무신가에서 왔다.

그는 은형시를 사용했다. 제삼무신가에서 은형시를 사용하는 사람은 네 사람뿐이다. 무신 궁왕과 궁왕의 세 아들이다. 그들만이 보통 사람은 들기도 힘든 은형시를 자유자재로 쏘아낸다.

그중 금궁(金弓) 강화명(薑華明)은 금연화에게 죽었다. 독궁(獨弓) 강경승(薑敬勝)은 무공 수련에만 매진할 뿐, 세상사에는 초연한 것으로 알려져 있다.

그렇다면 추적자의 정체는 유궁(流弓) 강금산(薑金山)이다.

"제길! 골치 아픈 상대를 만났군."

시마가 투덜거렸다.

사실 시마에게는 유궁과 같은 자가 제일 상대하기 까다로운 자였다.

녹혈마공을 사용하기 위해서는 상대가 지근거리에 있어야 하나 유궁은 손이 닿지 않는 먼 곳에 위치한다. 또한 그가 쏘아내는 화살은 벼락같아서 쏘아낸 후에 피한다는 것은 불가능하다.

두 여자는 지금 이 자리에서 불가능을 가능으로 바꿔냈지만 시마는 피할 자신이 없었다.

이번에는 유궁이 욕심을 부렸다.

그는 화살 한 대로 두 여인을 잡으려 했다. 사람 두어 명은 그대로 관통해 버리는 은형시이니만치 그의 자신감은 터무니없지 않았다. 또한 지금까지는 십이면 십, 그의 의도가 이뤄졌다.

만약 시마를 잡으려고 했다면 성공했을 게다.

그는 운이 없게도 당대에서 제일 빠른 신법을 수련해 낸 세 여인 중 두 여인을 겨냥한 것이다.

"음……!"

유궁도 예상치 않은 실패에 침음했다.

"이봐, 쥐새끼처럼 숨어서 화살이나 날리지 말고 나와서 떳떳하게 겨루는 게 어때?"

유궁 강금산이 나무 뒤에서 모습을 드러냈다.

하지만 그는 다가오지 않았다. 느릿한 손길로 등 뒤에서 화살 한 대를 꺼내 활에 재웠다.

"저, 저 자식 또 쏘려고 하네."

"피해욧!"

다담선자는 시마를 보며 급히 외쳤다.

다담선자에게는 마도사상 가장 빨랐던 십족신마의 천와류가 있다. 절혼마녀의 귀적무는 비천십이표(飛天十二飄)로, 중원에서 제일 빠른 자가 된 점창파의 섬전잔영과 목숨 건 내기를 할 정도로 빠르다. 일령의 선유비조신법은 빠르기에서는 상대가 되지 않으나 몸이 깃털처럼 가볍기 때문에 어떠한 빠름도 간발의 차이로 피해낸다.

세 여인에게는 강금산의 화살이 위협으로 느껴지지 않는다. 하나 시마는 다르다. 지금과 같은 싸움에서 시마의 무공은 최악이다.

끄그극……! 파아앙!

강금산은 또 한 대의 화살을 쏘았다.

다행스럽게도 이번 화살 역시 시마를 노리지 않았다. 화살이 촉수를 들이댄 사람은 절혼마녀.

스스스슷……!

절혼마녀는 이번에도 피해냈다. 하지만 무척 어려운지 단두 번 신법을 펼쳤을 뿐인데 이마에 굵은 땀이 송골송골 맺

했다.

"음……! 운이 좋아서 피한 줄 알았더니 확실히 피했군. 그
럼 두 번째 시험을 해볼까?"

강금산은 화살 세 대를 꺼내 활에 걸었다.

삼시삼향(三矢三向)을 사용할 태세다.

삼시삼향은 강금산이 즐겨 사용하는 수법 중에 하나로 화
살 세 대를 동시에 쏘아내나 날아가는 속도가 각기 다르고,
노리는 방향도 달라서 '필사(必死)의 궁술(弓術)' 이라는 소리
를 들었다. 그때,

쒜에에엑!

빠름으로는 강금산의 은형시를 훨씬 능가하는 병기가 다
담선자의 손을 떠났다.

픽!

강금산은 비틀거리며 물러섰다.

그의 어깨에서는 붉은 피가 뭉쿨거리며 솟구쳤다.

"이건 또 뭔가? 하하! 내가 이거 대단한 고수들을 몰라봤
군. 눈이 삐었어. 하하하!"

강금산은 호탕하게 웃었다.

어깨에는 꽤 깊은 상처가 났는 데도 아랑곳하지 않았다. 자
신이 당했다는 사실에도 무관심했다. 아주 즐거운 장난감을
본 어린아이처럼 즐거워했다.

"그럼 어디…… 본격적으로 어울릴까?"

강금산은 활을 들어 올렸다.

그가 노리는 사람이 누구인지는 그가 겨누는 방향만 보아도 알 수 있다. 여전히 절혼마녀다.

"저 자식, 내가 제일 만만한 모양이야."

절혼마녀는 진기를 극성으로 끌어올렸다. 뿐만 아니라 천사검까지 뽑아 들었다. 삼시삼형을 피해낸다면 지체없이 달려가 베어버리겠다는 의도가 여실히 드러났다.

"아예 죽여 버리거나 팔을 못 쓰게 만들지 그랬어요."

일령이 다담선자를 보며 말했다.

"거리가 닿지 않았어. 저 정도 상처를 입힌 게 최선이야."

실제로 다담선자는 무풍곡에서처럼 회수하지 못할 반술(盤術)을 펼쳤다.

추명반을 회수하기 위해서는 진기 조절을 달리 해야 한다. 손에서 떨어져 나와 목표를 치고 난 다음에도 떠날 때와 같은 속도를 유지하며 돌아와야 한다.

그러자면 거리 조절이 필수 요소가 된다.

지금처럼 거리가 멀면 던져 낼 수는 있어도 회수할 수 없다.

다담선자가 지닌 추명반은 두 개. 그중 한 개는 이미 써버렸으니 한 개만 남았는데 거리는 여전히 멀다. 남은 한 개를 던진다고 해도 치명적인 타격을 가할 자신이 없다.

추명반의 약섬이 처음으로 드러나는 순간이나.

'천와류와 동시에 사용하면…… 거리를 좁히면서 던져 내면 가능해.'

다담선자는 강금산이 삼시삼향을 쓰기 전에 자신이 결판 내야 한다고 생각했다.

그때, 금방이라도 화살을 쏘아낼 것 같던 강금산이 주춤거렸다.

스스스슷……!

끈적끈적하면서도 기분 나쁜 무엇인가가 강금산을 에워싸고 있다. 단숨에 물어뜯어 버리겠다는 듯 진한 살기를 내뿜고 있다.

'천멸도 살수들! 그들이 왜?'

아무리 생각해도 천멸도 살수들이 자신들을 도와서 강금산과 싸우는 이유를 파악할 수 없었다. 하지만 그들이 돕고 있는 것은 사실이고, 강금산이 활을 내려놓고 있으니 효과가 있기도 하다.

강금산은 의외로 순순히 활을 내렸다.

"우린 다시 만날 거야. 그때는 꼭 겨뤄보지. 너! 내 어깨를 흠집 낸 빚이 있다는 것, 기억해 둬."

"그러죠."

"후후! 신법을 부지런히 수련해야 될 거야. 다음에 만날 때는 오늘처럼 쉽게 피할 수 없을 테니까."

이번 말은 절혼마녀에게 한 말이었다.

절혼마녀는 바로 받았다.

"오늘 살아 돌아가는 것만 해도 감지덕지해, 아가야."

저벅! 저벅!

다담선자는 천천히 걸어오는 사내에게 눈길을 고정시켰다.

그의 손에는 추명반이 들려 있었다. 강금산의 어깨를 베어내며 지나갔는 데도 방금 손질한 것처럼 반질반질 윤이 났다.

"목숨을 버릴 각오까지 하며 뒤쫓았는데, 아무런 일도 없었으니 다행이오."

사내는 순순히 추명반을 건네주었다.

"쫓아오는 건 알았어요. 왜 쫓아온 거예요?"

"살수에게는 이유를 묻는 게 아니오."

"싸울 건가요?"

"돌아갈 거요."

이 역시 이해되지 않는 말이었다.

따라올 때는 언제고, 아무 일도 벌어지지 않았는데 그냥 돌아간단 말인가?

이들이 천멸도주의 살수가 아니라 남도문의 살수임을 알고 있다. 그렇기에 이들은 적이 될 수밖에 없으며, 언젠가는 부딪질 것이라는 생각을 떨치지 않았다. 한데 그냥 돌아간다.

"마야는 나도 잘 알고 있소. 마야가 깨어나면 전해주시오. 그를 적으로 삼아 싸우게 될 줄을 정말 몰랐다고. 언젠가 기회가 되면 술이나 한잔하자고."

"알았어요."

"사방천마가 안으로 들어갔소. 괴녀와 가장 가까운 거리를 확보하고 감시하겠다는 의도이니 급할 건 없을 것 같소. 한 가지 충고하자면, 사방천마와는 가급적 충돌하지 마시오."

"그러죠."

"또…… 지환참와(地幻儳吡)라는 무공이 있소. 땅이 변하고 어긋나며 움직인다는 뜻인데, 잘 생각해 보면 다음에는 놓치지 않을 거요."

괴인이 사용한 신법이 지환참와인가?

천멸도 살수는 할 말을 마친 듯 등을 돌렸다.

"당신이…… 주림인가요?"

살수의 발걸음이 뚝 멎었다.

"무척 안타까워했어요. 천멸도주가요."

"살수에게는 모두가 부질없는 짓."

살수는 동요하지 않았다. 그리고 올 때와 마찬가지로 담담히 걸어갔다.

"음……!"

강금산은 오늘처럼 곤혹스런 날을 맞은 적이 없었다. 굳이 기억 속에서 끄집어내라면 백팔궁사를 동원하고도 마야를 죽이지 못한 날과 비교할 만큼 치욕스러웠다.

은형시 두 대를 허공에 쏘아버리는 일이 벌어지다니.

상대에게 어깨를 내주는 일까지 생기다니.

쥐새끼 같은 놈들…… 천멸도 살수들의 압박을 이기지 못하고 물러서야 했다니.

삼시삼형을 쏘아낼 수는 있었다. 하나 그가 화살을 날리는 순간, 그들을 포위한 살수들의 검이 몸통을 저며 버릴 게다.

살수 따위가 감히 검을 들이댄단 말이지.

강금산은 신경질적으로 어깨를 지혈했다.

"목적은 달성했는데 뭘 그리 화내요?"

서군봉이 짤랑짤랑 웃으며 말했다.

강금산은 지혈을 마치고 금창약을 발랐다. 천천히.

그는 서군봉을 쳐다보지 않았다. 하나 말은 또박또박했다.

"네 말을 믿지 않았는데…… 다담선자, 절혼마녀, 일령, 시마. 인정하지 않을 수 없군."

"호호호!"

"네 말대로 그들을 떼어놓는 데는 성공했어. 그 여자들이 마야 곁에 붙어 있으면 멸신구관에 들어가는 일은 요원했겠지. 그런데 말이야. 일은 내가 했는데 마야에게 바짝 붙어 있는 건 사방천마야."

"붙어 있을 필요가 없으니까요."

"······?"

"마야가 멸신구관에 들어가려면 하루 이틀쯤 더 있어야 돼요. 지금 정신을 차린다고 해도 몸을 운신하려면 그 정도 시일은 필요하죠. 오래 누워 있었으니까."

강금산은 옷소매를 북 찢어 어깨 상처를 감쌌다.

"우린 자리바꿈만 준비하면 돼요. 사방천마가 어부지리를 얻어서 가까이 갔지만······ 호호호! 이제는 그 여자들과 사방천마를 싸움시켜야죠. 사방천마 자리에 우리가 앉아 있어야 해요."

"하나 묻자. 멸신구관은 죽음의 함정인데 들어가지 못해서 안달하는 이유가 뭔가?"

"유계의 주공도 죽일 수 있다는 죽음의 함정이에요. 궁금하지 않아요? 그만한 함정이면 무신들도 죽일 수 있는데."

'거짓말!'

서군봉의 말은 한 치도 빈틈이 없다. 너무 아귀가 꽉꽉 맞아 들어가서 오히려 의심스러울 정도다.

멸신구관에는 무엇인가가 있다. 그것이 무엇인지 서군봉은 알고 있고, 자신은 모른다. 마야가 그토록 가려고 하는 이유도 그것 때문일 것이고, 사방천마가 노리는 것도 그것이다.

그게 무엇인가.

천멸도 살수들은 빠졌다.

그들이 빠진 것은 실로 의외다. 무엇을 하는 놈들인지 의심스러울 지경이다. 남만까지 쫓아와 놓고는 그냥 물러서다니.

솔직하게 말하면 세 여인과 마야를 떼어놓아야 하는 이유도 모르겠다. 그녀들이 마야 곁에 있으면 멸신구관에 들어갈 수 없다고 하는데 왜 그런 일이 벌어지는지는 설명하지 않았다.

멸신구관이라는 곳을 들어가는 데 인원 제한이라도 있단 말인가.

그러나저러나 머리 하나는 기가 막힌 여자다.

자신이 나서서 세 여자를 가로막으면 사방천마가 숨어들 것이라더니 여지없이 그렇게 됐다.

전력을 쏟아 부어도 세 여인을 죽이기는 힘들 것이니 대충하라는 말을 들었을 때는 모욕감을 느꼈는데, 정말 그랬다.

그녀들의 과거를 안다.

선루의 루주, 창기, 북검문 위세에 짓눌려 기도 펴지 못하는 문파의 호법. 호법이라고 해봐야 시녀와 다름없지만.

그런 여자들이 마야를 만난 후, 자신과 맞겨루는 고수가 되었다.

웃기는 노릇이다. 은형시를 피해내다니. 신법만으로 은형시를 무력화시키다니. 거기에 한술 더 떠서 어깨살까지 발라갈 줄이야.

이 세상이 서군봉을 중심으로 움직이는 것 같다.

그녀가 세 여자와 사방천마를 싸우게 한단다.

그럼 그렇게 될 게다. 그사이에 자신과 서군봉이 사방천마의 위치를 뺏어서 멸신구관에 들어간단다. 그것도 그렇게 될 게다.

그럼 왜 지금은 자신이 나섰나? 차라리 지금 사방천마와 세 여인을 싸우게 만들면 되지 않았나? 그들이 싸웠다면 대충 끝내는 것이 아니라 한쪽 뿌리가 뽑혀 나갔을 텐데.

강금산은 암울한 눈빛으로 하늘을 올려다봤다.

징그럽게 푹푹 쳐댄다. 그 속에 서군봉의 얼굴이 그려지고……

주림과 천멸도 살수들은 앉은 자리에서 잠시 쉬었다.

잠을 서서 자 버릇하면 침상에 누워 자는 게 어색하다. 그와 마찬가지로 천멸도 살수들도 긴장하지 않는 날이 생기면 무엇을 해야 할지 몰라서 불안해한다.

지금도 그와 같은 경우다.

이제 더 이상 숨어 다닐 필요가 없다. 탈롱(脫籠:굴레를 벗다. 자유)이 되었으니 남도문으로 돌아갈 필요도 없다. 살수 짓이 지겨우면 지금 이대로 어딘가로 가서 조용히 살면 된다.

살수에서 벗어날 수 있는 유일한 기회가 찾아왔다.

하나, 이제 자유이니 가고 싶은 사람은 가도 좋다는 말 따위는 삼가는 게 좋다. 그들은 천멸도의 살수이기에 갈 곳이

없다. 다른 곳에서는 멀리서 얼씬거리기만 해도 돌팔매질을
당한다.

그들은 나환자들이다. 문둥이들이다.

"일어서자. 중원으로 가서 도주님과 합류한다."

다른 의견은 필요없다. 명령은 일사천리로 진행되고, 수하
된 자는 목숨을 걸고 따르면 된다. 그런데!

슥! 스스슥! 스슷……!

천멸도 살수들이 주림의 명을 듣다 말고 모래밭에 뿌려진
물처럼 풀숲으로, 나무속으로, 돌 틈으로 슬그머니 스며들었
다.

주림도 마찬가지다. 명령도 다 내렸지만 말이 끝나기 무섭
게 큰 나무에 등을 기댔다.

그는 순식간에 나무와 한 몸이 되었다.

사삿! 사사사사삭! 사사사삭……!

가만히 서 있기만 해도 숨이 턱에 닿는 찜통 더위이거늘,
그들은 복면까지 하고 은밀히 다가서고 있었다.

놀라운 것은 그들의 숫자다.

꼬리에 꼬리를 물고 나타나는 복면인들……

누구인가!

남도문 외장(外莊) 삼첨(三尖) 중에 하나인 추혼단이 여기
는 어쩐 일인가!

2

금연화를 태운 마차는 일로 남하했다.

군웅들은 여전히 멀찌감치서 에워싸고 있을 뿐, 직접적인 공격은 가해오지 않았다. 그들이 막았던 흑조편복의 식량 배급도 숨통이 틔여져 원활하게 이루어졌다.

군웅들과 마차 사이에는 평화가 흘렀다. 눈으로 보기에는.

"뭔가 께름칙해. 네 생각은 어때?"

금연화도 고개를 갸웃거렸다.

"상조문과 독조림이 몰살했는데, 그것도 만인이 보는 앞에서 무참하게 도륙했는데……. 정상대로라면 지금 우린 아주 극심한 공격에 시달려야 마땅하겠죠?"

"……."

천멸도주는 더 묻지 않았다.

이상 현상은 너무 고요하다는 데 있다.

상조문과 독조림이 남무림에서 차지하는 비중은 높은 편이다. 장구한 세월을 이어온 정통 무가들에 비하면 미숙한 면이 없지 않지만 혈귀대 사건으로 인해 일약 거봉이 된 문파들이다.

그들을 마인들이, 살수들이 죽였다.

이런 대사건이 벌어졌는데 왜 이토록 조용한 것일까?

과거에는 마인이 출몰하기만 해도 무림 전체가 발칵 뒤집히고는 했다. 어디에 누가 나타났다는 소문이 들리면 인근 일대에 사는 무인들은 너나 할 것 없이 병기를 들고 나와 목숨이 끊어지는 것을 본 후에야 돌아갔다.

그에 비하지 않더라도 확실히 이건 너무 비정상이다.

군웅들은 사방으로 뛰어다닌다.

남도문에도 가고, 철사문에도 가고, 사천 당문에도 가서 성토를 하지만 어찌 된 영문인지 그들은 꼼짝도 하지 않는다.

이 또한 이상하지 않은가.

"오늘은 객잔에 가서 쉬어볼까요?"

금연화가 돌발적인 제안을 했다.

"그것도 좋지."

단지 제안이었을 뿐인데 천멸도주는 흔쾌히 응했다.

"어서 옵…… 옵…… 옵……."

점소이는 말을 못하고 더듬거렸다.

금연화 일행이 문을 밀치고 들어서자 상당히 놀란 표정이다.

놀라기는 금연화도 마찬가지였다. 아니, 그녀의 일행 모두가 내심 깜짝 놀랐다.

점소이랍시며 나타난 사람은 하오문주의 수족인 삼십육고질 중 한 명이다.

"자, 자, 자리가······."

그는 금연화 일행을 모르는 것처럼 행동했다.

"우리가 알아서 앉을 테니 걱정 마라."

수검은 점소이를 흘겨보고는 창가 탁자로 걸어갔다.

자리는 금방 비워졌다. 음식을 먹던 사내 네 명은 수검이 자신들 앞으로 걸어와 우뚝 서자 두말 않고 일어나 나갔다.

자리는 그것으로 부족하다. 객잔에 들어올 사람은 많다.

수검은 다른 자리로 갔다.

두 명의 사내는 술을 마시다가 수검의 안광을 접하자 슬그머니 술병을 집어 들고 일어섰다.

수검은 또 움직였다.

이제는 대이동이 시작되었다. 창가는 물론이고 안쪽에서 술과 음식을 먹던 사람들도 모두 일어나 나가기 시작했다.

그럼에도 그들은 불평 한마디 하지 않았다.

상조문과 독조림을 몰살시키고도 버젓이 얼굴을 들고 다니는 마인들인데 무슨 말을 하랴.

그들은 도륙하지 않고 보내주는 것만으로도 감지덕지했다.

점소이는 부지런히 움직였다. 우선 먹던 것부터 치워야 한다.

"마야는 남만에 도착했습니다."

탁자 위에 어질러진 음식을 치우며 속삭였다.

"멸신구관이 곧 열릴 것 같습니다."

행주를 가져와 탁자를 닦으며 말했다.

"술하고 음식 좀 가져와."

"남도문, 북검문. 모든 시선이 남만에 집중되어 있습니다."

주문을 받아가며 한 말이다.

"북검문은 산동(山東)에서 배를 타고 내려와 바로 남만으로 들어갔습니다."

술을 내왔다.

"배에 누가 탔는지는 파악하지 못했으나 북검문 삼원로의 행방이 묘연합니다. 혹시 그들이 아닐까 추측하고 있습니다. 두 번 더 불러주십시오."

음식을 내왔다.

천멸도주와 금연화는 할 말을 잃었다. 마도, 수검, 혈유도 마른침만 꿀꺽 삼켰다.

지금 천하에서 무슨 일이 벌어지고 있는 것인가!

북검문 삼원로라면 세 명의 무신을 말한다. 오늘날 남도북검의 세계를 만든 일곱 명의 주역 중 세 명이 남만, 그것도 마야가 있는 멸신구관을 찾아갔다.

이런 일이 있을 수 있는 건가?

"야! 점소이! 너 이리 좀 와봐!"

수검이 버럭 고함을 내질렀다.

점소이는 새파랗게 질린 얼굴로 쪼르르 달려왔다.

"남도문 움직임도 심상치 않습니다. 구환자를 필두로 야광 전원이 며칠째 행방불명입니다. 그들이 전력을 다하여 지혜를 모을 일이 무엇인지 짐작해 보시랍니다."

점소이는 야채 한 그릇을 가져갔다가 다른 것으로 바꿔서 가져왔다.

"추혼단이 은밀히 남만으로 이동했습니다. 추혼단이 마야를 친다고 했는데, 이곳이 아니라 남만의 마야입니다. 그들을 이끄는 사람은 외형상으로는 추혼단주 부위량이지만, 실은 만사무불통지 도승부로 판단됩니다."

말을 잇던 점소이가 갑자기 아랫입술을 잘끈 깨물었다.

"제길! 말이 너무 길었네요. 꼬리를 밟히고 말았으니."

금연화가 급히 고개를 돌리자 창문 너머 저쪽 길가에서 한 사내가 빙그레 웃으며 가는 것이 보였다.

"밀막주!"

천멸도주가 짧게 말했다.

순간, 방금 전까지만 해도 멀쩡하던 사내가 술 취한 것처럼 휘청거리더니 풀썩 꼬꾸라졌다.

엎어진 그의 가슴에서 붉은 핏물이 흘러나와 땅을 적셨다.

"후후! 틀렸습니다. 저놈들은 꼬리에 꼬리를 물고 있어서…… 제 정체는 탄로 났습니다. 신경 쓰지 마십시오. 이왕 이렇게 된 거 눈치 볼 것도 없죠. 궁금한 게 있으면 물어보십시오."

점소이는 아예 옆 탁자에 있는 의자를 끌어와 합석했다.

"남도문, 북검문의 태두들이 모두 남만으로 직행했으니 생각해 보십시오. 이런 일이 비밀로 한다고 비밀이 되겠습니까? 웬만한 문파의 장문인들은 벌써 감으로 때려잡고 남만으로 달려가는 중입니다. 이곳에 신경 쓸 여력이 없는 거죠."

역시 그랬다. 세상에 이유없는 일은 벌어지지 않는다. 이상한 일이 생겼으면 그런 일이 벌어졌어야 하는 이유도 반드시 존재한다.

"저희 문주님도 남만으로 가시기는 했지만…… 워낙 거물들이 몰려드는 통에 구경하는 것으로 족할 것이라는 말씀이 계셨어요."

삼십육고질의 말이 사실이라면 그곳에 모인 사람들의 신분으로 보아 하오문주는 피라미에 불과하다. 정말 구경만 하는 것으로 만족할지도 모른다.

"마야가 간 곳은 어떻게 알고?"

마도가 물었다.

"멸신구관이 '마 마'에 있다는 거, 만사무불통지 같은 사람이 모르겠어요. 단지 정확한 위치를 몰랐던 것 같은데…… 그래서 이번 마야의 남행 때는 남도문에 파견한 천멸도 살수들을 암암리에 호위로 붙였던 모양입니다."

"주림을?"

"네. 다행히 중간에 별일은 없었고요."

그럼 주림도 남만에 있는 것인가.

"이해를 못하겠네. 마야는 저주의 자오법신을 치료하기 위해 멸신구관을 찾는다지만 다른 사람들은 왜 찾는 거야? 유계의 주공을 죽이기 위한 함정이라던데, 그렇게 죽기가 소원인가?"

"그거야 저도 모르죠. 솔직히 이번에야 알았지 멸신구관이라는 이름 자체도 몰랐는걸요. 어렴풋이 짐작이 되는 건……멸신구관이란 곳이 단순한 함정만은 아니라는 거죠."

"그럼 보물이라도 숨겨져 있단 거야?"

"보물 맞죠. 인간을 탈태환골(奪胎換骨)시킬 수 있다면 보물도 상보물이죠."

이런 말은 전에도 들은 적이 있다.

이런 이유 때문에 마야가 멸신구관을 찾아간 게 아닌가. 인간의 영혼까지도 가루로 만들어 버리는 곳에서 철저히 죽었다가 깨어나야 저주의 자오법신을 벗어난다고 했다.

모두들 기적을 바라고 간다.

자오법신에서 벗어나는 것도 기적이고, 무공이 진일보하는 것도 기적이다. 그렇지 않은가. 천외무봉(天外無峰)에 올라선 사람들이 더 이상 진척이 없는 상황에서 다만 반걸음이라도 앞으로 나가게 해줄 수 있다면, 그게 기적이지 무엇이 기적인가.

혹시…… 멸신구관을 만들었다가 뒤늦게 이런 효능을 깨닫고 스스로 파훼시킨 것은 아닌지.

아무래도 북검문, 남도문 무신들이 멸신구관을 찾아 헤맸다는 인상을 지울 수 없다.

점소이는 근 한 시진에 걸쳐서 이것저것 무림 상황을 말해 주었다.

금연화 일행은 객잔에서 하룻밤을 보냈다.

오랜만에 폭신한 침상에서 잠답게 잔 하루였다.

그들이 객잔을 나설 때, 점소이는 마중 나오지 않았다. 대신 객잔 주인이 나와 두툼한 보따리를 내밀었다.

"그렇게 다니면 굶어 죽기 십상이라고…… 거지도 그렇게 안 다닌다고 하면서……."

보따리는 묵직했다. 금, 은, 동전…… 상당히 많은 패물이다.

"그 사람은요?"

"남도문은 하오문을 눈엣가시로 보고 있습죠. 워낙 점조직으로 되어 있어서 윗선에 접근하기가 힘든데, 그 사람 정도 되면 하오문주의 행방을 잡아내기는 여반장이고…… 이쯤에서 잠드는 것이 문주에 대한 도리라고 하더군요."

그는 죽었다. 자진했다.

"남만으로 가야겠어."

천멸도주가 말을 꺼냈다.

그녀의 말은 곧 법이다. 집행만 있을 뿐, 번복은 없다. 그녀가 가야겠다면 가는 것이다.

"지금 가도…… 늦지 않을까요?"

"늦지. 하지만 가야지. 미련한 새끼가 앞뒤좌우 꽉 막혀 있잖아. 나라도 가줘야지. 만약 너무 늦어서 그 못난 새끼 끝장난 모습을 보게 되면 뼈라도 추려줘야지."

'이 사람…… 진심으로 사랑하고 있어. 그 사람을 위해서라면 목숨도 버릴 거야.'

섶을 지고 불구덩이 속으로 들어가겠다고 해도 말릴 수 없는 사람이다. 그녀의 가슴에는 뜨거운 불이 지펴져 있다. 하얀 백포로 전신을 가리고 있지만 뜨거운 불길만은 숨기지 못한다.

"나도 가야겠어."

마도다.

그런 말을 할 줄 알았다. 수검, 혈유, 모습을 보이지 않는 언장은마까지도 모두 가고 싶어 한다.

십중팔구는 뼈도 못 추릴 곳이다. 명호를 붙이다 붙이다 붙일 것이 없어서 무신으로 불리는 사람이 현재만 해도 네 명이나 들어갔단다. 마도나 수검, 천멸도 살수들도 폭풍 앞에 가랑잎처럼 날아가 버릴지도 모른다.

"그럼 지금부터 탈출로를 확보해야 하는 건가요?"

"탈출로는 무슨. 밀막주, 전혼주, 간다!"

그것으로 진로가 결정되었다.

第四十八章

입몽향(入夢鄕)
─꿈나라에 들다

1

　인간의 뇌는 강하면서도 약하다. 특히 질병과 관련해서는 갓 태어난 어린아이보다도 약하다.

　약할 뿐만 아니라 성질도 더럽다. 한 번 망가진 곳은 영원히 복구되지 않는다. 일부 복구되는 경우가 있기는 하지만, 말 그대로 극히 일부일 뿐이고 대부분은 영구 손상된다.

　저주의 자오법신은 인간의 뇌를 극도로 자극시킨다.

　육신이 감당하지 못하는 것은 차후 문제다.

　죽음까지 백 일이라는 시간이 있다고 한 것은 육신이 죽는 경우를 말한다. 그전에 뇌는 망가지게 되고, 바보천치가 되어 부모형제, 주위 사람들은 물론 자기 자신까지도 망각해 버린다.

뇌 손상을 막을 방도는 없다. 이는 자오법신을 막는다는 말과도 같다. 자오법신이 운용되는 한은 기필코 뇌 손상이 찾아온다.

뇌의 손상 정도는 시간이 흐를수록 심해진다.

저주의 자오법신이 백회혈을 두들길 때마다 뇌는 저항도 못하고 죽어간다.

소립파가 정신을 잃지 않았다면 그의 여인들도 몰라보고, 시마도 몰라봤을 것이며, 자신의 이름조차 망각하여 뭇사람들의 애간장을 녹였을 게다.

혼절하기를 잘했다.

바보천치의 모습을 보여주지 않아서 다행이다.

괴인은 소립파를 발가벗겨 나무 침상 위에 눕혔다. 그리고 붓으로 풀 즙을 찍어 소립파의 몸에 발랐다. 구석구석 풀 즙이 닿지 않은 곳이 없도록 꼼꼼히 발랐다.

전신을 다 바르는 데는 일다경가량의 시간이 소요되었다.

한 번으로 그친 것도 아니었다. 머리끝에서부터 시작하여 발끝까지 바른 다음에는 다시 머리부터 발라갔다.

한 시진, 두 시진……

시간이 흘러 저녁이 되고, 저녁은 깊은 밤으로 이어졌다.

괴인의 손길은 쉼없이 움직였다. 붓질을 멈출 때는 풀 즙이 떨어져서 다시 풀을 으깰 때뿐이었다.

하루, 이틀이 지나고 사흘째를 맞이했다.

그때까지도 괴인은 같은 행동만 반복했다. 자지도 않고 먹지도 않았으며 쉬지도 않았다.

소림파의 몸은 풀 즙에 물들어 녹색으로 변했다.

까만 머리칼도, 햇볕에 그을린 구릿빛 피부도…… 모두가 녹색이 되었다.

사흘째가 되었는 데도 괴인의 행동은 변함없었다. 마치 할 수 있는 일이 그것뿐이라는 듯 풀 즙을 발랐다.

"하! 이거야 답답하고 지루해서 볼 수가 있나! 지금 저거 뭐 하는 거야? 저 짓거리를 언제까지 봐야 되는 거야?"

남방천마가 급한 성격을 드러냈다.

그로서는 삼 일 동안 지켜본 것만도 많이 참은 것이다.

"서둘지 마. 내 짐작이 맞다면, 저 노파는 흑살마녀(黑煞魔女)야. 뭐 생각나는 것 없어?"

동방천마가 나른한 음성으로 말했다.

"흑살마녀? 그 노괴물이 아직도 살아 있었어? 저 늙은이가 흑살마녀라고? 크크크! 잘됐군, 잘됐어. 어디 천하무적이었다는 흑살마공(黑煞魔功) 맛 좀 봐볼까."

남방천마는 두 손을 깍지 껴서 으드득 소리가 나게 꺾었다.

"이럴 줄 알았다니까. 좌우지간 돌 머리는 어쩔 수 없어."

"뭐야!"

"사람들은 흑살마녀를 죽이지 못해서 안달이었어. 그래도 생각 안 나면 정말 접시 물에 코 박고 죽어야지."

"녹광성초(綠光聖草)!"

"아주 돌 머리는 아니었네?"

남방천마는 동방천마의 놀림을 태연히 받아들였다. 동방천마의 놀림은 어떤 것이든 당연하게 생각했다. 서방천마와 북방천마가 하는 말도 잘 들었지만 동방천마가 하는 말은 특히 잘 들었다.

"녹…… 광…… 성…… 초."

잘 입을 열지 않는 북방천마조차도 녹광성초에는 태연하지 못했다.

"녹광성초가 실재했군. 후후!"

서방천마도 눈을 가늘게 떴다.

현 무림인들은 기억하지도 못하는 일이 있다.

먼 옛날 한 여인이 무림에 나타났는데, 그녀는 마주 앉기도 싫을 정도로 엄청난 추녀였다.

당연히 사람들은 그녀를 모욕했다. 정도가 지나쳐 살심이 끌어오를 때까지 조롱했다. 마침내 그녀의 분노가 폭발했다. 그녀는 주방에서 사용하는 식칼로 못생겼다고 조롱하는 자들을 쳐 죽이기 시작했다.

사람들은 그녀의 분노는 이해하지만 지나친 살육에는 징

벌을 가하지 않을 수 없었다.

한데 변수가 생겼다. 그녀는 웬만한 도검에는 상처를 입지 않았다. 피부가 철갑처럼 단단해서 무공이 없음에도 불구하고 쉽게 죽일 수 없었다.

그녀의 피부를 검게 태워 버린 영약은 녹광성초의 즙이라는 말이 퍼지면서 수많은 무인들이 그녀를 쫓았다.

이 사건은 그녀가 실종됨으로써 허무하게 끝났지만 녹광성초에 대한 유혹은 아직도 무림인들의 뇌리에 깊이 박혀 있다.

"저거 빼앗아야 되는 것 아냐. 저게 녹광성초면…… 아휴! 아까워."

"늦었어. 녹광성초를 다 써버렸어. 그렇지 않았어도 어쩔 수 없잖아? 마아가 일어나야 멸신구관을 열 수 있으니까. 멸신구관을 포기하고 녹광성초를 취할 거야?"

"그것도 그렇네. 이런! 아휴! 근데 저건 정말 아깝다."

"녹광성초를 거의 다 썼으니까 이제 깨울 거야. 조금만 더 기다리면 되겠어."

사방천마는 나무 위에 앉아서 나무 위에다 나뭇가지를 쌓아올려 만든 이상한 집을 감시했다. 마치 새둥지처럼 생긴 집이었다.

다담선자는 안도의 숨을 내쉬었다.

괴인이 풀 즙만 발라댈 때는 가슴이 바짝 타 들어갔는데, 동방천마의 이야기를 엿듣고 나니 한결 마음이 놓였다.

그녀도 녹광성초에 대한 이야기는 들어서 알고 있다.

녹광성초는 단지 풀 하나를 지칭하는 게 아니다. 흑살마녀가 발견해 낸 이름 모를 풀이 주재료가 되며, 이 풀을 일컬어 성초라 한다. 성초 즙액에 수십 가지의 약재를 풀면 녹광을 띠게 되며, 이로써 녹광성초가 완성된다.

흑살마녀는 약재의 배합을 잘못하는 바람에 피부가 새까맣게 탔다.

마야는 어떨지 모른다. 옛날 그대로 약재를 배합했다면 마야의 피부도 새까맣게 타고, 얼굴에는 주름이 가득하게 될 것이다. 그동안 발전이 있어서 배합 비법을 알아냈다면 마야는 아주 큰 기연을 얻는다.

육신이 철갑처럼 단단하면 무서울 게 무엇이랴.

마야가 들어도 입이 함지박만 하게 벌어질 좋은 일이건만…… 그래도 다담선자는 불만이었다.

녹광성초가 꿈에 그리는 영약이지만 지금은 그걸 바르고 있을 때가 아니다. 한시라도 빨리 정신을 차리게 해서 멸신구관을 열어야 한다. 마야의 마지막 날, 백 일이 다가오고 있는데 한가로이 육신을 보할 때가 아니다.

다담선자는 한달음에 달려가고 싶지만 사방천마에게 길이 막혀 그러지도 못했다. 억지로 뚫고 들어갈 수는 있겠지만 사방천마와 싸우다 보면 흑살마녀의 치료에도 영향이 미칠까 염려스러웠다.

지금은 오히려 사방천마가 도발해 오지 않기를 고대할 판이다.

그러나저러나 괴인의 정체가 흑살마녀였다니, 시마가 이 소리를 들으면 얼마나 기절초풍할까. 그녀가 흑살마녀인 줄도 모르고 원숭이니 어쩌니 했으니.

절혼마녀는 같은 마녀라고 좋아할지도 모른다. 요즘은 가끔가다 별호에 마녀가 붙어서 좀 그렇다는 말을 하곤 했는데.

다담선자는 살그머니 몸을 빼내 일행이 있는 곳으로 돌아갔다.

'기다려야 해.'

'이거였군!'

강금산은 이제야 사방천마를 먼저 들여보낸 이유를 알았다.

서군봉은 멸신구관에 대해서 잘 모른다. 막연히 무림사를 좌지우지할 어떤 게 있을 것이라는 생각인 것 같다. 하나 그 정도 짐작만으로는 멸신구관에 들어갈 기분이 나지 않는다.

좀 더 확실한 것을 알 필요가 있다.

그 역할에 가장 적합한 자들이 사방천마다.

그들이야말로 유세 사람들이고, 주공의 수족이니 멸신구

관에 대해서도 소상히 알고 있지 않겠는가.

그들을 앞세움으로써 멸신구관에 대한 정보를 캐낼 수 있다.

아직까지 멸신구관에 대한 말은 없었지만, 녹광성초에 대한 말은 들었다.

마야의 몸에 바르는 것이 바로 녹광성초다.

사람 몸뚱이를 철갑으로 만든다는 영약 중에 영약. 금종조(金鍾罩)나 철포삼(鐵布衫) 같은 무공도 몸을 돌처럼 만들지만 그와 같은 외공들은 비교도 안 될 정도의 강함을 지녔다고 한다.

힘들여 수련하지도 않고 가만히 누워서 철갑옷을 몸에 두르니 이보다 더한 기연이 어디 있겠나.

'복 많은 놈.'

강금산은 솔직히 마야가 부러웠다.

자신이 녹광성초를 얻었다면, 천하제일의 궁술에다가 도검도 통하지 않는 몸이라면…… 무신의 위치를 노려볼 수도 있지 않겠나.

"오늘은 푹 쉬어둬요. 내일은 멸신구관에 들어갈지도 모르니까."

"내일? 저건 조금 있으면 끝날 것 같은데?"

"저건 바르는 것으로 끝나지 않아요. 보니까…… 약물이 완전히 피부 속에 흡수될 때까지 기다리는 것 같아요. 그 시간이 두 시진, 거기다 일어나자마자 움직일 리도 없고. 오늘은 틀렸어요."

서군봉의 말투는 언제나 단정적이다.

자신의 말은 절대 틀릴 리 없다는 확신이 스며 있다.

묘한 것은 실제로 모든 일이 그녀의 생각대로 진행되고 있으며, 그렇지 않다고 해도 그녀의 말이 귀에 거슬리지 않는다는 거다.

"북검문 이야기 좀 해봐."

"남도문 이야기부터 하는 게 어때요?"

"그만두지."

"이런 건 어때요? 난 궁왕의 화살을 피할 수 있는 최적의 무공을 알아요. 그쪽은요?"

"아버님의 화살을 피할 수 있는 무공?"

"……."

"후후! 아버님의 궁술이 천하제일이기는 하지만 파해공이 전혀 없는 건 아니지."

"서로 말해볼까요?"

"관두지."

"그러죠."

"소저가 알고 있는 무공은 뭐요?"

"호호호! 먼저 말해보세요. 원래는 제가 먼저 말하려고 했는데, 한 번 퇴싸 맞으니까 생각이 달라지네요."

강금산은 서군봉을 힐끔 쳐다본 후 말했다.

"동시에 말할까?"

"좋아요. 셋에 말해요. 하나, 둘, 셋! 패왕도법."

"패왕도법."

두 사람은 피식 웃어버렸다.

남무림에 무신은 세 명이지만 문주는 한 명이다. 그렇다면 다른 두 사람의 무공은 남도문주보다 반 수 정도 뒤지는 것이 아닐까?

'내 생각이 맞았어.'

서군봉은 활짝 웃었다.

사방천마와 서군봉의 예측은 보기 좋게 빗나갔다.

흑살마녀는 사람을 질리게 만든다.

녹광성초가 떨어진 후부터 흑살마녀가 하는 일이라고는 오로지 추궁과혈이다.

아침부터 저녁까지, 저녁부터 다음날 아침까지. 이번에도 쉬지도 않고, 자지도 않고, 먹지도 않으면서.

참으로 초인적인 체력이다.

흑살마녀는 자신의 원정(原情)이 손상되는 것은 개의치 않았다. 마야가 일어나기만 하면 자신은 죽어도 좋다는 심정으로 두 손에 진기를 가득 모아 혈도를 두들겼다.

녹광성초는 피부를 단단하게 만든다. 그럼 부작용에 대해서도 생각해야 하는데 대다수의 무인들이 그 부분에 대해서는 알려고도 하지 않는다.

녹광성초를 바르면 일시간 체온이 발산되지 않는다.

속에서 일어나는 열이 고스란히 체내를 휘돌게 되니, 그때 발생하는 열은 계란도 익힐 정도다.

마야에게 녹광성초를 바른 것은 그를 금강불괴(金剛不壞)로 만들고자 해서가 아니다. 몸에서 일어나는 열을 체내에 가둬서 오장육부를 자극하고, 뇌를 긴장시키기 위해서다.

이런 극렬한 자극만이 마야를 혼수상태에서 깨어나게 할 수 있다.

그러나 이런 방법 또한 지나치면 죽음을 면치 못한다. 체내의 열이 위험 수위까지 치달으면 바깥으로 빠져나가게 해줘야 한다.

그 방법이 추궁과혈이다.

입과 항문을 벌려놓고 혈도를 건드리고 오장육부를 건드려서 체온이 고루 퍼지게 한다. 넘치는 열기는 빠져나가게 하고, 모자라면 채운다. 그렇게 해도 현재 마야의 열기는 보통 사람들이 열사병을 앓을 때보다도 높았다.

흑살마녀는 쉬지 않았다.

혈도를 쳤다. 주먹을 쥐고 문지른다. 손등으로 비빈다. 팔꿈치로 짓누른다.

"휴우!"

마야의 입에서 긴 숨이 새어 나왔다.

물론 귀를 자세히 기울여도 들리지 않을 정도로 미약한 숨소리다. 하나 흑살마녀는 똑똑히 들었다.

"휘유!"

흑살마녀도 긴 숨을 토해냈다.

그녀의 고단한 여정이 끝나가고 있었다.

만물이 깊은 잠에 취해 있는 한밤중, 소림파는 부스스 눈을 떴다.

눈을 뜨고 싶어서 뜬 것이 아니라 참을 수 없는 고통이 전신을 짓누르기에 어쩔 수 없이 떴다.

전신이 부들부들 떨린다. 머리가 깨어질 것처럼 아프다. 근육이란 근육은 모조리 뒤틀리고, 뼈란 뼈는 산산이 부서진다.

"끄으…… 윽!"

살려 달라는 말이 절로 나올 만큼 고통스럽다. 정반대로 말한다면, 빨리 죽여 달라는 말을 하고 싶다. 누가 옆에 있어서 살려주든지 죽이든지 양단간에 결단을 내려줬으면 좋겠다.

"허억! 허억! 끄윽! 컥!"

목구멍에서 걸리던 비명 소리가 점점 입 밖으로 새어 나온다.

그때, 누군가가 소림파의 손을 꽉 쥐어주었다.

손에서 따스한 온기가 전달된다. 온기는 조금이나마 고통을 상쇄시켜 준다.

　소립파는 온기만으로 손의 임자가 누군지 짐작해 냈다.

　"휴…… 휴…… 야."

　"비비비하(飛飛飛呀), 비비비(飛飛飛). 곤륜산상세개조(昆侖山上洗個澡). 비비비하(飛飛飛呀), 비비비(飛飛飛). 쾌쾌비도림우가(快快飛到霖雨家)."

　휴야는 언제 들어도 포근한 자장가를 불렀다.

　비비비 비비비 곤륜산에서 날개를 씻고, 비비비 비비비 비오는 날 경쾌하게 날아든다.

　"음…… 크윽!"

　"비비비하(飛飛飛呀), 비비비(飛飛飛). 채타설련송급타(采朵雪蓮送給他:설련을 캐서 넉넉하게 보낼게)."

　고통 소리와 자장가 소리는 한밤중의 고요를 잔잔하게 깨웠다.

　흑살마녀는 마야가 깨어난 후에야 비로소 움직였다.

　그녀는 보지 않고 듣지 않았지만 주변에 흐르는 낯선 공기를 모두 감지하고 있었다.

　그녀는 움직였다. 하나 그녀가 움직이는 것을 보거나 느낀 사람은 아무도 없었다.

톡톡!

시마는 깜짝 놀라 눈을 떴다.

눈을 뜨기는 했지만 일어서지는 않았다. 아직도 잠들어 있는 듯 아무 기척도 보이지 않았다.

톡톡!

누군가가 발길질을 하고 있다. 발로 정강이를 때린다.

그에게 발길질을 할 사람은 없다. 세 여인이 그러리라고는 생각도 못한다. 그럼 외인이라는 소리고, 외인이 이토록 가까이 다가와 발길질을 할 때까지 몰랐다는 것은 엄청난 고수라는 뜻이다.

톡톡톡!

이번에는 가만히 있을 수 없었다. 발길질의 강도가 점점 세지기 시작하더니 나중에는 뼈가 부서질 듯 아팠다.

"으음……! 누구야!"

시마는 그제야 깨어나는 시늉을 하며 상대를 쳐다봤다.

"헉!"

백발의 원숭이, 백 년 묵은 원숭이! 아니, 흑살마녀!

"서, 선배님!"

시마는 황급히 일어나 머리를 조아렸다.

그의 나이도 만만치 않으나 흑살마녀에게 비할 수는 없다. 따져 보지는 않았지만 아마도 손자뻘이 되지 않을까 싶다.

"모두 깨워."

혹살마녀는 유창하게 한어를 구사했다.

'빌어먹을! 내 인생은 여기서 끝났네. 그럼 그때도 모두 알 아들었다는 거 아냐. 빌어먹을!'

시마는 일령부터 깨웠다.

"야, 이 계집아! 일어낫!"

이로써 사방천마와 세 여자를 충돌케 하려던 서군봉의 계 획은 무산되었다.

"괜찮아요?"

"괜찮아."

"정말 괜찮아요?"

"괜찮아."

마야는 두 손을 내밀어 걱정스런 눈길로 쳐다보는 여인들 의 손을 하나씩 잡았다.

다담선자의 눈에 눈물이 고였다. 절혼마녀의 눈에도 물기 가 맺혔다.

"그러다 울겠네."

다담선자는 기어이 눈물을 쏟아냈다. 반면에 절혼마녀는 고개를 돌리며 억지로 참았다.

이런 면에서 보면 절혼마녀보다 다담선자가 조금 더 유약 한 셈인가.

"왜 혼절한 거예요? 깜짝 놀랐잖아요. 아무렇지도 않다가 갑자기 혼절해서 얼마나 놀랐다고요."

"뇌를 기절시킬 필요가 있었어. 그렇지 않았다면 난 지금쯤 바보가 되어 있었을 거야."

"뇌를…… 기절시켜요?"

이건 또 무슨 소린가? 그럴 수도 있나? 혼혈(昏穴)이나 마혈(痲穴)을 짚어서 잠시 기절시킬 수는 있지만 뇌를 기절시키다니? 그것도 그토록 오랜 시간을?

"뇌와 육신을 연결하는 신경이 잠시 마비되는 거야. 그건 내가 할 수 있지만 그걸 깨워줄 사람은 오직 우리 휴야밖에 없지."

흑살마녀는 고운 웃음만 지어 보였다. 곱다고 해봐야 흉측한 얼굴이 일그러지는 정도지만 왠지 보는 사람으로 하여금 포근하다는 인상을 받게 하는 표정이었다.

"이틀 정도 몸을 추스를 거야. 그 다음은 멸신구관을 열 거고."

흑살마녀가 향긋한 차를 끓여와 마야에게만 주었다.

마야는 차를 받아 마셨다. 흑살마녀가 차를 마실 때까지 멀거니 지켜보고 서 있으니 마시지 않을 도리가 없었다.

"제길! 우리도 입인데."

시마는 흑살마녀가 달려올까 봐 눈치를 보며 한마디 했다.

흑살마녀는 달려오지 않았다. 그러나 말 한마디로 모두를 경직시켜 버렸다.

"주위에 파리 떼가 득실거린다. 알고 있니?"

마야에게 하는 말은 어찌나 다정스러운지. 그럼 알고 있지 모르고 있을까. 사방천마와 천멸도 살수들, 그리고 그 두 연놈……

"어림잡아서 오륙백 명은 되는 것 같던데."

"오, 오륙백 명이요?"

마야만 쳐다보고 있던 다담선자까지 화들짝 놀라고 말았다.

"그놈들 중에는 나도 자신없는 작자들이 보이더라."

뒷말은 소림파가 담담하게 받았다.

"무신들이군요."

무신이라니! 이게 무슨 소린가! 그들이 언제, 왜 왔는가!

모두들 숨이 막혔다.

2

강금산은 아버지의 무공을 본 기억이 없다.

무공을 배우고, 가다듬어 주시느라 활을 쏘신 적은 있지만 진실된 무공은 아니었다.

강금산이 성장한 후에도 아버지는 몇 번의 비무 혹은 싸움을 하셨다. 하나 그때에도 아버지는 진기를 밑바닥에서부터 끌어올리지는 않으셨다. 그럴 만한 상대들이 아니었다.

다른 무신들도 마찬가지다.

그들이 무신이라는 명호를 얻을 때까지는 숱한 싸움을 했겠지만, 현재의 젊은이들은 무신들의 무공을 보기가 하늘의 별 따기다. 볼 수 있는 것은 무공의 형태일 뿐, 전력을 다한 무공을 보기는 어렵다.

그런데 오늘 보고야 말았다.

그의 앞을 가로막아 선 노인은 만사무불통지다.

일곱 명의 무신 중 한 명이며, 남도문에서는 제이무신가를 이끌고 있다. 그의 머리는 야광의 지혜를 모두 모은 것보다 뛰어나며, 북검문의 삼뇌가 머리를 맞대야만 겨우 상대할 수 있을 정도다.

명실공히 중원제일의 모사다.

강금산도 아버지를 따라서 몇 번 인사를 다녔다. 정겨운 이야기도 많이 들었다. 살이 되고 피가 되는 이야기도 있었지만 나태함을 질책하는 소리도 많았다.

만사무불통지를 만났으면 예부터 올려야 한다.

강금산은 뱀을 만난 쥐처럼 몸이 얼어붙어 꼼짝하지 못했다.

"궁왕에게 들었다. 집을 뛰쳐나왔다고?"

"네."

대답 소리도 평소의 그답지 않게 속으로 기어들었다.

"허허! 좋을 때구먼. 연인들의 도피겠지?"

만사무불통지는 서군봉을 주의 깊게 살폈다.

"네. 네……."

"'네'라? 천기수사의 딸과 연인의 도피라."

강금산은 거미줄에 걸린 파리처럼 만사무불통지의 처분만 바랐다.

어찌 된 일인지 모르겠다. 몸이 말을 듣지 않는다. 진기가 원활하게 움직이지 못하고 가닥가닥 끊긴다.

만사무불통지의 무공 중에 하나인 축기광파(縮氣光波)라는 것은 알겠는데 이 정도로 곤혹스러울 줄은 몰랐다.

축기광파는 기로써 기를 제압하는 상승 무공이다. 축기광 파를 극성으로 시전하면 진기를 한 올도 끌어올리지 못하며, 사지 육신이 무력해져서 주저앉고 만다.

강금산이 그랬다. 호흡이 가빠오고, 두 다리에 힘이 풀렸다.

"저, 저희는 이만……."

"이상하군. 이런 오지에서 존장을 만났으면 어찌 된 영문인지부터 묻는 것이 도리이거늘."

몸만큼이나 머릿속도 하얗게 탈색되었다.

생각할 수 있는 것이라고는 한시바삐 이 자리를 벗어나고 싶다는 갈망뿐이었다.

"어떠냐? 넌 이 늙은이와 함께 산책이나 하지 않으련?"

서군봉에게 한 말이다.

"음……! 조, 좋아요."

서군봉의 안색은 파랗게 질려 핏기가 하나도 없었다.

그녀 역시 축기광파의 영향에서 벗어날 수 없었다.

"따라오거라. 넌 수련 좀 더 해야겠구나. 쯧! 그런 무공으로는 아무것도 못해. 궁왕이 견자(犬子)를 낳았어. 쯧쯧!"

만사무불통지는 강금산을 지나쳐 갔다.

그는 서군봉과 만사무불통지가 밀림 깊숙이 스며든 후에야 복면을 하고 있는 자에게 걸어갔다.

복면을 한다?

이것부터가 일이 심상치 않음을 말해준다.

그는 복면을 하고 있지만 체구나 기도가 한 사람을 떠올리게 해준다. 아니, 그와는 의기가 투합된 터라 한눈에 알아볼 수 있다.

"어떻게 된 건가?"

"우리 같은 사람이야 명령에 살고 명령에 죽어야죠."

추혼단주 부위량도 만사무불통지를 쳐다보다가 밀림 너머로 들어가 버리자 비로소 시선을 거둬 강금산을 바라봤다.

"미리 연통이라도 해주지 그랬나?"

"명이었습니다. 함구(緘口)."

"여긴 어쩐 일인가? 멸신구관?"

"그런 것 같은데 나 같은 사람이 세세한 것까지 어떻게 알겠습니까. 한 가지, 북검문도 여기 와 있습니다."

"북검문이…… 여길 왔단 말인가?"

"북검문 삼원로가 왔는데, 어디 있는지는 파악되지 않았고 요. 혹여 삼원로를 만나게 되면 절대 무공을 사용하지 말라는 명이 계셨습니다. 쓸모없이 죽는다고."

"으음……!"

역시 서군봉의 예감이 맞았다.

멸신구관은 무림을 발칵 뒤집어놓았다.

아니다. 무림은 이런 사건이 벌어지고 있는지조차 모른다. 뒤집힌 것은 무신들뿐이다. 평소에는 꼼짝도 하지 않던 무신 들이 멸신구관이라고 하니까 벌 떼처럼 기어나왔다.

'이 정도 비중이었단 말이지. 멸신구관……'

점점 욕심이 생겼다.

"멸신구관에 들고자 왔느냐?"

"네."

"당돌한 아이군. 천기수사가 시켰느냐?"

"이가야(二家爺) 같으시면 딸을 북검문으로 보내시겠어 요?"

"이가야…… 듣기 싫은 말이군. 주의하거라."

농담인 줄 알았다. 한데 만사무불통지의 얼굴을 보니 진지 하다. 결코 농담이 아니다.

이가야라는 말이 듣기 싫다는 것은 제이무신가 가주라는 말을 듣기 싫다는 뜻이다. 노골적으로 표현하자면 제일무신가 가주가 되고 싶다는 말로도 생각된다.

물어볼 수는 없다. 이런 사람은 그런 말에 절대 시인하지 않는다. 은근히 의중을 비치며 상대가 알아서 해주기를 바란다. 일이 잘되면 좋고, 못 되도 손해 볼 건 없고. 못 되면 당연히 내칠 테고, 잘돼도 버리기 쉽고.

한데 만사무불통지는 서군봉의 의중을 찔렀다.

"난 혼신을 다해 남무림을 일으켰다. 남무림의 절반은 내 것이나 다름없지. 그런데 이가야…… 성이 차겠느냐?'

'종잡을 수가 없어.'

모든 말을 믿을 수는 없다. 그렇다고 안 믿을 수도 없다. 적당한 선에서 받아들이고 버려야 하는데, 그 선을 찾아내기가 쉽지 않다.

"여기 남만에, 아니, '마 마'에 북검문 삼원로가 왔더구나."

"네에?"

"난 그들 중 적어도 두 명 정도는 이 땅에 묻으려고 한다."

'뭐야, 이 늙은이 정신병자 아냐? 그래서? 나보고 우리 존장들을 죽이겠다는데 어쩌라고? 지금 도와달라는 거야? 미친 늙은이.'

"남도문과 북검문의 힘의 균형이 너무 팽팽해서 탈이야. 딱 절반이라고 해야 하나? 어느 한쪽도 기울지 않아. 그러니 그 조심성 많은 토끼들이 굴에서 나오지 않지."

점입가경(漸入佳境)이라는 말이 있다. 가면 갈수록 경관이 빼어나다는 뜻인데, 이거야말로 흥미진진하지 않나. 아무리 당사자가 무신이라고 해도 북검문주와 남도문주를 토끼에 비유하다니. 토끼라는 말에는 못마땅하다는 마음이 내포되어 있다. 겁쟁이라는 경멸도 포함되어 있다.

"힘의 균형을 깨지면 토끼는 늑대로 변하지. 당장 잡아먹으려고 할 거야. 들어라. 이 땅의 무인들이 더 이상 쓸데없이 죽어가서는 안 되지 않겠니? 이렇게 의미없이 소모적인 싸움을 지속하기에는 세월이 너무 짧게 느껴지는구나."

"남도문이 붕괴되는 것도 한 방법이죠."

"넌 천기수사의 딸, 엄밀히 말하면 적이지만 지금은 적이 아니라 같은 지자(智者)로 만나는 것이야. 삼뇌는 흘러간 물이지만 너는 새로운 물이기에 새 물의 뜻을 알고 싶어서 부른 게야. 널 처음 보지만 삼뇌를 능가하겠기에 마음까지 터놓았거늘…… 쯧쯧!"

만사무불통지는 헛바람을 찼다.

왠지 미안해진다. 그는 마음을 열고 말하는데 옹졸하게 혼자만 북검문의 안위에 너무 연연한 것 같다. 대승적인 차원에서 마음을 활짝 열고 넓은 관점에서 남도문과 북검문을 봐야 하는 게 아닐까? 만사무불통지의 말대로 의미없는 싸움을 종식시키기 위해서 무어라도 해야 하는 게 아닐까?

서군봉은 남몰래 아랫입술을 살짝 깨물었다.

정신 바짝 차리지 않으면 만사무불통지에게 당한다. 처음 삼원로 중 두 명을 죽인다고 했을 때는 미친 늙은이라고 했다. 하나 바로 뒤, 몇 마디 듣자마자 어쩌면 그것이 최선일지도 모른다는 생각을 하게 된다. 정말 위험한 늙은이다.

"그래, 네게는 너무 무리한 주제인지도 모르겠구나. 허허! 그럼 다른 이야기를 해볼까? 넌 멸신구관이 어떤 곳이라고 생각하느냐?"

"유계의 주공을 죽이기 위한 함정 정도로 알고 있어요. 뭔가 있을 것 같은데 말해주는 사람이 없더군요."

"멸신구관은 전사관(前四關), 후사관(後四關), 중일관(重一關)으로 이루어졌다."

만사무불통지의 입에서 너무도 쉽게 멸신구관의 실체가 말해졌다.

서군봉은 침착해지려고 애썼다.

그토록 알고 싶던 멸신구관의 정체가 드러나는 순간이다.

"전사관은 쓸데없는 함정덩어리지. 쇠붙이가 날아오고 불이 솟구치고 돌덩이가 굴러오고. 아주 귀찮은 곳이야."

'뭐야? 들어가 본 거야? 마치 들어가 본 사람처럼 말하잖아?'

"이약도라는 말은 들어봤느냐?"

'팔귀당천지관!'

"네, 들어봤어요. 팔귀당천지관으로 유명하죠."

"이곳에 설치된 전사관은 팔귀당천지관보다도 못해. 허허허! 그런 걸 뭐 하러 만들었는지. 이걸 만든 자도 그 생각을 한 게야. 기관이나 함정은 날로 발전하는 것이라 최고란 게 있을 수 없어. 기관이라는 것이 지금은 하늘을 무너뜨릴 수 있어도 조그만 허점만 발견되면 무용지물로 변하는 건 다반사니까. 그래서 후사관이라는 게 나왔지."

서군봉은 점점 이야기 속으로 빨려들어 갔다.

신비한 야사(野史) 같다.

"후사관에는 영원히 변치 않을 진리를 담았지. 진리를 깨우치는 자만이 통과할 수 있도록 장치를 해놨고. 바로 이것 때문에 모두들 미치는 거야. 절대진리 네 개가 무엇일까? 넌 뭐라고 생각하느냐?"

서군봉은 대답하지 못했다.

절대진리가 네 개밖에 안 될까. 수십, 수백 개도 넘는다. 이를 네 개로 간추리라는 것은 불가능하다.

"후사관에 있는 절대진리는 하나를 얻을 때마다 현재 무공의 배가 된다고 하는데…… 허허허! 뜬구름 잡는 소리지만 흥미롭지 않을 수 없지."

현재 무공을 배가시킨다면…… 하나를 통과하면 두 배가

되고, 둘을 통과하면 둘의 둘이니 네 배다. 셋을 통과하면 여덟 배, 넷을 통과하면 열여섯 배.

서군봉은 피식 웃었다.

이거야말로 말도 안 된다. 그 말이 사실이라면 갓난아기를 집어넣으면 천하제일고수가 되어서 나온다는 말이 된다. 자신이 들어가면 나올 때는 단신으로 천하 무인들을 상대할 수 있다.

또 다른 생각도 든다.

만사무불통지의 말은 사실일 수도 있다. 그렇다면 관문을 넘어서기도 무척 힘들 것이다. 아니, 불가능할 것이다. 지금 이 자리에서 당장 능력을 배가시켜야 걸음을 옮길 수 있다고 해보자. 누가 걸음을 옮길 수 있을까.

'후사관에 뭐가 있는 거야?

"허황된 소리로 들리겠지만 확인해 보지 않을 수도 없지. 특히 무공의 끝자락을 잡았다는 무신들의 경우에는 더욱 궁금한 거야."

"마지막 중일관에는……?"

"부정(不正)이다."

"네?"

"후사관의 진리를 부정한다고 들었다."

"주화입마(走火入魔)!"

"후사관, 중일관…… 모두 주화입마를 노린 거지. 유계의 주공 같은 절대자는 쇠붙이로 죽일 수 없다는 걸 깨달은 거야. 절대자를 죽일 수 있는 건 절대자 자신뿐. 그래서 본인 스스로 자진하게 만드는 것이 멸신구관의 본뜻이란다."

진정한 진리란 진리가 없다는 것이라고 했나?

본신의 능력을 열여섯 배나 튀겨준 진리를 부정할 수 있다면, 부정된다면 미치지 않고서는 견딜 수 없을 것이다. 엿가락처럼 쭈욱 늘어난 능력이 폭발해 버릴지도 모른다.

말을 들으니 더욱 궁금하다. 본능적으로 위험도 감지되지만 호기심이 더욱 많이 작용한다.

"너를 만난 기념은 이 정도에서 마치지. 이제 가보거라."

"네?"

"허허! 그럼 가야지, 여기서 살 생각을 했누."

"아! 네."

"지자란 자가 제 죽을 줄 모른다는 건 말이 안 돼. 머리란 자기 무공만 드러내야 하는 게야. 무공 이상으로 능력을 발휘하면 제 명에 못 죽지. 허허허! 명심하거라."

"……."

"허허허! 절대자는 한 명뿐이거늘…… 왜 이리 절대자가 많은고. 쯧쯧쯧!"

만사무불통지는 서군봉을 밀림 한가운데 버려두고 돌아갔다.

서군봉은 바로 움직이지 못하고 한참 동안 서 있었나. 한바탕 큰 회오리가 휩쓸고 지나간 기분이었다.

북검문 삼원로가 왔다.
서군봉은 그들을 찾지 않았다.
그들과 만나면 자신의 몫은 없다. 그들은 멸신구관에 들어갈 수 있겠지만 자신은 남아서 망이나 봐주는 처지가 된다.
만사무불통지의 말이 거짓일지라도 멸신구관에는 꼭 들어가 봐야겠다. 그래야 후회하지 않을 것 같다.
서군봉은 방법을 모색했다.
계획을 처음부터 다시 수립해야 한다.
세 여자와 사방천마를 충돌시킨다는 어린아이 돌팔매질이 아니라 진정한 계획을 짜야 한다.
만사무불통지가 왜 자신에게 그런 이야기를 했을까?
삼원로에게 돌아가지 말고 독자적인 행동을 하라는 주문이다. 안다. 알지만 한다. 그리고 결과는 만사무불통지의 뜻대로가 아닌 자신의 뜻대로 이뤄질 것이다.
서군봉은 어깨를 펴고 걸었다.

사방천마는 몸을 움츠렸다.
그들이 세상을 오시한다고 하지만 무신들 앞에서까지 그럴 수는 없었다.

"이거 이제 어떡하지?"

남방천마는 모든 게 못마땅했다.

"동방, 네가 빠져. 넌 지금 이 길로 주공께 연락을 취해."

서방천마가 반명령조로 말했다.

"왜 내가 빠져야 되는데?"

"여자니까. 그리고…… 이 일은 이제 우리 일이 아냐. 무신들이 나타나는 순간 우린 설 자리를 잃었어."

"까짓 자식들! 우리가 연수합격하면 되지 않을까?"

남방천마의 말에 귀 기울이는 사람은 없었다.

"북방, 마야를 잡아줘야겠다."

"그러지."

북방천마는 하얀 이를 드러냈다.

"지켜보다가 죽 쒀서 개주겠다 판단되면, 킥!"

서방천마가 손을 들어 목을 그었다.

"일이 이렇게 되는군. 후후! 그럼 그렇지."

북방천마의 음성에는 실망이 배어 있었다.

"혹시 멸신구관에 들어가게 되지 않을까 기대한 거야?"

"약간."

"솔직해서 좋군. 사실 나도 조금은 기대했어. 죽든 살든 그만한 곳이면 목숨 한 번 걸어볼 만하니까."

천하제일인에 대한 욕망은 사방천마에게도 있었다. 하지만 그늘은 지금 이 순간 자신들의 본분을 깨달았다. 멸신구관은 그들과는 상관없는 장소였다.

"할 말들 없으면 시행하지. 북방, 또 보자."

서방천마는 유독 북방천마에게만 인사를 했다.

어쩌면 북방천마와는 이것이 마지막일지 모른다. 그가 마야를 제거하기 위해서는 무신들의 틈바귀를 비집고 들어가야 한다. 지금 당장 마야를 죽이는 것은 쉬우나, 무신들이 지키는 경우에는 지척에 있어도 검을 꽂지 못한다.

북방천마가 살아올 가능성은 거의 없다.

그가 바랄 수 있는 유일한 희망은 주공이 오는 것인데, 이 또한 여의치 않다.

"동방, 또 만나자."

북방천마는 동방천마에게만 인사했다.

"만나게 될 거야, 우리는. 나 먼저 갈게."

동방천마는 실웃음을 지어 보인 후, 먼저 신형을 뽑았다.

"뭐야? 둘이 그렇고 그런 사이야? 나만 가운데서 헛김 썬 거야? 이런 빌어먹을! 그럼 그렇다고 말이나 해야지!"

남방천마가 투덜거렸다.

第四十九章

두저번(兜底翻)
—모조리 뒤집다

1

소립파는 길게 기지개를 켜며 일어났다.

몸이 종잇장처럼 가벼워서 훨훨 날아갈 것 같다. 마음도 비
온 뒤 맑은 하늘처럼 상쾌하다.

"잘 잤어요?"

"응."

"처음 봐요."

"뭘?"

"아침부터 웃는 모습요."

"그런가?"

"거봐요. 내 말에 대꾸도 하잖아요. 여기서 자랐어요?"

"조금. 한 일 년?"

"그러고 보니 가가(哥哥)에 대해서 아는 게 너무 없어요. 몇 날 며칠이라도 질리지 않고 들을 수 있는데, 말해줄 용의 없어요?"

"몇 날 며칠도 필요없어. 반 각이면 끝나. 뭐 말할 게 있어야지."

"그렇죠? 그렇게 말할 줄 알았어요."

'확실히 변했어.'

혼절하기 전의 그와 혼절에서 깨어난 소립파는 전혀 다른 사람 같았다.

소립파는 언제나 무거웠다. 세상의 온갖 짐을 혼자 짊어지고 사는 사람처럼 고단해 보였다.

지금은 밝다. 그의 상쾌한 마음이 느껴진다. 말과 웃음도 많아지고, 어떤 여인들이 사내들에게서 종종 느낀다는 '귀엽다'는 말의 뜻도 알 것 같다.

소립파를 변화시킨 요인은 너무 쉽게 찾을 수 있다.

흑살마녀, 남만인들에게는 보 홍 휴야로 알려진 노파가 그의 나이를 열 살쯤 어리게 만들었다.

소립파는 휴야 앞에서는 말 잘 듣는 어린아이가 된다. 먹으라면 먹고, 씻으라면 씻고, 어처구니없게도 가끔 투정까지 부린다.

예전의 마야에게서는 상상도 할 수 없었던 모습이다.

싫지는 않다. 아니, 앞으로도 계속 이렇게 살았으면 좋겠다. 밝고 싱그럽게. 요원한 꿈인 줄은 알지만.

"오늘은 들어가야겠어."

소립파가 불쑥 말을 꺼냈다.

순간, 모든 행동이 정지되었다.

소립파 옆에서 밀림의 일출을 감상하던 다담선자는 석상이 되었다. 아침밥을 짓느라 불씨를 살리던 일령도 불을 앞에 놓고 딱딱하게 굳어버렸다. 절혼마녀는 소립파의 등 뒤로 다가서려다가 갑자기 빈혈이라도 생긴 사람처럼 휘청거렸다.

멸신구관에 대해서는 이미 이야기를 들은 터다.

그녀들은 멸신구관에 대한 이야기를 믿었다. 각 관문을 통과할 때마다 무공이 배가된다는 말도 안 되는 말까지 믿었다. 그렇기에 관문을 통과하기가 낙타가 바늘구멍 통과하는 것보다 어렵다는 사실을 절감할 수밖에 없었다.

인간의 힘, 인간의 지혜, 인간의 의지로는 결코 통과할 수 없는 죽음이 관문이 멸신구관이다.

그렇다고 들어가겠다는 사람을 말릴 수도 없다. 자오법신, 자시와 오시가 돌아올 때마다 반복되는 고통은 차마 눈뜨고 지켜보기 어려울 만큼 처참했다.

고통은 날이 갈수록 강도를 더해간다. 고통이 한 번씩 찾아올 때마다 뇌는 극심한 충격을 받는다.

"정말 전 도움이 안 될까요?"

이것도 어제저녁에 끝난 이야기다.

멸신구관에 같이 들어가서 하다못해 물을 떠다 주는 일이라도 해주고 싶은데 남아 있으란다.

"남아 있어."

역시 같은 말이 나왔다.

"들어가면 언제쯤 나올지도 모르죠?"

어제저녁에는 대답을 듣지 못했다. 대답할 성질의 것이 아니라는 건 누가 모를까. 그래도 기대한 것은 빨리 나올 테니까 걱정 말라는 위안거리 말인데, 바보 같은 사람이 그 정도 융통성도 없다.

어제 못한 것을 오늘 해달라는 것도 우습다.

한데 오늘은 기대하지도 않은 말을 해줬다.

"최선을 다할게."

다담선자는 몸을 돌려 와락 그를 껴안았다.

대범하려고 했는데, 예전에는 대범했는데… 그를 완벽하게 믿었기에 죽음 앞에서도 웃을 수 있었는데, 지금도 믿는 마음에는 변함이 없는데…… 하염없이 눈물이 흐른다.

'됐어, 이 말이면 됐어. 이 말이면……'

남만 사람들에게 '마 마'는 죽음의 땅으로 인식되어 있다.

아무도 마마에 접근하지 못한다. 남자든, 여자든, 노인이든, 어린아이든 마마에 들어섰다가 살아난 자는 없다.

마마에는 죽음의 신이 산다. 남자인지 여자인지 나이가 얼마나 되었는지 아는 건 아무것도 없다. 죽음의 신을 본 사람은 모두 죽어버렸으니 아무 말도 못해준다.

남만인들은 죽음의 신을 '보 홍 휴야' 라고 부른다.

먼 옛날부터 오늘날까지 죽음의 땅에 대한 공포는 쭉 이어져 왔다.

사실이 그랬다.

흑살마녀는 마마에 들어서는 사람을 모조리 죽였다.

남만인, 중원인 가리지 않았다. 남녀노소의 구분도 없었다. 사람의 탈을 썼으면 모두 죽였다.

마마는 인간의 발길을 거부하는 땅으로 남아 있어야 한다.

하나 여기에도 예외는 존재했다.

극소수의 몇몇 사람들은 '마 마' 가 인위적으로 손대진 땅이라는 걸 안다. 그리고 그들의 무공은 흑살마녀도 어찌해 볼 수 없을 정도로 지고하다.

그들을 죽이려고 했다면…… 어쩌면 죽일 수 있었을지도 모른다. 또 어쩌면 흑살마녀가 죽었을지도 모른다. 흑살마녀의 무공도 결코 평범한 것이 아니다.

흑살마녀는 그들, 무신이라고 불리는 몇몇 사람만 출입을 허용했다.

그들도 흑살마녀의 존재를 알았지만 강과 바다처럼 흑살

마녀의 영역을 침범하지 않았다.

　현재까지 중원인들 중에서 마마의 존재나 위치를 아는 사람은 단 몇 명밖에 안 된다. 그리고 그들 정도의 무공을 지니지 않았다면 마마를 밟을 자격이 없다.

　무신들은 일 년에도 몇 번씩 마마를 찾았다.

　그들은 마마를 이 잡듯이 뒤지고 또 뒤졌다. 하나 멸신구관은 수줍기 이를 데 없어서 모습을 비쳐 주지 않았다.

　오늘처럼 '마 마'가 개방되다시피 하여 수백 명에 이르는 사람들이 마마에 발자국을 찍을 줄 누가 알았으랴.

　흑살마녀는 예전 같았으면 벌써 죽였을 사람들 사이를 걸었다.

　무신들을 따라온 사람들이라 내버려 두었다. 또한 마야가 멸신구관에 들어서려는 마당에 굳이 막을 이유가 없었다.

　사사삭! 사사삭……!

　무인들은 멀찍이 떨어져서 흑살마녀를 에워쌌다.

　공격은 가해오지 않았다.

　공격하지 말라는 명을 단단히 받았으리라.

　이 땅에서는 그래야 한다. 아무도 임의로 피를 흘려서는 안 된다. 이 땅에서 사람을 죽일 수 있는 사람은 오직 흑살마녀뿐이다.

　이들 중에는 흑살마녀라는 무명을 들어본 사람도 있겠지만 대부분은 처음 듣는 무명일 게다. 이미 오래전에, 그들의 할아버지 세대에 잠깐 등장했던 사람이기에 기억 속에 새겨지지도 않았다.

복면을 한 무인들은 호기심 어린 눈으로 흑살마녀를 쳐다봤다.

이들은 북검문도일까, 남도문도일까?

북검문도든 남도문도든 모두 같은 복면을 했다. 검은 복면에 옷도 검은 옷으로 통일시켰다.

무신을 비롯한 몇몇 사람들은 복면을 하지 않았지만 마마에 들어설 자격이 없는 사람들은 북검문, 남도문 가리지 않고 복면을 했다.

옆에 걷고 있는 자가 북검문 무인일지도 모른다. 앞에 등을 보이고 있는 자는 남도문 무인일지도 모른다.

그들의 임무는 오직 하나다.

혹여 일어날지도 모를 불의의 사태를 몸뚱이로 가로막는 것이다.

멸신구관이 어떤 곳인지 모르니 모든 준비를 갖춰야 한다.

석문을 열고 들어가는 곳이라고 가정해 보자. 소립파가 석문을 열고 들어간 다음에 바로 문이 닫혀 버리면 닭 쫓던 개가 지붕 쳐다보는 격이지 않겠나.

그럴 경우, 이들 복면인들은 몸뚱이라도 밀어 넣어 석벽이 닫히는 것을 막아야 한다. 돌을 끼워 막을 수 있나면 그렇게 하면 된다. 꼭 죽으라는 말은 아니다. 이것도 저것도 할 수 없고, 몸밖에 쓸 것이 없다면 몸이라도 쓰라는 말이다.

이들이 필요없을지도 모른다.

필요하면 쓸 것이고, 필요없으면 대기시켜 놨다가 데려가면 그만이다. 데리고 오지 않아서 필요할 때 쓰지 못하는 것보다는 백번 낫지 않은가.

"흥!"

흑살마녀는 냉랭히 코웃음을 쳤다.

지난 세월 동안 몇 번 본 적이 있는 사람이 서 있다.

그는 보통 사람보다 머리 하나 정도는 키가 컸다. 몸도 근육으로 덮여 있어 단단했고, 얼굴도 상당히 준수했다.

이미 진갑을 넘긴 노인에게 준수하다는 표현은 어울리지 않으리라. 하나 빼어난 그의 모습은 노인임에도 불구하고 준수하다는 말을 꺼내게 만든다.

"어서 오시오."

그는 가볍게 포권지례를 취했다.

복면인들 사이에 가벼운 동요가 일었다.

이 세상에서 무신인 자의성검(紫衣聖劍) 석존무(石存茂)의 포권지례를 받을 사람이 몇 명이나 있으랴.

더욱 가관인 것은 흑살마녀의 태도였다.

"흥! 늙었으면 얌전히 죽을 날만 기다릴 것이지."

"허허! 그러게 말이외다. 세상사에 미련을 버렸다고 생각했는데 인간의 욕심이란 것이 끝도 없는 것인지라. 허허허!"

자의성검 석존무는 성인(聖人)의 풍모까지 지녔다.

"세 놈 다 왔다며?"

세…… 놈? 무신들에게 놈?

흑살마녀의 내력을 알 리 없는 복면인들은 거듭된 사태에 당혹감을 감추지 못했다. 까딱했으면 이런 노파에게 어떻게 그렇게 못생겼을 수도 있냐는 말을 할 뻔했지 않은가.

"허허허!"

자의성검은 웃기만 했다.

"마야가 오란다. 떨거지들은 모두 떼어놓고 세 놈만 오라니 올 테면 오고 말 테면 마."

자의성검은 표정의 변화가 없었다. 처음부터 끝까지 웃음을 잃지 않았다.

"난 간다. 나머지 두 놈에게는 네가 전해. 난 분명히 다 전했다."

흑살마녀는 등을 내주며 거침없이 걸어갔다.

복면인들이 썰물처럼 갈라져 길을 열어주었다.

흑살마녀가 다녀간 후, 무신 삼 인은 자리를 같이했다.

백발백염에 성인의 기품을 지닌 사람이 자의성검 석존무다.

검은 무명옷을 입고 머리에 검은 건을 쓴 사람은 혈일뢰(血 —雷) 울건평(鬱建平)이며, 뚱뚱한 몸에 머리가 반쯤 벗겨진 대머리 노인이 통천서패(通天栖覇) 진혜력(陳慧力)이다.

이들의 기도는 모두 달랐다.

한자리에 모여 있다는 것이 의아할 정도로 각기 다른 세계에 사는 사람 같았다.

석존무는 밝은 광명을 택했고, 울건평은 어두침침한 음지를 택했으며, 진혜력은 세상을 오시하며 제멋대로 살아간다는 인상을 풍겼다.

이들이 북천신검 양학산과 함께 오늘날의 북검문을 탄생시킨 삼원로다.

남도문은 세 무신이 각기 일가를 이뤘으며, 남도문의 운영에도 깊숙이 간여하고 있다.

이들은 달랐다. 북검문 운영은 철저히 북검문주에게 일임했다.

거처도 따로 두어서 북검문도들과의 접촉도 가급적이면 줄이려고 애썼다.

호랑이는 한 산에 한 마리면 족하다. 한 산에 호랑이가 네 마리나 있으면 사람들이 혼란스러워한다. 현재는 어떤 방법으로든 미봉시킬 수 있겠지만 세월이 지나면 반드시 곪아터져서 파벌이 형성된다.

세 사람은 북검문주를 위해서 일신의 영광을 포기했다.

직책 또한 모두 사양하고 원로라는 호칭만 받아들였다.

그들은 거처에 숨어 무공 수련에만 매진했다. 새로운 무공을 창안하고 시험하는 것이야말로 이들이 살아가는 존재 이유다.

옛날에도 이들은 무신이었다. 하면 무공에 매진한 지금은 어떤 경지에 올라 있을까.

"드디어 들어갈 날이 온 것 같네."

석존무가 온화한 표정으로 말했다.

"네 생각은 어떠냐?"

혈일뢰 울건평이 쩍쩍 갈라지는 음성으로 한구석에 조용히 시립해 있는 중년인에게 물었다.

중년인은 이미 생각해 놓은 듯 즉시 답했다.

"흑살마녀나 마야는 계략을 세우는 인물이 아닙니다. 그들의 의도는 순수합니다. 초대는 받으시되, 이번 초대에는 만사무불통지도 포함될 것으로 사료됩니다."

그의 음성은 무척 공손했다.

"그렇겠지."

통천서패 진혜력이 고개를 끄덕였다.

"아시다시피 만사무불통지는……."

"조심해라, 이거냐?"

"조심을 넘어서 이번 기회를 놓치지 않을 것으로 생각됩니다. 이번 기회에 반드시 원로 어르신들을 제거할 욕심이 있지 않을까…… 해서 드리는 말씀인데, 이번 초대에는 저도 포함시켜 주셨으면 합니다."

중년인은 무표정한 얼굴로 조심스럽게 말했다.

머리를 올려 비녀를 꽂은 후, 남은 머리는 뒤로 축 늘어뜨린 것이 특이해 보이는 사람이다.

얼굴은 말랐고, 눈빛은 형형하다.

사람들은 그를 삼뇌 중 육능자(六能子)라 부른다.

삼원로는 잠시 생각했다. 하나 이내 고개를 좌우로 저었다.

"그건 안 되겠다. 널 데려가면 도승부가 다른 자를 데려와도 할 말이 없게 돼. 그렇게 되면 시끄럽기도 하려니와 살상도 많아져. 이번 일은 조용히 끝내는 게 좋겠어."

육능자는 허리를 숙여 보임으로써 존명의 뜻을 알렸다.

"이따 점심이나 먹고 천천히 갑시다. 자네는 그동안 만사무불통지가 벌일 일을 추측해 보고. 무리한 주문인가?"

"아닙니다. 최선을 다하겠습니다."

육능자는 공손했다.

만사무불통지 도승부는 향긋한 술까지 준비해 놓고 기다렸다.

"허허! 내게 먼저 오셔야지 저쪽 늙은이들에게 먼저 가셨더구먼. 섭섭하기도 하고……."

"젊은 놈이 애늙은이 흉내 내지 마. 어디서 늙은이 흉내야, 흉내는."

"입은 더 거칠어졌네. 자자, 술이나 한잔……."

"네놈 머리 잘 쓰는 것 알아. 네놈과 몇 마디만 더 말을 주고받으면 나까지 말려들 테고. 퉤! 술도 기분 좋게 마셔야지, 앞에서 머리 돌아가는 소리를 내는데 술맛이 나나."

"허허허! 모사에게는 몽둥이가 약이라는 속담을 오늘 실감하는구려. 과연 무지하게 힘으로 몰아치는 데는 대책이 없어요. 허허허!"

"용건은 알지? 오든지 말든지 마음대로 해. 떨거지들은 떼어놓고 와. 시끄러운 건 질색이니까."

흑살마녀는 용건만 말하고는 바로 돌아섰다.

2

다담선자는 곤혹스러웠다.

느닷없이 불쑥 찾아온 여인은 아무 말도 하지 않고 털썩 무릎부터 꿇었다.

"왜 이래요?"

"마야를 만나게 해줘요."

"왜요?"

"멸신구관에 들어간다고 들었어요. 얼굴이라도 보고 싶어요."

"뭐요?"

"제발요."

여인의 표정은 간절했다. 또한 그 표정은 싫지만 볼 수밖에 없었던 표정이기도 하다. 절혼마녀가 저런 표정을 했었고, 지금은 일령도 하고 있다.

'또 한 여자…… 그래서 따라왔나.'

불쑥 나타나 상조문의 습격 사실을 알려주고 사라진 여자, 먼먼 길을 오는 동안 줄기차게 뒤를 쫓아오던 여자.

그녀의 뜻이 멸신구관에 있다고 생각했는데 마야에게 있었나.

"미안해요. 만나게 해줄 수 없어요."

"뻔뻔한 줄은 알아요. 하지만…… 흑!"

서군봉은 설움이 듬뿍 담긴 울음을 터뜨렸다.

"이러지 말아요. 그 사람은 멸신구관에 들어가야 해요. 그곳이 어떤 곳인지 알잖아요. 새로운 인연은 마음을 번잡스럽게 할 수 있으니 그러는 거예요. 정 만나고 싶으면 나중에. 나중에 마야가 멸신구관을 나오면, 그때 만나요. 그때는 내가 만나게 해줄 게요."

서군봉은 무릎을 꿇은 채 두 손으로 얼굴을 가리고 흐느꼈다.

그녀는 흐느낌을 속으로 삼키며 말했다.

"기다릴래요. 저도 기다릴래요. 들어가는 모습도 보고, 나오는 모습도 볼래요. 흑!"

소립파는 정오의 고통을 이 악물고 버텨냈다. 흑살마녀는 머리맡에 앉아 포근한 음성으로 자장가를 불렀다.

그사이, 삼원로가 도착했지만 당장은 소립파를 만날 수 없었다.

"미시(未時)는 되어야 깨어나요. 그때까지 기다리셔야겠어요."

"우린 신경 쓰지 마시게. 어차피 불청객 아닌가."

말은 그렇게 했지만 삼원로의 행동은 거침없었다. 바깥에서도 환히 보이는 집을 이곳저곳 살펴보는가 하면, 흑살마녀가 따놓은 과일도 한마디 양해 없이 먹었다.

"홍! 너무하네. 자기네 집도 아니면서."

일령이 한마디 쏘아댔지만 그들은 듣지 못한 것처럼 아무 대꾸도 하지 않았다.

서군봉은 삼원로가 올 것을 알고 있었다. 그들의 행동 특성은 너무도 잘 안다.

먹을 것이 있으면 먹고, 쉬고 싶으면 쉬고…… 북검문 운영에는 관여치 않는 대신 그들이 누리는 것은 거침없는 자유였다. 그들에게 규율이라거나 예의를 말하는 사람은 아무도 없었다.

삼원로는 집 안을 뒤지는 것에 흥미를 잃었는지 나무 그늘로 가서 더위를 식혔다.

그때를 기다렸다.

서군봉은 향긋하게 끓여놓은 차를 들고 삼원로에게 갔다.

"여기 와 있었더냐?"

자의성검 석존무가 편안한 웃음을 지어 보이며 말했다.

"죄송해요. 찾아가 뵀어야 하지만…… 그보다는 여기 있는 것이 도움이 될 것 같아서요."

삼원로만 들을 수 있는 작은 소리였다.

"마야와 어울린 게 소문이라도 나는 날에는 칠성군 위치가 흔들릴 게야. 자칫 치명적인 상처가 될 수도 있는데 모험을 하는군."

차기 북검문주를 말하고 있다.

현재 차기 북검문주에 가장 가까이 다가간 사람들은 칠성군이다. 그리고 서군봉은 그중에 육신녀다. 그런 사람이 마도인과 어울렸다면 만인의 지탄을 받게 된다. 칠성군? 어림도 없다. 당장 칠성군의 위치에서 내려와야 한다.

"삼뇌 중에 한 분이 오셨을 것 같은데요?"

"육능자가 왔는데 안 데려왔다."

"아! 육 숙부님이 오셨군요."

서군봉의 안색은 살짝 어두워졌다가 사라졌다. 너무 빠른 순간에 나타났다 사라진 변화라 감지하기가 힘들었다. 하지만 삼원로의 빠른 눈썰미는 찰나에 불과한 틈도 놓치지 않고 잡아냈다.

"마음이 무거운 게냐?"

"그렇겠지. 육능자는 오공자를 지지하고 있으니까. 이 아이가 여기 있는 걸 알면, 여기까지 따라온 보람은 건진 셈이겠지."

통천서패 진혜력이 말을 받았다.

"넌 어떻게 해서 여기 있는 게냐!"

혈일뢰 울건평은 정나미가 뚝 떨어지는 음성으로 쏘아붙였다.

원래가 이런 사람이다. 하지만 속은 무척 자상하다.

"마야의 연인을 가장했어요."

"뭐야!"

노성을 터뜨린 사람은 혈일뢰뿐이다. 자의성검과 통천서패는 서군봉의 얼굴에서 무엇인가를 읽으려고 노력했다.

"네가 서슴없이 말하는 걸 보니 연인은 아닌 것 같고."

"딱 한 번밖에 만나지 않았는데 무슨 연인이겠어요."

"……?"

"이곳 여자들은…… 강한 듯하면서도 약해요. 특히 사랑 같은 것에는 굶주림이 굉장해요. 조금만 이용하려고요."

"어쩔 생각이냐?"

"멸신구관에 들어가겠어요. 여기서 절 만났으니 데리고 들어가겠다고 말해주세요. 전 먼저 와 있었지 데리고 온 게 아니잖아요. 안에 들어가면 제가 도움이 될지도 모르고요."

"넌 너무 영악해서 탈이야. 언젠가 그 영악함이 네 발목을 잡게 될 게다. 그래, 좋다. 만사무불통지가 반대하지 않으면 같이 가도록 하자."

'됐어!'

서군봉은 속으로 쾌재를 불렀다.

만사무불통지는 절대 반대하지 않을 것이다. 때가 되면 절대 패자라는 미끼를 던지며 수작을 부려올 테니까. 목적? 아마도 삼원로 중 두 명 정도를 제거하기 위해서가 아닐까? 그것이 아니더라도 자신을 이용할 일이 있는 것만은 틀림없다. 그러니 처음 만난 여자를, 그것도 적을 데리고 절대자 운운했겠지.

만사무불통지의 마음이 어떻든 간에 그는 같이 손잡을 사람이 못 된다. 그와 손잡았다가는 반드시 뒤통수를 맞는다.

"만사무불통지를 만났어요. 이번 일을 기화로 세 분 중 두 분을 제거하겠다고 하더군요."

"네게 그런 말을 했단 말이냐?"

서군봉은 삼원로가 차를 다 마실 때까지 기다렸다. 그리고 그동안 만사무불통지와 나눴던 이야기를 적당한 선에서 더하기도 하고 빼기도 하며 말해주었다.

'대단한 여자.'

강금산은 도저히 갈피를 잡을 수 없었다.

서군봉이라는 여자의 마음을 안 것 같은데, 한 번 뒤돌아보면 전혀 다른 여인이 되어 있다.

지금과 같은 상황도 말이 안 된다.

어제까지만 해도 옆에 있었는데, 이제는 마야 곁에 있는 여자들과 어울려 물도 긷고 밥도 한다.

저 여자는 도대체 무슨 수로 마야 곁에 다가갈 수 있었을까?

좌우지간 사람 홀리는 재주 하나만은 뛰어난 여자다.

"확실히 처리할 수 있겠느냐?"

강금산의 등 뒤에서 잔잔한 음성이 들렸다.

"걱정 마십시오. 삼십 장 거리 정도는……."

강금산은 못마땅한 표정으로 말했다.

제삼무신가의 아들이 암습을 가한다는 것은 있을 수 없는 노릇이다. 하물며 은형시에 불붙은 화약까지 실어서 쏘아낸다는 건 싫다 못해서 참담한 마음까지 든다.

앞으로 아버지의 얼굴을 어떻게 볼 것인가.

강궁(强弓), 강공(强攻)의 자랑은 어디 가서 할 것인가.

만사무불통지의 말은 듣지 않아도 된다. 다른 사람은 들어야겠지만 제삼무신가 직계는 듣지 않아도 된다. 엄밀히 말하면 서로 존중하는 사이이지 상하 관계가 아니다.

　강금산은 화약 실린 은형시를 쏘기로 했다.

　지옥에 영혼을 맡기고 육신이라는 껍데기만 뒤집어쓴 채 살아갈 각오로 받아들였다.

　"이백(二伯)께서도 약속을 지켜주십시오."

　"허허허! 약속을 지켜 달라? 난 아무 약속도 한 게 없는데 어떤 약속을 말하는 게냐?"

　"……알겠습니다. 최대한 신경을 써주십사 부탁드립니다."

　"허허허! 그러지."

　만사무불통지는 주위를 둘러본 후, 마야가 누워 있는 나뭇가지 집을 향해 휘적휘적 걸어갔다.

　소립파는 미시도 훌쩍 지나 신시(申時)가 되었을 때에서야 모습을 나타냈다.

　소립파의 모습은 단정했다. 침상에 누워 있던 모습이 아니다.

　깨끗이 목욕을 하고, 머리도 다듬고, 옷도 깔끔한 백의로 갈아입었다. 향을 쐤는지, 아니면 옷에서 나는 냄새인지는 몰라도 상큼한 향내까지 풍겼다.

　삼원로와 만사무불통지는 다정한 벗이라도 되는 양 나무 그늘에 앉아 한담을 나누고 있었다.

그들은 소립파가 나타나자 자리를 털고 일어나 다가왔다.

"저는 지금 바로 멸신구관에 들리고 합니다. 멸신구관에 대해서 궁금해하시는 것 같기에 모시기는 했지만, 죽음의 기관인만큼 돌아가셔도 무방합니다."

소립파는 책을 읽듯이 평이하게 말했다.

존장에 대한 존경 같은 것은 담겨 있지 않았다. 그렇다고 나쁜 쪽의 감정도 실려 있지 않았다. 심부름 온 사람이 아무것도 모르고 주절대는 것처럼 할 말만 하겠다는 거였다.

"우리는 이 아이도 데리고 가야겠네."

자의성검이 서군봉을 가리키며 말했다.

"이놈이 여기 와 있는 건 뜻밖이지만…… 어쩌겠나, 여기놔두고 갈 수도 없고. 머리는 뛰어난 녀석이니 도움이 됐으면 됐지 부담은 되지 않을 걸세."

"허허허! 천기수사의 외따님인데 부담이라는 말은 너무한 것 같소이다. 크게 도움이 될 것 같으니 이쪽은 이의 없소이다."

만사무불통지가 자의성검의 말에 혼쾌히 동조해 주었다.

자의성검의 눈에 웃음이 감돌았다. 만사무불통지도 웃었고, 서군봉도 웃었다.

소립파는 웃지 않았다.

"다담."

다담선자가 앞으로 나와 화선지를 한 장씩 나눠 주었다.

서군봉 앞에 섰을 때, 다담선자는 고운 미소를 띠었다.

"갈 줄 모르고 안 그렸어요. 삼원로나 마야 것을 같이 보도록 해요."

"죄송해요. 저도 가게 될 줄은……."

"죄송은요. 죽음의 길인데. 조심이나 하세요."

'이렇게 멍청한 여자들과 같이 있으면 나까지 돌아버리겠어.'

서군봉은 급히 고개를 돌려 마야를 쳐다봤다. 그가 무슨 말인가를 꺼내고 있었다.

"어렸을 때 들은 기억이라 정확하지는 않지만 기관도해를 대충 그려봤습니다. 맞으면 다행이고, 틀려도 어쩔 수 없는 도해입니다. 같이 들어가서 같이 나올 생각입니다만, 상황이 어떻게 전개될지 모르니 만일에 대비해서 갖고 계십시오."

소립파는 이렇게까지 해줄 필요가 없었다.

그가 무신들을 초청한 것도 아니고, 무신이 스스로 달려와 같이 들어가기를 강요하는 마당이다.

사심을 품는다면 죽음의 함정을 이용해서 오히려 죽음의 길로 인도할 수도 있다.

소립파는 무슨 마음으로 기관도해까지 그렸는가.

사양할 사람은 없었다. 모두 고이 접어 가슴 깊이 찔러 넣었다.

소립파는 '마 마'의 등뼈인 산등성이를 탔다. 병장기 대신 땅 파는 삽 한 자루를 어깨에 둘러메고, 등에는 보따리 하나를 짊어지고 천천히 걸어갔다.

'마 마'에 있는 사람이라면 어디서든 그를 볼 수 있었다.

서방천마와 남방천마도 소립파를 봤다. 그리고 그를 따라가는 무신들도 봤다.

"저들이 모두 들어간다고? 안 돼! 남방! 빨리 북방을 찾아. 그 고지식한 놈이 일을 저지를 거야! 빨리! 늦으면 북방이 죽어! 북방을 찾으면 절대 공격하지 말라고 해. 절대로!"

서방천마는 말을 끝내자마자 자신이 먼저 신형을 띄웠다.

"이런! 이 넓은 데서 숨어 있는 놈을 무슨 수로 찾아! 이거야 원, 소리를 지를 수도 없고."

남방천마는 입으로는 투덜댔지만 그 역시 상황의 급박함을 잘 아는지라 급히 움직였다.

북방천마는 죽음을 준비했다.

양쪽에서 한 명씩, 두 명 정도는 따라갈 줄 알았다.

무신 두 명만 해도 벅차다. 그들의 틈을 뚫고 들어가 마야를 친다는 건 불가능하다. 하물며 네 명이다. 마야의 옷자락을 건드리기도 전에 끝장나고 만다.

그래도 공격해야 한다.

저들이 멸신구관에 들어가서 죽는다면 그처럼 다행스러운 일이 어디 있을까. 하지만 만에 하나, 살아나오는 자가 있다면…… 그자는 천하를 호령한다.

—미친놈이 멸신구관이란 걸 만들었어. 날 죽이겠다고. 나보고 와서 죽으라는 거야. 카카카! 한데 말이야, 묘하게도 가보고 싶어. 어떤 짓을 해놨는지 보고 싶어. 그게 어떤 짓이든지 말이야, 날 죽이겠다고 만든 곳이면 대단할 거야. 그곳을 통과하는 놈은 천하제일인이지. 생각해 봐. 날 죽이겠다는 곳이니, 난 죽겠지. 살아 나오는 놈은 나보다 강할 것 아냐? 당연히 그놈이 천하제일인이야. 약한 놈도 강해질 거야. 그런 곳을 통과하고 나면.

무신들이 멸신구관에 드는 일은 절대로 없어야 한다.
다행스러운 건 무신들이 마야 뒤를 쫓고 있다는 점이다.
앞이 비었다. 앞에서 찌르고 들어가면…… 무신이 달려나오는 것보다 조금만 더 빨리 찌르면…… 잘하면 성공할 수도 있다.
북방천마는 검자루를 양손으로 움켜쥐었다.
두 다리는 개구리가 도약하기 직전처럼 조금 넓게 벌리고 쭈그려 앉았다.
첫 일격으로는 어떤 무공이 좋을까?

두 가지가 떠올랐다.

하나는 화산이 땅을 뚫고 솟구친다는 혈화개산(血火開山)이다.

아주 강맹한 검이다. 거치적거리는 것은 모조리 뚫고 지나가는 검이다. 전신진기를 한번에 모두 쏟아내며 일격을 가한 후에는 시전자 자신도 탈진하고 마는 생사일검(生死一劍)이다.

또 하나는 잔풍비화(殘風飛花)다.

바람에 휩쓸린 꽃잎처럼 부드럽게 굴절을 이루며 쏘아간다. 신속하고 은밀하면서도 부드러움이 극에 달해서 혈화개산 같은 검공을 옆으로 비켜내며 역습할 수 있다.

북방천마는 혈화개산을 쓰기로 했다.

무신이 마야 앞에 있다면 잔풍비화의 비중이 커지지만, 뒤에 있으니 촌각이라도 더 빨리 끝내는 게 낫다.

마야는 한 걸음, 한 걸음 걸어와 사정권 안에 들어섰다.

문득 나무와 나무 사이를 부지런히 옮겨 다니는 서방천마가 보였다. 그는 무엇인가를 찾는 듯한데……

'잘살아라, 이놈들아!'

쒜엑!

개구리가 도약했다. 잔뜩 웅크렸던 개구리가 전신진기를 모두 쏟아내며 나무를 박차 올랐다.

그가 숨어 있던 나뭇가지에서 벗어났을 때, 그는 한술기 빗

살이 되었다.

파앗!

마야 뒤에서 무엇인가가 번뜩였다.

무신이다. 무신이 알아차리고 반격에 나섰다.

'마지막!'

혈관이 터져 나갈 듯 팽창했다. 체내의 압력을 이기지 못해 눈동자까지 불쑥 튀어나왔다. 그때,

까앙!

엄청난 금속성과 함께 북방천마는 자신의 검이 의지와는 상관없이 하늘로 솟구치는 것을 느꼈다.

'실패.'

순간적인 느낌이다.

곧 이어서 드는 느낌은 무신이라는 자들, 대단하다는 것이다.

무림에 나선 이후, 자신의 내력이 이토록 형편없이 밀려보기는 처음이었다. 단 일격에 검이 튕겨지다니! 그냥 일검을 뻗은 것도 아니고 혈화개산을 사용했기에 본신진기보다 절반 정도의 힘이 더 깃들어져 있는데, 그걸 밀어내다니!

북방천마는 하늘로 솟구친 검을 제어할 힘이 없었다.

금속성이 들리는 순간에 혈화개산은 깨졌고, 그의 몸에는 바늘을 들어 올릴 힘조차 남아 있지 않았다.

퍼엉! 우지직……!

무엇인가가 가슴을 세차게 후려쳤다. 가슴뼈가 산산조각 나는 느낌도 생생하게 전달되었다.

"쿠웩!"

북방천마는 피화살을 뿜어내며 뒤로 날아갔다.

마야의 몸에서 팔 하나 정도의 거리만 남겨놓은 채.

"혈일뢰! 울건평!"

서방천마는 이를 부드득 갈았다.

북방천마의 가슴에는 짓눌린 장인(掌印)이 뚜렷이 새겨져 있었다.

혈일뢰 울건평은 검도 뽑지 않았다. 손등으로 검배를 쳐올리고, 다른 손으로 가슴을 후려쳤다.

애초에 상대가 되지 않았다.

혈일뢰를 상대로 해서 싸웠다면 서너 수까지는 받아냈을지도 모른다. 하나 북방천마가 공격한 사람은 마야였다. 마야 이외의 사람에게는 무방비 상태였다.

"뭐야! 기어코 뒈진 거야! 야! 북방!"

남방천마가 울음을 꾹꾹 눌러서 삼켰다.

"혈일뢰라고 했지? 혈일뢰, 이놈! 너, 이놈!"

남방천마는 혈일뢰가 사라진 방향을 노려보며 목청을 돋웠다. 반면에 서방천마는 처음과 달리 냉정해졌다. 너무 차서 보는 사람으로 하여금 한기를 느끼게 할 정도로 냉정해졌다.

"혈일뢰 울건평은 반드시 우리 손으로 죽인다."

"그래야지. 그럴 거야!"

"그전에…… 남방천마, 준비해라. 마마에 모인 북검문 쓰레기들을 모조리 잠재운다. 단 한 놈도 살려두지 않을 거야. 놈들이 멸신구관을 나오건 안 나오건 그놈들을 기다리는 건 시체뿐이다."

"오라! 알았어, 알았다고!"

남방천마는 북방천마를 안아 올렸다.

복수를 할 때는 하더라도 시신은 묻어줘야 할 것 아닌가.

흑살마녀는 높은 산봉에 올라 마야가 가는 길을 지켜봤다.

"흥! 고 여우 같은 것이 아침부터 댓바람에 나타나 울고 짜고 할 때부터 뭔가 이상했다니까."

일령이 입술을 삐죽 내밀며 말했다.

"괜찮을까요?"

다담선자가 불안한 마음을 가누지 못하겠는지 흑살마녀에게 물었다.

그녀에게는 멸신구관의 위험보다도 복중(腹中)에 숨어 있는 검이 무섭게 느껴졌다.

마야는 여자에게는 한없이 약한 사람이다.

서군봉이 마야를 이용하려고 하면 한도 끝도 없을 것이다.

물론 마야도 멍청한 사람은 아니지만 서군봉의 영악함이

마음에 걸린다.

　흑살마녀가 단번에 그녀의 불안감을 잠재웠다.

　"마야의 귀는 노신보다 더 밝아. 노신은 내력으로 듣는 거지만 마야는 선천 능력으로 듣는 거니까. 그 아이는…… 내 집에 와서는 입조심을 했어야 해."

　마야와 무신들의 모습이 까마득히 멀어졌다.

第五十章

도개아(掉個兒)
―아군을 배신하고 적에 붙다

1

밀림은 끝이 없었다. 가고 가고 또 가도 영원히 끝날 것 같
지 않은 나무들만 나타났다.

산도 오르고, 내리고, 또 올랐다.

'마 마'가 원래 주름 잡힌 것으로 보일 만큼 계곡이 많은
곳이니 오르고 내리는 일쯤이야 하고 생각했지만 끝없이 펼
쳐지는 밀림은 점점 사람을 지치게 했다.

쉬어 가는 것은 전적으로 소립파의 의사에 달렸다.

누가 쉬어 가자고 해도 그는 쉬지 않았다. 쉬지 말고 그냥
가는 게 어떠냐고 해도 쉬고 싶으면 쉬었다.

천하의 무신들도 소립파를 어쩌지는 못했다.

"아직 멀었나?"

"……."

"허허! 옛말에 옷깃만 스쳐도 인연이라고 했거늘, 젊은 사
람이 이리 융통성이 없어서야."

소립파는 아무 말도 하지 않았다.

그런 그가 '마 마'의 북서쪽 끝자락이 보이는 곳에서 걸음
을 멈췄다.

조금만 더 걸어가면, 얼추 반 시진 정도만 더 걸으면 '마
마'를 벗어난다.

소립파는 잠시 생각에 잠기기도 하고, 보폭도 재보며 주변
을 서성거렸다.

그러다 마침내 개울가로 걸어가 주저앉았다.

"길을 잃은 겐가?"

"……."

"허허허! 평생 당할 무시를 오늘 다 당하는구먼."

소립파는 돌멩이를 들어 나무를 맞추기 시작했다.

휘익! 따악! 휘익! 따악……!

하나, 하나…… 주변의 나무들이 돌멩이에 맞아 비명을 질
렀다.

그러던 어느 순간, 들려오는 소리가 어느 나무와 달랐다.

휘익! 터엉!

다시 한 번 던져서 확인했다.

휘익! 텅!

역시 소리가 다르다. 속이 빈 나무에서 나는 소리다.

"허허허! 입구가 나무속이니 찾을 턱이 있나. 허허허!"

"정말 묘하네요. 평생을 찾아도 못 찾을 거예요. 나무속에 입구가 있을 것이라곤 상상도 못하겠어요."

무신들은 함정 속으로 들어가는 사람들답지 않게 기대와 흥분에 가득 차서 함빡 웃음을 지었다. 서군봉도 기쁨을 감추지 않았다.

오직 소립파만 무심했다. 아니, 얼굴빛이 딱딱하게 경직되는 것이 잔뜩 긴장한 것 같았다.

"어허! 사람하고는…… 그래도 마야라는 소리를 듣는 사람이 이렇게 소심해서야. 이보게, 걱정 말게. 자네의 안위는 우리가 지켜줄 테니까. 허허허!"

무신들이 마야를 위로했다.

하기는 서군봉이 보기에도 마야의 모습은 딱할 정도였으니 무신이 보기에는 어땠으랴.

마야는 가져온 삽으로 땅을 파기 시작했다.

시작은 개울부터다.

곽곽! 곽곽곽!

개울가는 돌멩이가 많아서 속도가 느렸지만 땅에서는 능숙한 일꾼답게 빨라졌다.

개울물은 소립파가 파놓은 도랑을 따라 흘러들었다.

황톳빛 흙탕물이다.

무신들은 지켜볼 수밖에 없었다. 삽을 들고 나설 때부터 땅을 팔 것이라고는 예상했지만 도랑을 만들 줄은 몰랐다.

소립파의 작업은 도랑이 속 빈 나무에 이를 때까지 지속되었다.

"나무를 베어주시오."

"허허! 정말 오늘 망신 많이 당하는구먼. 이보게, 나무는 베어주겠지만 온말은 듣기 뭣하이."

깍듯이 예우만 받아온 사람들이라서 젊은 사람이 내뱉는 온말에는 익숙지 않았다.

"하대를 하지 않은 것만도 다행으로 아시오."

"뭐, 뭣!"

나무를 베러 가던 통천서패 진혜력은 분노에 가득 찬 표정으로 소립파를 노려봤다.

소립파는 그를 똑바로 쳐다보며 또박또박 말했다.

"난 마야요. 마도의 하늘. 알겠소? 일파의 지존도 아니고 장문인도 아니오. 난 하늘이오."

"하늘? 허! 허허허!"

"그러시게. 온말을 쓰시게. 허허허!"

삼원로는 일제히 비웃었다. 서군봉도 웃지 않을 수 없었다. 오직 만사무불통지만 굵은 주름을 있는 대로 내세웠다.

"나무나 잘라주시오."

"허허허!"

웃음소리와 동시에 통천서패의 발길이 아름드리 거목을 강타했다.

꽈앙! 후두둑……!

그는 나무를 자르는 것이 아니라 아예 분질러 버렸다.

속이 비었다고는 하나 힘 센 장정이 도끼질을 해도 반 시진 넘게 해야 잘라질 정도로 우람한 나무다.

소립파는 당연한 것을 보았다는 듯 표정에 변화가 없었다. 그는 무표정한 얼굴로 삽질을 계속했다.

팍팍팍팍……!

나무 한쪽이 삽에 찍혀 잘려 나갔다.

보아하니 개울물을 텅 빈 고목나무 속으로 흘려보낼 심산 인 듯싶었다.

사람들의 생각은 맞았다.

개울물은 고목나무 속으로 흘러들었고, 곧 넘칠 것이라고 생각한 나무속은 끊임없이 물을 마셔댔다.

개울물은 원래 길이 그쪽이었다는 듯 콸콸 소리를 내며 흘렀다.

흙탕물은 곧 가셨다. 흐르는 물이기에 금방 깨끗해졌다.

소립파의 작업은 계속되었다. 그는 도랑을 좀 더 깊게, 넓게 팠다. 반면에 원래 개울물이 흐르던 곳은 돌을 쌓고 흙을 발라 길을 막아버렸다.

새로운 물길이 시작되었다.

산에서 흘러내려 와 고목 속으로 떨어지는 이 세상에서 단 하나뿐인 물길이다.

소립파는 잠시 나무속을 들여다봤다.

무신들은 물이 스며들기 시작했을 때 벌써 들여다봤다.

우물도 그런 우물이 없다. 고목 속에 깊이를 알 수 없는 텅 빈 동공이 존재한다. 물이 떨어져 내리고 있지만 바닥에 닿는 소리가 들리지 않는다.

설마 저 속으로 들어가는 것은 아니겠지. 저곳이 입구는 아니겠지. 그럴 거야. 그러니 물을 흘리는 거지. 들어갈 것 같으면 옷이 함빡 젖는데 물을 쏟아 붓겠어? 물에 젖으면 내려가는 길도 미끄러울 거고.

희망사항이다.

사람들은 고목 밑으로 내려가는 끝없는 동공이 멸신구관의 입구임을 직감했다.

"잘 들으시오. 이것이 아마도 내가 해주는 마지막 말이 될 것 같으니까. 짐작했다시피 이곳이 멸신구관의 입구요."

미칠 노릇이다. 참으로 구질구질한 입구이지 않은가.

"얼마나 깊은지 깊이는 알 수 없소. 내가 아는 것은 여기까지니까."

"이 다음부터는 자네도 모른다는 건가?"

소립파는 시커먼 동공을 내려다보며 고개를 끄덕였다.

"그럼 물은 왜 흘려보낸 건가?"

"이곳은 오래전에 지어졌소. 각종 기관장치가 녹슬었을 수도 있단 말이오. 녹슬지 않았다면 더욱 좋고. 적어도 이 물이 암기 몇 개는 파해시켜 주지 않겠소."

"흠! 물로 기관을 건드린다?"

"전사관은 죽음의 관문이오."

"허허허! 그거야 자네에게나 그렇지 우리에게도 그렇겠나. 진작 말하지 그랬나. 그럴 요량으로 물을 흘려보낸 거라면 우린 시간만 낭비한 셈이 되지. 후후! 안내하느라고 수고했네."

혈일뢰 울건평의 손바닥이 소립파의 등 뒤 척추에 닿았다.

"이것이었소?"

"자넨 아픈 몸 아닌가. 아픈 몸으로 멸신구관을 어떻게 견디려고. 그냥 여기서 쉬게. 아! 걱정 말게. 목숨을 끊자는 건 아니니까. 이게 가짜 입구라면 자네는 죽음을 면치 못할 걸세. 허허허! 하늘이라, 하늘. 허허! 아무리 하늘이라도 무신을 농락한 죗값은 치러야 한다네."

퍼억!

등에 둔중한 느낌이 전달되었다.

묘한 느낌이었다. 처음에는 그저 손바닥이 짓눌러 온다 싶었는데, 솜처럼 부드러워지더니 곧바로 창끝이 되어 척추를 타고 치달려 머리까지 강타했다.

'기전경타(氣傳境打)!'

전설로 회자되는 수법이다. 육신을 강타하는 것이 아니라 진기를 주입시켜 경혈을 타격한다.

외부에서 가해진 타격은 시간이 지나면 풀리기도 하고, 다른 사람에게 도움도 청할 수 있지만 기전경타의 경우에는 시전자밖에 풀 수 없다. 어느 경혈을 타격했는지 모르기 때문이다.

소림파는 힘없이 나뒹굴었다.

"허허허! 이게 훨씬 나을 걸세. 험한 곳은 들어가서 뭐 하겠는가. 허허허!"

소림파를 쓰러뜨린 혈일뢰는 만사무불통지를 쳐다봤다.

"자네도 걱정이야. 아무래도 자네하고는 같이 가고픈 생각이 들지 않으니 어쩌겠나."

만사무불통지는 움직일 기회를 놓쳤다.

움직일 생각이었다면 소림파가 쓰러지기 전에 움직였어야 한다.

혈일뢰, 자의성검, 통천서패가 품(品) 자를 이루며 포위한 이상 빠져나갈 길이 없다.

"그래, 그래. 허허허허! 그래, 이 수만이 자네들이 쓸 수 있는 유일한 수였는데 결국 썼군."

만사무불통지는 당황하지 않았다. 태연했다.

"자네들은 이런 수를 생각하지 못하지. 왜냐? 정도(正道), 바른길만 걸어왔으니까. 이런 비열한 수는 실전적이지만 자네 같은 사람들은 쓰지 못해."

"후후! 우리를 너무 높게 평가하는군."

"아니, 아니, 아니네. 난 정확하게 평가한 거지. 내가 누군가? 만사무불통지네. 날 칠 수는 있지만 속일 생각은 말게. 허허허! 그래, 누군가? 이런 말을 해준 사람이?"

"나."

통천서패가 검을 뽑으며 말했다.

"쯔쯧! 이 까짓 게 뭐 그리 대단하다고 끝까지 함구하는가. 가만있어 보자…… 천기수사는 대계(大計)에 밝고, 육능자는 잡계(雜計)에 능하고, 만박선생은 행계(行計)를 위주로 하니…… 육능자로군. 육능자를 데려왔어."

"알아도 그만, 몰라도 그만. 그리 잘 아는 사람이 자네의 운명은 왜 짐작하지 못했는가."

"허허! 했지. 내가 내 앞길을 보살피지 않으면 누가 보살펴 주겠나."

"지금 뭐라고……."

순간이다!

쒜에엑……! 꽈앙!

번갯불이 번쩍 솟구치자마자 무서운 폭발이 일어났다.

"궁왕의 은형시! 강금산, 이놈이!"

"허허허! 화염을 조심하시게. 철뢰(鐵雷)에 화운린(火雲燐)을 섞은 것이라네. 몸에 붙으면 살이 다 타고 난 다음에야 꺼지지."

"도숭부!"

통천서패가 화염을 피한 후 허리를 폈을 때는 만사무불통지가 사라지고 없었다.

쒜에엑! 꽈앙!

두 번째 은형시가 날아들었다. 은형시에는 철뇌가 달려 있었고, 화운린에서는 살과 뼈를 녹이는 불길이 번쩍거렸다.

강금산의 은형시는 삼원로를 겨냥했다. 하나 궁왕의 은형시라면 몰라도 강금산의 은형시는 어린아이 장난에 불과했다. 철뇌와 화운린이 아니었다면 땅에 쓰러져 있을 사람은 강금산이었을 게다. 비록 거리가 삼십여 장이나 벌어져 있지만 삼원로에게 그 정도의 거리쯤은 지척이나 마찬가지였다.

삼원로가 강금산에게 신경 쓰지 못하는 이유는 또 있었다.

먼저 멸신구관으로 들어간 만사무불통지가 신경 쓰였다.

그는 곧바로 함정을 접하게 될 것이고, 자칫 입구를 봉쇄하는 기관이라도 건드리는 날에는 아무도 들어가지 못한다.

"나 먼저!"

누가 말릴 틈도 없이 입구에서 가장 가까이에 있던 혈일뢰가 고목 속으로 뛰어들었다.

의중을 말할 필요는 없었다. 순서를 정할 필요도 없었다.

자의성검의 모습이 사라지고, 혈일뢰도 모습을 감췄다.

쒜에엑! 꽈앙!

세 번째 은형시가 날아왔다.

이번 은형시 역시 노리는 사람은 삼원로였으리라. 하나 그가 화살을 날리는 순간 그가 노렸던 사람은 입구로 들어가 버렸으니 신법의 빠름을 가히 짐작할 수 있다.

"그만 쏴! 바보야!"

서군봉이 소리를 뺙 질렀다.

만사무불통지는 과연 대단한 사람이다.

그는 삼 대 일이라는 열세적인 상황을 이겨낼 방도로 서군봉을 택했다.

누군가에게 자신의 의중을 말해주면 세 가지 반응이 나타난다.

순박하거나 귀가 얇은 사람은 곧이곧대로 믿는다. 조금 머리가 돌아간다 싶은 사람은 동조한다. 만사무불통지 정도 되는 사람이 계획을 짰다고 하면 완벽할 테니까. 천에 하나 나올 정도의 머리를 가진 사람은 역이용한다.

서군봉은 당연히 삼원로를 택한다.

삼원로의 지지를 받으면 차기 북검문주가 되는 것도 쉬우려니와 같이 멸신구관에 드는 것도 자연스럽다. 무엇보다도 뒤통수를 얻어맞을 염려는 안 해도 된다.

서군봉의 선택은 처음부터 정해져 있었다.

만사무불통지는 그 점을 알았고, 이용했다. 그녀에게 자신의 의중을 넌지시 흘리면 삼원로의 경계는 흩어진다. 경계가 더 심해질까? 아니다. 의중을 알고 있기 때문에, 멸신구관에 들어가서 제거하겠다는 말을 들었기 때문에 가는 동안은 경계를 거의 하지 않는다.

그 찰나의 틈을 이용하면 삼 대 일의 열세를 만회할 수 있다.

강금산의 화살이 결정적인 역할을 해줄 것이고.

서군봉은 주위 나무들이 활활 타오르기 시작했을 때에서야 만사무불통지에게 이용당했다는 것을 깨달았다. 그토록 당하지 않으려고 노력했건만 자신도 모르게 당하고 말았다.

"참 용하네. 여기까지 와서 철뇌나 터뜨리고."

너무 화가 치밀어 강금산이 남도문 사람이라는 것도 잊고 말했다.

"후후후! 모든 게 예정된 상황인데 어떻게 피해가나."

이 말뜻은 또 뭔가?

서군봉은 제정신이 돌아왔다. 그래서 강금산에게 고혹적인 미소를 던지며 물었다.

"무슨 소리예요?"

"내게 목숨을 맡긴 놈이 있어. 아주 충성스런 놈인데, 그놈이 마야의 근황을 알려줬지. 마야가 움직일 때마다 시시콜콜히. 그때는 몰랐는데 지금 생각하니……."

"제삼무신가를 나오게 하려고?"

"난 당시 마야가 마차에 타고 있다고 생각했지. 그래서 그곳으로 가려는데 밀지가 전달되더군. 정작 마야는 빠져나와 남만으로 향하고 있다고."

'그럼 나와의 만남도!'

"이백은 소저가 남무림에 들어와 있는 것도 알았을 거요. 남무림에 사람이 없다고 해도 소저가 그토록 오랫동안 머물 수 있는 곳은 아니오. 그때부터…… 소저와 나의 만남은 예정된 것이고, 결과가 이렇게 된 거요."

강금산이 산불로 번지고 있는 화염지옥을 가리키며 말했다.

"천뢰는 왜 터뜨린 건데요? 원래 천뢰 같은 건 안 가지고 다녔잖아요. 천뢰뿐이면 말도 안 해요. 천뢰에 화운린을 섞는 것은 마인들이나 하는 짓이에요. 왜 그랬어요?"

만사무불통지는 서군봉과 손잡는다고 했다. 삼원로를 죽이고 북검문주를 칠 것이며, 차기 북검문주는 서군봉이 될 것이라고 했다. 그러기 위해서는 그녀와 둘이서만 멸신구관에 들어야 하는데, 아주 잠깐만 삼원로를 묶어놓을 필요가 있다고 했다.

만사무불통지는 혼자서 들어갔다. 서군봉을 천뢰와 화운린에 고스란히 노출시켜 놓고 혼자만 멸신구관으로 뛰어들었다.

배신, 철서한 배신.

그런 걸 어찌 말하랴.

"개인적인 사정이오."

서군봉은 망설이는 강금산의 표정에서 자신과 관계있는 일이란 걸 짐작했다.

강금산은 강한 자이지만 표정을 숨기는 데는 너무 약하다. 이용하기도 쉽다. 유궁 강금산 같은 자를 수족으로 부릴 수 있다면 일개 문파를 얻은 것과 진배없다.

그의 눈빛은 뜨겁다. 하나 표출을 못한다. 그는 간절하다. 하나 예의에 짓눌려 숨죽인다.

고름이 터질 때까지 기다릴 것인가, 상처를 내서 짜낼 것인가.

시간이 없다. 짜낼 수 있으면 짜내야 한다.

서군봉은 결심했다.

"그런데 왜 말을 올려요?"

"전에는…… 난 소저가 필요없고, 소저는 날 필요로 했으니까."

"이제는요?"

서군봉의 말투는 도발적이었다. 여인을 많이 안아본 사내라면 당장 달려들어 안았을 만큼 오해하기 딱 좋은 모습이요, 말이었다.

"도와주시오."

"뭘요?"

"이백을 쳐야겠소."

강금산의 말투가 건조해졌다. 입 안이 마르고 있다는 증거다. 심장이 쿵쿵 뛰고 있을 게다.

"진심이에요?"

활짝 웃는 웃음, 살짝 벌어진 입술, 귀밑머리를 쓸어 올리는 교태.

강금산은 성큼성큼 다가가 서군봉 앞에 섰다.

그는 무슨 말인가를 하려고 잠시 머뭇거렸다. 그답지 않게.

그는 말을 하지 않았다. 곧바로 행동으로 옮겼다.

앗! 하는 순간에 와락 껴안아 버린 것이다.

"소저를 사랑하게 되었소. 이 말이면 되겠소?"

서군봉은 안긴 채 가만히 있었다. 잠시 동안…… 하나, 둘, 셋! 그리고 손을 들어 강금산의 등을 감싸 안았다.

"제삼무신가로 못 돌아갈 거예요."

"각오하고 있소."

"나와도 맺어지지 못해요."

"……."

"난 욕심이 많아요. 북검문주가 될 생각이거든요. 그러자면 당신은 방해만 돼요. 당신이 아니라 당신 출신이…… 북검문주가 남도문 제삼무신가 아들하고 연분이 났다면…… 전 북검문주가 아니라 칠성군에서도 내려와야 해요."

"됐소. 세상에는 그림자라는 것도 있으니."

화르륵! 우르릉! 꽈앙! 화르를……!

불길은 무섭게 타올랐다.

나무도 타도, 돌도 타고, 땅도 타고, 물도 탔다. 이 세상 모든 것이 불길에 휘감겼다.

"뜨거워요. 살이 익는 것 같아요."

"안으로 들어가야겠군. 마야는 어쩌지?"

강금산의 말투는 또 달라졌다. 아주 편안한 말투다. 전처럼 경직되지도 않았고, 예의를 차리지도 않았다.

'사내들이란……'

"기전경타에 당했어요, 시전자가 아니면 풀 수 없는. 데리고 들어가 봐야 짐만 돼요. 멸신구관은 죽음의 함정인데 저런 짐까지 걸머메고 어떻게 헤쳐 나가요."

"그렇다고 불에 태워 죽일 수야 있나."

"그게 오히려 깨끗할 거예요. 벌레에 뜯어 먹히지도 않고."

"어차피 죽을 사람이라면."

강금산과 서군봉은 앞서거니 뒤서거니 하며 시커먼 동공 속으로 뛰어들었다.

화운린을 맞은 나무는 활활 타올랐고, 타오른 불길은 옆 나무로 옮아갔다.

백 년 이래 남만 최대의 산불이 일어나고 있었다.

2

불길 한가운데 누워 있던 소림파의 손끝이 꿈틀거렸다.

움직임은 느리기는 했지만 조금씩 부위를 넓혀갔다.

팔을 내려 팔꿈치로 땅을 짚고 어깨를 드는 데까지도 상당한 시간이 소요되었다.

불행히도 그에게는 시간이 없었다.

온 세상을 집어삼킬 듯이 날름거리는 화마가 그에게도 몰아치고 있었다.

소림파는 손을 땅에 짚고 힘들게 몸을 일으켰다.

"휴우!"

자오법신의 통증을 겪지 않았다면 그대로 무너졌을 게다.

기전경타는 도끼로 내리찍는 듯한 통증을 안겨주었지만 자오법신의 통증에 비하면 조족지혈(鳥足之血)이었다.

경혈에 대한 타격도 자오법신을 벗어나지 못했다.

보통 사람이 맞았다면 몸이 마비되고도 남았을 타격이지만 자오법신에 찌들어 버린 육신은 또 한 번의 자오법신 정도로밖에 받아들이지 않았다.

경혈이 마비될 리가 없다.

혈일뢰는 마야가 무엇 때문에 멸신구관을 찾는지 망각했단 말인가.

망각하지는 않았다. 자오법신이라는 것에 시달리는 것도 안다. 하지만 근본적으로 자오법신이 어떻게 해서 발생하는 것이며, 고통이 어떤지를 모른다.

혈일뢰는 큰 실수를 했다.

"휴우!"

물이 흐르는 고목에 등을 기댄 후에야 첫 번째 한숨을 내쉬었다.

이제 몸을 일으켜 동공 속으로 들어가야 한다. 하나 아무리 불길이 드세더라도 들어가기 전에 할 일이 있다.

몸에 꿀을 바르는 일이다.

소립파는 발밑에 떨어져 있는 보따리를 열어 꿀 항아리를 꺼냈다.

꿀을 바르느냐, 바르지 않느냐에 따라서 전혀 다른 장소로 이동하게 된다.

소립파가 나무를 보며 긴장한 것은 시커먼 동공 속으로 들어가는 게 무서워서가 아니라 꿀을 바른 후에 일어날 일이 염려되어서였다.

꿀은 원래 여섯 명 분을 준비했다.

마지막에 서군봉이 끼어들었지만 그녀와 삼원로가 나누는 말을 엿들었기에 같이 떠날 줄 알고 있었다.

꿀은 넉넉해도 너무 넉넉하다.

꿀단지를 들어 머리 위에서부터 쏟아 부었다.

끈끈한 진액이 주르륵 흘러내려 온몸 곳곳을 물들였다.

그는 꿀을 바른 후에도 잠시 그대로 앉아 있었다.

화마를 쳐다보니 오히려 인간들보다 깨끗하다는 느낌이 들었다.

그는 정신을 놓은 적이 없었다.

몸이 말을 듣지 않아서 누워 있기는 했지만 주위에서 일어나는 배반을 또렷이 들었다.

칠순이 넘은 나이에도 욕심의 지배를 받는다면 이 세상을 사는 보람은 무엇인가. 욕심에 이끌려 끝없이 쫓고 쫓기다가 끝내 욕심을 다 채우지 못하고 죽는 것이 인생인가.

"휴우!"

두 번째 한숨을 내뱉은 그는 몸을 굴려 고목 속으로 뛰어들었다.

휘이잉……! 슈우욱……!

동공은 끝이 보이지 않았다.

지저에서 몰아친 바람이 회오리를 형성하며 위로 솟구쳤다.

소림파는 손발을 좌우로 쫙 벌려 양쪽 벽에 대고 천천히 밑으로 내려갔다.

꿀은 왜 바르라고 했을까?

그가 알고 있는 것은 여기까지다.

삼원로에게는 마지막 하나, 꿀 이야기를 뺐지만 멸신구관에 대한 이야기는 사실이었다.

얼마나 내려갔을까?

한 시진? 두 시진? 손발에 쥐가 났다. 머리도 지끈거리고, 허리에 오랫동안 힘을 줘서인지 뻐근한 통증이 밀려온다.

"후읍!"

길게 숨을 들이쉰 후 다시 내려가기 시작했다.

앞서 간 사람들은 절정무인들이니 이 정도는 쉽게 내려갔을 게다. 하지만 소립파는 그렇지 못하다. 진기란 것을 운용하지 못하며, 무공 또한 머릿속에만 담겨 있다.

그가 지닌 능력들도 인간들에게만 통용될 뿐, 자연 앞에서는 무용지물이다.

자연은 그의 말을 듣지 않는다. 그가 자연의 말을 들어야한다.

또 얼마나 내려왔을까? 고개를 들어 위를 쳐다보니 하늘이 보이지 않는다. 날이 어두워져서 보이지 않는 것일까? 아니면 너무 아래로 내려와서 보이지 않는 것일까?

소립파는 한 발을 더 내리려다가 중심을 잃고 휘청거렸다.

순간이지만 등줄기에서 소름이 쫙 끼쳤다.

동공은 밑으로 내려갈수록 커지고 있다. 팔과 다리를 벌려

좌우의 벽을 짚는 방법이 한계에 부딪친 것이다.

이제는 어떻게 한다?

소립파는 내려가지도 못하고 올라가지도 못하는 엉거주춤한 상태에서 움직이지 못했다.

위로 올라가자니 힘이 받쳐 주지를 않고, 밑으로 내려가자니 갈 방법이 없다. 두 눈 찔끔 감고 뛰어내리는 수는 있지만 자살하려면 무슨 방법인들 못 쓸까.

이 순간 마야는 평범한 보통 사람이었다. 갓 입문하여 권각술이 무엇인지 호기심 어린 눈으로 쳐다보는 꼬마와 다를 바 없었다.

결단은 상당히 빨랐다.

현재 그가 할 수 있는 것은 아무것도 없었다.

위로는 절대 못 올라간다. 어느 정도는 올라가겠지만 힘이 빠져서 입구까지 간다는 것은 도저히 무리다. 아래로는 갈 수 있다. 두 발을 오므리고 두 팔을 거둬들이면 된다.

무공을 사용할 수 있다면…….

이곳은 유계의 주공을 상대하기 위한 곳이다. 이 정도 난관은 난관 축에도 못 낀다. 실례로 먼저 내려간 사람들은 기척도 없다. 벌써 어떤 행동을 취하고 있다는 뜻이다.

"녹광성초가 뼈까지 단단하게 만들면 좋을 텐데, 아쉽군."

소립파는 씁쓸한 미소를 지으며 중얼거렸다.

녹광성초 덕분에 피부는 철갑처럼 단단해졌지만 뼈까지

단단해지지는 않았다.

　밑으로 낙하하여 맨몸으로 바닥에 부딪친다면 분골쇄신(粉骨碎身)을 면치 못하리라.

　두 손을 거뒀다. 두 발도 오므렸다.

　쒜에에에엑!

　몸뚱이는 한참을 떨어져 내렸다.

　도대체 높이가 어느 정도나 되는 것일까? 이렇게 깊숙이 묻어놓은 이유는 무엇인가.

　여러 가지 생각이 퍼뜩 스쳐 간다 싶은 순간, 무엇인가가 눈앞으로 훅! 하고 다가왔다.

　'어! 이게……'

　미처 반응도 하기 전이다. 앗차! 하는 느낌은 있었지만 어떻게 손을 써볼 도리는 없었다.

　꽈앙!

　순간, 눈앞에서 불이 번쩍 튀었다. 세상이 한순간에 노랗게 물들더니 암흑으로 변했다.

　"으음……!"

　뱃속에서부터 신음 소리가 우러나왔건만 소림파 자신은 아무것도 의식하지 못했다.

　"음……! 으음!"

몇 번인가 몸까지 뒤척였다. 그리고 서서히 의식이 돌아왔다.

'살았군.'

제일 먼저 든 느낌이다.

두 번째로 찾아온 것은 감각이다. 온몸이 욱신거린다. 뼈란 뼈는 모두 부러진 것 같다. 뱃속에 있는 장기들은 모두 터져 버렸고, 혈관마저도 가닥가닥 끊어진 것 같다.

감각을 느끼자 신음 소리마저 멎었다. 너무 아파서 비명조차 지를 수 없었다.

그래도 다행인 것이 살았지 않은가.

피부는 두말할 것도 없이 녹광성초 덕을 봤다. 장기와 뼈마디는 모순되게도 자오법신 덕분에 무사하다. 뇌의 신경까지 손상시킬 정도로 강력하게 몰아치는 자오법신은 알게 모르게 그의 육체를 강골로 변화시키고 있었다.

"끄응!"

바닥에 손을 짚고 힘겹게 일어섰다. 그리고 그 순간, 그는 몸에 꿀을 바른 이유가 무엇인지 알아냈다.

'벌!'

분명히 벌이다. 몸 주위를 웽웽거리면서 날아다니는 것은 크기가 엄지손가락만 한 왕벌이다.

'왕벌을 만나라고 몸에 꿀을…… 허!'

자신이 생각해도 기가 막힌다. 왕벌의 침은 코끼리조차 펄쩍 뗄 만큼 아프다. 독은 없지만 쏘이는 순간 반쯤 미쳐 버릴 것처럼 아파서 남만인들은 말벌보다도 무서워한다.

왱! 왜애앵……!

떨어진 충격이 너무 커서 벌 소리를 잘 듣지 못했다.

한 마리…… 처음에는 한 마리인 줄 알았다. 한데 한 마리가 아니다. 귓전에 울리는 소리는…… 맙소사! 온통 벌 천지다. 바닥 전체가 벌집인 것 같다.

소립파는 먼저 눈부터 감았다.

될 수 있는 한 호흡도 감추고 움직임을 최소화했다.

왕벌들의 날갯짓 소리가 귓전을 울린다. 몇 마리는 꿀을 가져간다. 몇 마리는 위협을 느꼈는지 침으로 피부를 톡톡 건드린다.

'제발 그냥 가거라. 제발!'

생각은 그렇게 했지만 꿀을 만난 벌들인데 그냥 갈 리가 있는가.

다른 생각을 해야 했다.

녹광성초가 왕벌의 침까지 막아줄까?

흑발마녀의 피부는 도검도 침범치 못했다. 자신도 그와 같은 시술을 받았으니 왕벌의 침쯤이야.

우습다. 마도의 하늘이라는 사람이 겨우 벌 따위가 무서워 숨을 죽이고 있다니.

다른 사람들은 이곳을 어떻게 통과했을까?

무신이라고 해도 왕벌이 쏘아대는 통증은 견디기 힘들었을 텐데.

또 한 번 결정을 내려야 했다.

이대로 왕벌의 눈치를 보며 살금살금 기어가느냐, 아니면 벌떡 일어나 냅다 달리느냐.

달린다? 어디로 달리나? 사방이 칠흑같이 어두워서 아무것도 보이지 않는데.

원래는 이렇지 않았다. 그에게는 만공심안이 있어서 눈을 감고도 사위를 볼 수 있는 능력이 있었다. 한데 지금은 모든 능력을 상실한 사람처럼 아무것도 보이지 않는다.

그는 천천히 움직였다. 손가락 하나 움직이는 데도 왕벌들의 눈치를 살폈다.

시간은 하염없이 흘러갔다. 그리고 그토록 염려하던 자오법신이 기어이 일어났다.

벌써 자시다. 그럼 바닥에 떨어져서 깨어나기까지 반나절은 지났다는 소리다.

"끄으윽! 끄윽!"

왕벌들의 눈치를 살필 겨를이 없었다. 자오법신의 고통은 주변의 모든 상황을 무시하게 만들었다.

그는 두 손을 모아 가슴에 얹고 마구 뒹굴었다.

웨에에엥! 웨에엥!

벌들이 일제히 날아올랐다가 되쏘아져 갔다.

"끄으윽! 어헉!"

소림파는 연신 비명을 질렀다.

자오법신의 고통에 왕벌들의 공격까지 받으니 빨리 죽고 싶다는 생각밖에 들지 않았다.

고통을 감쇄시키는 내공심법을 안다. 일시적이지만 전신을 마비시키는 기공도 안다.

알면 뭐 하는가. 시전하지 못하는데.

"아아아아아악······!"

소림파는 있는 힘껏, 목청껏 비명을 내질렀다.

『마야』 6권에 계속…

지금 유전자가 말하는 사랑과 성의 관한 솔직 대담한 진실이 펼쳐집니다!

남편의 후광을 등에 업는 것은 까마귀와 인간뿐…

모두에게 바보 취급받던 독신 암컷이 단번에 인생대역전을 해서
서열 1위인 수컷의 아내 자리를 차지하게 될 수도 있다는 말입니다.
모든 여성이 이상형의 남자와 결혼할 수 있는 것은 아닙니다.
적당한 선에서 타협하여 적당한 사람과 결혼하지요.
하지만 솔직히 말해서 당연히 멋진 남자가 더 좋지 않겠습니까?
따라서 여성은 생각합니다.
'그럼 어떻게 하지? 유전자만이라면 가질 수 있어!'
그리하여 장기계획형이나 단기승부형과 같은 여러 가지 방법의
외도가 생겨나는 것입니다.
물론 모든 여성이 이를 실행에 옮기지는 않습니다.

하지만 기회가 있다면 어떨까요?
다른 조건과 이미 타협을 봤다면?
남편이 사소한 일은 눈치 못 채는 둔한 남자라면?
뭔가 유전자의 음모가 느껴지지 않습니까?

실패를 모르는 남자 선택법!
「내 남자친구는 왼손잡이」 법칙

어째서 여성은 왼손잡이 남성에게 마음이 끌리는 걸까요?

여기서 기억해야 할 것은 몸의 좌우와 뇌의 좌우는 원칙적으로 반대 관계라는 점입니다.
따라서 왼손잡이 남성은 우뇌가 발달했습니다.
발달했다는 사실이 왼손잡이를 통해 반영된 것입니다.

그리고 두 번째로 생각해야 할 것은 우뇌는 남성 호르몬의 일종인 테스토스테론에 의해 발달한다는 점입니다.
요약하자면 왼손잡이 남성은 우뇌가 발달했는데, 그것은 테스토스테론 수치가 높기 때문입니다.
그것은 다름 아닌 생식 능력이 높다는 것을 의미하지요.

「내 남자 친구는 왼손잡이」에 감춰진 의미는… 내 남자 친구는 생식 능력이 높아… 인 것입니다.